詩魂

仙靈傳奇

作者
陳郁如

作者序

幻想與現實交錯的唐詩世界

文／陳郁如

當我開始寫少年奇幻小說時，我就想把我們自己的文化融入我的故事中，不是說教，不是舊故事翻寫，而是希望可以用有趣自然的方式，讓我想表達的精神跟奇幻故事融合，讓讀者們可以在輕鬆的閱讀中，看到我們自己的東方文化。

在「修煉」系列中，我用了《山海經》、《拾遺記》裡的精怪神獸，還用了動物修煉成精的傳說，創造一系列有我們自己奇幻角色的故事。而在《詩魂》中，我更打破對「奇幻背景」的設定，故事的主角這次要在聽起來一點都不神怪的「唐詩」裡穿梭。

從小，我就對唐詩有興趣，我背誦記憶的能力不好，背不起幾首詩，可是我對於詩人可以精練的使用文字，在看似簡單的幾個句子中，把想要表達的精神跟意境描述出來，覺得非常的佩服。這些詩句的美感是非常浩瀚的，而且不同的人，不同的時間，不同的心情，領悟的方式也不同。這也是唐詩流傳千古，歷久不衰，永不退流行的原因。

因此我在創作新的奇幻故事，想要找新的題材時，想到了「唐詩」。每一首唐詩描述一個意境，一個心境，就等於自創一個「空間」，一個「世界」。在奇幻小說中，故事進行的時空設定是一個很重要的因素，很多古今中外的奇幻故事使用架空的世界，像是「黃金羅盤」裡的一個平行的宇宙、「魔戒」的中土大陸、「納尼亞傳奇」的納尼亞、「修煉」系列的上古世界、神異界等都屬於這類型。還有一種則是現實世界與幻想世界交錯的，像是「哈利波特」，「墨水心」等。故事的主角會在眞實世界跟編造的世界穿梭，《詩魂》就屬於後者。在這個故事裡，詩的意境不再只是後人吟詠的想像空間，我更進一步把這些空間立體化，創造出一個個可以讓人進出的世界。

故事的主角，宗元，在一次特殊的機緣下，進入〈江雪〉的意境，從此，他被賦予尋找詩魂的使命，在這過程中，他必須解開謎題，對抗黑暗勢力，遇到種種精彩刺激的經歷。唐詩在這本書裡，不再只是一條條沒有生命的句子，還是一個個重要的，引導主角找到詩魂的謎面。而每一首詩所營造的空間，更是宗元必須出生入死的場景。

曾經有人問我，我希望在我的故事中給孩子們什麼樣的啓示。說實在，我不期待我的書帶有什麼神聖的使命。我寫作的最主要目的，是希望可以創作出精彩有趣的故事，讓孩子們可以在閱讀中得到滿足與喜悅，如果孩子們在閱讀的過程中，不知不覺對於唐詩有了興趣，那就是我寫這本書的額外收穫了。

在「仙靈傳奇」這系列的作品，除了第一本《詩魂》之外，我還想寫《詞靈》，把宋詞裡的意境也用奇幻的方式呈現出來。將來還可能寫「畫仙」、「木精」，或其他可以化作仙靈的故事。這不是件容易的事，但是我也期待未來的挑戰可以磨練我的寫作，寫出更多精彩有趣的故事來。

推薦序

詩中自有黃金屋

文／中央認知神經科學所教授　洪蘭

這本書讓我重溫了中學時，躲在棉被中徹夜偷看小說的回憶，現在雖然沒人管了，但是因為太好看了，還是一口氣看完才放下來。看完後想：大家都說台灣的僵化教育扼殺了學生的創造力，本書作者也是在台灣長大的，為什麼她有這麼好的想像力和創造力呢？

這本書最讓人激賞的地方是作者從我們耳熟能詳的唐詩著手，創造出步步驚魂的懸疑小說。中國的詩詞都有國畫的意境，蘇軾曾稱王維的詩是「詩中有畫，畫中有詩」，柳宗元的〈江雪〉的確會使你心中浮起寒冬的景象：大地白茫茫一片，什麼都沒有，只有江中一葉扁舟，一個老翁為了生計，冒著嚴寒在釣魚。更令人驚喜的是，作者能利用詩句埋下伏筆：如果千山鳥飛絕了，那麼突然出現的鳥，一定是壞人的間隙，後來果然如此。

壞人的名字是由〈隴西行〉轉音過來的「龍兮行」。那些暴屍戰場的骨骸，化成黑色的冤魂，聚成了龍兮行。陳陶這首詩最感人的地方就是「可憐無定河邊骨，猶是春閨夢裡人」，親人不知道他們已經死了，還在家裡痴痴的等。

作者選來藏魂氣的五首詩意境都非常好，馬上帶你進入詩境，很能激發我們的想像力。很可惜我們的學校不能像書中的學校那樣，舉辦詩詞比賽，大家上去打擂台。如果年輕人能夠多念著些好的詩詞，或許社會暴戾之氣不會這麼嚴重。最近有個十六歲少年把母親殺了，用的方式是殺雞的割喉放血，太不能相信他是我們九年一貫教育出來的孩子。讀詩能陶冶性情、變化氣質，何不讓孩子多讀一些呢？現在國文課本中的古文刪除殆盡，政治侵入了教育，眞的很可惜。

書中唯一沒有交待的是周穆王的玉珮，他的墓尙未找到，那麼這玉珮從哪裡來？照理說這玉珮爲周穆王隨身不離的信物，才會「見玉如見人」，王母爲了見情人一面，不惜幫助壞人，看了令人有點難過。天下總是痴情的比負心的多，或許這就是情能吸引人的地方。

我爲作者能寫出這麼吸引人的小說喝采，這不但要有想像力，唐詩還得背得滾瓜爛熟才行。它對目前死水般的教育界是個鼓勵，因爲每個學生都是璞玉，何日放光彩不知道。它也替念文科找不到出路的學生打氣，文學是涵養之本，好好念，念通了，黃金屋和顏如玉就會像「詩魂」一樣，自然出現。

推薦序

東方奇幻魔術師，賦予經典新生命

文／教育工作者　李崇建

自二〇〇九年以來，我每年針對近一千位學生調查，他們最喜歡的作家是誰？孩子們的答案，從J．K．羅琳、雷克．萊爾頓、史蒂芬妮．梅爾到艾琳．杭特（共同筆名），前三名全是西方作家。直到某一年，我對某校全一年級新生詢問，眾多孩子喊著陳郁如，向我介紹她的小說有多好看。

當時我還丈二金剛摸不著頭腦，怎麼會有這麼一號作家呢？直到我閱讀了她的作品，才認識這位台灣的奇幻作家，是一位難得的說故事好手。

我長期關注台灣兒少文學發展，對於陳郁如的出現，我感到既高興又期待，迫不及待拜讀她的新作《仙靈傳奇：詩魂》。然而我剛翻閱本書內容，不禁爲她捏了一把冷汗，因爲她選擇的題材是唐詩。這個時代的孩子，距離唐詩非常遙遠，雖然唐詩辭藻美麗、意境悠遠，我的生命曾因唐詩而豐富，因此期待每個孩子都能讀唐詩，孩子卻對唐詩避之唯恐不及，常讓文學教師嘆氣連連。

然而我對陳郁如的擔心，顯然是太多餘了。

當我開卷閱讀沒有多久，便輕易的融入故事中，而且無法停止閱讀，想知道接下來發生了什麼？這是我很久未在少年小說，甚至奇幻小說得到的閱讀快感。

《仙靈傳奇：詩魂》一書透過柳宗元的後代，一位無法背誦唐詩的少年，卻被「詩魂」選中拯救唐詩，因而擁有了穿越唐詩的能力。這個故事的手法，是時下最流行的穿越劇，陳郁如將古典的唐詩內涵，架構於一個通俗的橋段，卻一點兒也不顯得俗氣，反而如此和諧的將典雅的詩詞，鋪陳於精彩的通俗故事中，非但沒有教育的意味，還絲絲入扣引人入勝。

身爲一位創作者，以及一位文學教育工作者，我深深爲陳郁如讚嘆。因爲陳郁如的這項設計，很容易讓青少年接受，讀者很自然的被吸引，因而開啓唐詩典雅的大門。這其中的關鍵，除了必須擁有強大的說故事能力，也要對唐詩熱愛且理解，方能傳達的如此精準有趣。

陳郁如巧妙的詮釋了詩境，將唐詩美感的意境，呈現的如此不著教育痕跡，我認爲是這本書最可貴之處。這使我想起雷克．萊爾頓，他創作的奇幻小說「波西傑克森」，席捲全球的青少年讀者，使得希臘神話故事廣為孩子所熟悉。以往我在課堂講希臘神話，孩子根本不識波賽頓、赫丘利斯……，甚至也無意了解希臘神話故事。如今隨著「波西傑克森」暢銷，孩子們提及希臘諸神故事，簡直琅琅上口、瞭如指掌。雷克．萊爾頓成功的詮釋經典，讓孩子完全接受甚至追求，我常視之為文學教育的典範。

西方有雷克．萊爾頓，如今東方有了陳郁如，她劍指唐詩，融入西方奇幻小說，以及東方武俠小說的手法，寓經典於通俗的詮釋，更是我輩的典範。然而陳郁如應非如是想，因為她創作的故事精彩，也許從未念及推廣唐詩，我在她設計的精彩橋段處，常掩卷思索她會如何安排？她竟能不落俗套的解開迷津，往往在山窮水盡之處，又展開柳暗花明的風景，強大的說故事能力讓我折服。

也許她只是碰巧選唐詩題材，沒有任何的教育想法，才能將故事場景與唐詩意象融合，精確巧妙的將詩本身故事化，也形象化、具體化了，帶領讀者在詩的意境裡穿梭，與書中人物心靈相通，跟著柳宗元經歷冒險。

謝謝陳郁如創作了《仙靈傳奇：詩魂》，她滿足了我身為讀者、創作者與教育者的期待，我迫不及待想推薦給所有青少年，也想推薦給所有文學教師，因為她的出現，我對奇幻小說有更多的期待。

推薦序
重回文學寶庫的懷抱

文／親子專欄作家　陳安儀

有一天夜半，郁如突然傳訊息給我，問了我一個關於中國詩詞的問題。我心中頗覺奇怪，不知她最近怎麼突然鑽研起中國詩詞來了？

直到出版社邀請我替郁如的新作寫推薦序，謎題這才揭曉——原來，繼上回「修煉」系列以中國古代傳說中的「精怪神獸」為創作藍本，這回她的新作《仙靈傳奇：詩魂》，再度搬出中國古典文學中，最珍貴、最著名的「唐詩」為題材，創作出又一本既古典、又現代，集冒險、武俠、神怪於一身的東方奇幻小說！

《詩魂》的故事主角，是一個喜歡幻想的十二歲男孩「柳宗元」。讀到這個名字時，我忍不住笑了，因為現實生活中，我還真的教過一個名叫「蘇東坡」的小學生呢！想當然耳，這位「柳宗元」跟我的學生一樣，恨死他自己的名字了！因為外號「大詩人」的他，偏偏對唐詩完全沒有興趣，甚至一碰到背詩就有障礙！

然而，冥冥中卻注定，柳宗元眞的和唐詩有著密不可分的關係！在一次課後留下來背詩的過程中，宗元的同學儀萱，教導他閉上眼睛想像詩中的畫面，希望能幫助他記憶，沒想到宗元卻在無意中，發現自己意外的闖入了〈江雪〉的詩境當中！

「千山鳥飛絕，萬徑人蹤滅。孤舟簑笠翁，獨釣寒江雪。」唐朝大詩人柳宗元的絕句傳唱千古；然而，現代少年柳宗元進入了萬籟俱寂的山谷之中、江雪之上，見到了正在孤舟上釣魚的老翁之後，竟發現了一個天大的祕密：唐詩的詩境正遭到邪惡力量的破壞，而被破壞的唐詩，即將在人類的記憶中，一點一滴的慢慢消逝……

這該怎麼辦？個性有點慵懶、不太負責任、膽小又怕事的柳宗元，實在是不想碰這個麻煩。但是本性善良的他，卻又無法坐視〈江雪〉裡的老翁被毒害而不管，再加上對解謎的好奇心，就這樣，柳宗元一頭栽入了一個又一個的詩境之中，並且捲入了一場惡鬥。他必須穿梭在一首首的唐詩之間，破解線索、並找到離去的「詩魂」所留下的魂氣，才能拯救逐漸崩解的詩境……

讀完了整個故事，我不得不佩服郁如天馬行空的想像力。「唐詩」在中國古典文學中，之所以能夠占有如此重要的地位，就是因爲詩人擅長用最簡單、最減省的文字，創造出最高境界的意象。無論是「詩中有畫、畫中有詩」的王維；豪放不羈的酒仙李白；邊塞詩人岑參、高適……少則二十、多不過百字，就能夠勾勒出一個有畫面、有背景、有主角、有感情的生動故事。

只可惜，現在的孩子對於唐詩寶庫已經十分陌生，上一代能琅琅上口的唐詩、宋詞，在現代教育不強迫背誦的狀況下，漸漸不再爲孩童們所熟悉。然而，唐詩中的文字、音韻之美，實在是我們固有的珍寶，非現代作品可取代，唐詩就這樣遠離了我們的生活，實在極爲可惜。

如今，郁如以豐富的想像力，將一首首的唐詩，像電影畫面一樣的描述出來，並安排了奇幻故事，讓主角穿梭其中。一方面滿足孩子緊張刺激的閱讀需求，二方面也讓孩子有機會接觸我們的古典之寶——唐詩，眞是令人眼睛一亮！

透過小說情節，〈江雪〉、〈楓橋夜泊〉等耳熟能詳的唐詩，不但容易記誦，而且還有謎題隱藏在詩作之中，讓小讀者能夠跟著主角一同推理、解謎，在閱讀奇幻故事的同時，也有機會再次領略流傳千年的中國古典文學之美，《仙靈傳奇：詩魂》眞是一本好得不能再好的少年小說啦！

1

柳宗元從小就討厭自己的名字。媽媽每次都說，她最喜歡柳宗元寫的〈江雪〉，覺得那首詩意境眞好，所以懷他時就決定要給他取這個名字。爸爸也自豪的說，他們柳姓可是鼎鼎大名的詩人柳宗元的後代！身上流的可是詩人的血液啊！

這也太離譜了。宗元心裡抱怨。難道每個孔子的後代都要叫孔仲尼嗎？

而且每次同學都叫他中元普渡。

「你不要理他們，你跟他們說，他們講錯了，中元普渡的中有捲舌，你的宗才沒有捲舌呢！」媽媽還振振有詞的解釋。每次跟她講話，她都抓不到重點。

柳宗元其實很怨，爲什麼媽媽不是喜歡獨孤及之類的詩人，或者爸爸是獨孤及的後代，聽起來酷多了。「獨孤及，哈哈哈，我看你是線上遊戲玩太多了，我們家姓柳又不是姓獨孤。」姊姊不屑的笑他。哼，至少不是什麼孟浩然，姊姊每次都說浩然這名字多浪漫，很像帥哥的名字，柳宗元覺得噁心死了，還是獨孤及比較有水準。

也幸好媽媽沒有喜歡杜秋娘的詩，如果他被叫柳秋娘的話，他這一生都不要見人了。

這天，又到了上國文課的時間。

「今天，跟大家介紹一首詩，叫〈天末懷李白〉。」陳老師口沫橫飛，搖頭晃腦，她臉上戴著一副圓圓的大眼鏡，矮小的身材有些豐腴，腳踩三寸高的高跟鞋，燙起頭髮，才勉強跟班上最矮的學生一樣高。

「這首詩中，杜甫用景物的描寫來表達對好友李白的懷念，我們來看第一句，涼風老是吹起，天末，天末是天際的意思。這句話是說……柳宗元！你給我站起來。」

剛剛聲音溫柔的陳老師忽然大聲一喝，全班都嚇了一跳，宗元揉揉眼睛，站了起來。

「大詩人，你居然上課睡覺，好，既然你都會了，來說說看，〈天末懷李白〉這首詩在說什麼？」老師銳利的雙眼透過厚厚的眼鏡，直直的盯著他。

宗元忍不住在心裡嘀咕第七萬三千五百二十八遍媽媽給他取的這個詩人名字，然後忍住再打一個呵欠的念頭，眨眨眼看著黑板上〈天末懷李白〉五個字。

李白他當然認得，宗元心裡放下五分之二個心，剩下的五分之三的字都念得出來，意思應該很好猜。

「這首……這首詩是講李白……」他斜眼看老師，老師下垂的臉頰肌肉似乎有上揚一些，他放大膽繼續說下去，「這是描寫李白的媽媽天末，懷他時的詩句。」

班上同學哄然大笑，宗元也不好意思的笑出來，可是他抬頭看到老師垂到快碰到下巴的嘴角，趕快低下頭來不敢再笑。

「那個懷是懷念，思念，思慕的意思，」老師氣急敗壞，口吐嘶嘶聲，宗元在腦海中把她想成一隻大猛蛇，「那個天末不是人！」老師怎麼聽起來像在咒罵背叛她的前男友似的，「天末指的是天際，這是一首杜甫遙望天際時，感懷好友李白的一首詩！」

老師瞪了宗元一眼，兩隻眼睛在鏡片的放大下顯得更爲嚇人。「你繼續站著。」

宗元苦著臉，旁邊的同學則是幸災樂禍的竊笑。

「好，我們往下看這首詩在講什麼，」老師調勻呼吸，推推眼鏡，攏一攏頭髮，「『涼風起天末，君子意如何』，是在說，一陣寒風從天際間吹起，朋友你最近覺得如何？」

老師才一開頭，宗元就開始神遊了，他眼前出現電玩裡大俠的角色，在蕭瑟的大漠中佇立，冷風颯颯的吹著，背景一望無際。

「『鴻雁幾時到？江湖秋水多』，你給我的書信，什麼時候才會到？這江湖人心險惡，就如同高漲的秋水般難測啊。」老師入情的嘆了一口氣。

大俠拿到一封通關的書簡，許多江湖人士出現跟大俠挑戰，他舞弄雙劍，奮勇殺敵……

「『文章憎命達，魑魅喜人過』，很多文彩過人的人，卻是命運坎坷，魑魅指的是鬼怪，這些鬼怪喜歡害人，如果有人從它們前面經過，很快就會被吃掉。」

大俠殺退了敵人，繼續往前走，經過了一群猙獰的鬼怪，它們一個個有著可怕的法力，對著大俠射出不同顏色的電火圈，朝著大俠一步步的逼近……

「『應共冤魂語，投詩贈汨羅』，我想你應該也會向有同樣冤屈的屈原訴說一些話語，當你來到汨羅江時，不如也投下一些詩句跟他分享吧！」陳老師腳踩三寸高跟鞋叩叩叩的走過宗元的桌子。

大俠邊打邊退來到江邊，他雙手用力，運氣送出最後一格的內力，把魑魅鬼怪擊退一些，然後轉身把手上的書簡投入大江之中，果然一道木橋從水中升起，大俠快跑過橋，通過了這一關。

「耶！」宗元忍不住脫口而出，他趕快用手摀著嘴，可是來不及了，老師轉過身來，狠狠的瞪著他。宗元彷彿看到一股殺機。

「大詩人，你這麼興奮，看來整首詩都背下了，來，念出來給大家聽。」老師走回講台，把黑板上的字句都擦掉，才又走回到宗元身邊雙手叉腰盯著他。

宗元在心裡嘀咕第七萬三千五百二十九遍，抓抓腦袋，「嗯……嗯……冷風……」

「涼風！」老師嘴裡的熱風直接噴到他臉上。班上的同學低頭竊笑。

「涼風……涼風起天末，」還好天末兩個字他剛剛記起來，老師說天末不是人那副咬牙切齒的樣子讓他印象深刻。

「君子……君子……那個如何……書信何時到？」旁邊的同學這時已笑得肩膀上下抖動，老師的嘴巴緊閉，臉色非常不好看。「江湖人險惡，魑魅愛吃人，」同學的笑聲愈來愈大，前面的王大頭笑得趴到桌子上，右邊的林小美全身抖得像是中風一樣。柳宗元看大家笑，自己也很得意的掰下去，「那個，然後……屈原投汨羅江。」

全班笑得好大聲，有人捧著肚子，有人拍著手，還有人笑得喘不過氣來，柳宗元偷看坐在斜後方的莊儀萱，她的眼睛閃爍光芒，嘴角上揚，也開心的笑著。他看著也笑了。

只有老師氣得發抖，叫他放學留下來，背會這首詩才可以回家。

「涼風起……」他看了一眼老師，老師臉上陰晴不定，他趕快換口，「不對不對，是冷風……」

「涼風！」老師大吼一聲，「你第一次是對的！」

「是，是……冷風起天末……」柳宗元滿頭大汗。

「涼風！」

宗元還眞希望有道涼風出現。

不知道爲什麼，柳宗元對背唐詩就是有障礙。不要搞錯了，他可是從小聰明伶俐，活潑可愛，三歲就會背三字經，四歲就會四位數加減，五歲就會隨著電視載歌載舞，六歲就會一邊溜滑輪一邊遛狗，頭腦靈活又四肢發達。可是很奇怪，一碰到唐詩，不管長的短的，難的簡單的，他都背不下來。這些詞句就像硬邦邦的水泥，堅持不肯進入他的耳朵和腦海裡。

偏偏老媽又給他取個大詩人的名字，眞是諷刺。

當然，這次跟以往的無數次一樣，〈天末懷李白〉這首詩怎麼也背不出來。

「這首難度比較高，不然，再背背看〈江雪〉。」陳老師拿出一本唐詩選放到他的面前，「名字叫柳宗元，至少要把這首詩背出來，不然地下的柳宗元眞的要爬出來改名字了！」

宗元忍不住又抱怨第七萬三千五百三十遍他的名字，不甘不願的翻到第六十七頁。

陳老師每次都想盡辦法叫他背〈江雪〉這首詩，說是不可以枉費他母親幫他取這個名字的苦心，偏偏背了一個學期了，就是背不出來。事實上，不只這一個學期，從小媽媽就費盡心思要他背，可是他怎麼就是背不全。不是背了第一句，忘了第二句，就是記得後面時，卻又忘了前面，明明整首詩就只有二十個字，意境也很簡單，就是背、不、起、來。

「只要你背得出來，就這首就好，以後什麼詩都可以不用背，怎麼樣？」陳老師誘之以利，不過這利也太小了，宗元一點興趣也沒有。

「好吧，我去洗手間，你要用心背，知道嗎？」陳老師踩著高跟鞋，叩叩叩的走出教室。

「千山鳥……」宗元嘴裡念著，可是老師一走出教室，他就把額頭抵在桌上休息，不想再花力氣去背。

「喂！」當他閉眼神遊時，有人大喝一聲。

宗元頭也沒抬，懶懶的回答，「誰啦，不要吵。」

「你怎麼知道不是老師回來了？」莊儀萱的聲音傳來，宗元趕緊坐起來。儀萱的臉圓圓的，大大的雙眼在整齊烏黑的瀏海下顯得更明亮。宗元喜歡看她笑起來一臉燦爛的樣子。

「因爲你沒有叩叩叩啊。」宗元學陳老師穿高跟鞋走路左搖右晃的樣子。

儀萱抿著嘴笑了起來。

「看你那麼聰明，怎麼還是背不起來啊？」儀萱看著攤開的書上〈江雪〉那首詩。

「是啊。我又不是你。」宗元嘆口氣。儀萱從小學高年級開始跟他同班，功課不算好，數學老是算錯，自然老是搞不懂，社會老是記不起來，作文老是寫不順……不過她對唐詩背誦有特別的天賦，每一首新學的唐詩都可以快速的朗朗上口。學校每年都會舉辦唐詩背誦比賽，儀萱已經拿了兩年第一名了。

「可是你是大詩人柳宗元耶！」儀萱嘻嘻笑著。宗元瞪了她一眼。

「好吧，看在你平常會教我數學的份上，我來幫你好了。」儀萱說。

「詩要用背的，你怎麼可能幫我？除非你有什麼九陽背詩神功可以用內力傳給我。」宗元還沒開始念，腦海已經神遊，眼前出現電視上武功高超的師父盤腿坐在地上，傳授深厚內力給高帥大俠的影像。

「沒試怎麼知道？」她坐到宗元的面前，看也不看眼前那本書，「〈江雪〉是第八首我會背的詩呢！」

連第幾首會背的詩都記得起來，宗元實在太佩服儀萱了。

「這首〈江雪〉的意境帶著孤寒的美麗，」儀萱繼續說，「你一邊背誦，心裡要跟著描繪詩裡的景象，這樣比較容易。你看，第一句，千山鳥飛絕，你就想像高聳入雲的深山裡，連一隻飛鳥的影子都看不到。」

「千山鳥飛絕……」宗元一邊念，一邊想像綿延的高山。

「要記得，這山上都是覆蓋的白雪喔。」儀萱提醒。宗元把腦海中的山景塗上白色，同時又在半山上開個山洞，山洞裡有個絕世高人，正努力練寒冰神功。

「下一句，萬徑人蹤滅，蜿蜒的小徑上，沒有任何人的蹤影。」儀萱努力解釋，卻看到宗元喃喃念句萬徑人蹤滅，然後便打個呵欠，神遊去了。

「喂！」儀萱氣得用手拍了一下宗元的手背。

「哎喲！」宗元像是觸電一般，跳了起來。他愣愣的看著儀萱，一點也不誇張，他感到手背上傳來一股電流強度的刺痛。

「你到底有沒有認眞聽我講啊？」儀萱眉頭微蹙，睜大眼睛瞪著他。

「有啊，千山鳥飛絕，萬徑人蹤滅，你看我背起來兩句了。」宗元很順口的就念出來，他自己也很驚訝。

儀萱疑惑的看著他，似乎不太相信。

「孤舟簑笠翁，獨釣寒江雪。想像眼前有條佈滿冰雪的江河，河中有一艘扁舟，舟上有個老翁，孤獨的在這冰冷的江中垂釣著。」儀萱看著他。

「孤舟簑笠翁，獨釣寒江雪。」宗元又順口的念了出來。

「試試看整首詩念一次。」儀萱拍著宗元的手背鼓勵他，他又感到一股微微的電流傳來。

「千山鳥飛絕，萬徑人蹤滅，孤舟簑笠翁，獨釣寒江雪。」宗元一字不漏，非常流暢的把整首詩念了出來，他眼睛瞪得大大的，儀萱也張大嘴巴看著他，剛才那種觸電的麻痛感覺爬滿全身，然後他發現，自己竟然不是在教室裡。

2

這裡是哪裡？柳宗元用力眨眨眼，發現自己站在一塊大石頭上，石頭稍微顫了一下，他一個沒站穩，跌在一片鬆軟的白雪裡。這是怎麼回事？他睜大眼睛，在他眼前的，是一片雪景。

我在做夢吧！我居然在教室裡背詩也可以做夢，我一定是太累了。宗元想。

可是一片雪花落在他的臉上，又冰又涼又癢，然後一片又一片，一下子，他的肩膀、頭上，已經被一層白雪給覆蓋。

宗元從雪地裡站了起來，顫抖了一下，這種冷是他從來不曾有過的經驗，這應該不是夢。可是，他怎麼在這裡？這裡又是哪裡？

他四處張望，放眼望去都是高山。他瞇著眼仰望，山上都是白雪；他低頭看，雙腳埋在厚厚的雪堆中。宗元沒出過國，也沒上過玉山或合歡山，所以沒看過雪，最多就是跟同學吃刨冰時，互相丟冰到對方身上，這會兒居然身在雪地中，他興奮的跳上跳下。在這個杳無人煙的地方，地上鋪了一層厚厚的新雪，又乾淨又鬆軟，漂亮極了。

他又滾又跳又爬又跑，不管是不是夢，一定要先享受一下。

不過沒多久，他開始不覺得好玩了，因爲他好冷啊，全身不停顫抖，差點站不穩。這裡到底是哪裡？放眼望去，四周安靜無聲，身旁除了那塊大石頭，沒有鳥獸，也沒有人跡。我是怎麼來到這裡的？我要怎麼回家？宗元忍不住害怕起來。

他抱著雙臂，弓著身子，拖著步伐往前走。他也不知道要走到哪裡，四周都是一片雪白，但是他知道，如果他停下來不動，一定會被凍死。

不知道爲什麼，他心中有股強烈的感覺告訴他應該往右邊去，宗元朝著一棵斜傾的大松樹慢慢走去。他繞過松樹，聽到淙淙水聲，這才發現，眼前有一條江河。

宗元望著腳下的江水，這裡的水流很急，到處是數不盡的漩渦、波濤、浪花，好像有什麼怪獸在裡面翻滾一般，宗元看著江水，居然感到一陣暈眩，他不敢再看，抬起頭向江面望去，忍不住「咦」了一聲。

只見江面上有一艘扁舟，舟子的前頭，有個漁翁身披簑衣、戴著簑帽，手握著釣竿在垂釣。奇特的是，江水波濤洶湧，這艘用竹子搭成的舟子卻穩穩的停在江心，一動也不動。而且不止漁翁的身形不動，細細的釣竿跟釣線在水流衝擊下，居然也是靜止的。

宗元本來想呼叫救命，不過看樣子，他開始懷疑這扁舟、漁翁，還有釣竿都是石頭刻成的。

就在這時候，這個石雕般的漁翁忽然抬起頭，簑帽掩蓋住他的臉孔，只見釣竿一轉，朝著宗元一指，舟子像是加足馬力的汽艇一般，往宗元急駛而來。

宗元張大嘴，暫時忘了寒冷。直奔而來的舟子在他眼前停住，舟前的漁翁站起身來，縱身一跳，來到宗元的面前。

漁翁脫掉簑帽簑衣後，宗元看到一個比他矮的瘦小老人。老人彎著腰、駝著背，凹陷的臉上滿是皺紋，頭上的白髮則是跟背景的雪幾乎融成一體，他的兩道眉毛跟長鬍鬚也是白得像雪。

「我終於等到你來了！」他聲音裡帶著喜悅，很難想像這樣一個巍巍顫顫的老人剛才居然可以在湍急的江水中穩住一葉扁舟。

「你……你……在等……等我？」不知道是太驚訝還是太冷，宗元斷斷續續說不出話。

「是啊。」他咳了兩聲，「你可以叫我老姜。你叫什麼名字？」

「我叫柳宗元。」

老姜臉上閃過一絲驚訝，嘴裡喃喃的說，「原來如此，原來如此。」

「什麼原來如……此？這……這裡是……哪裡？」

「這裡是哪裡？你怎麼這麼快就忘了啊？」老姜瞇著眼，白色鬍鬚在風中飄著。

宗元平常也算伶牙俐齒，可是現在除了張大嘴巴，實在不知道怎麼回答。

「好吧，我好心提點你一下好了，你在來這裡之前，是不是正在背一首詩？」

被老姜一說，宗元這才想起，一向不會背詩的他，忽然一字不差的把〈江雪〉背了出來，他正高興時，就發現自己身在這個奇怪的地方。

老姜看著宗元愣怔的點點頭後又說，「你再把那詩念出來一次你就知道了。」

「千山鳥飛絕，萬徑人蹤滅，孤舟簑笠翁，獨釣……寒……江雪。」宗元念出最後兩個字，忍不住呻吟一聲，這裡，不就是詩裡描述的樣子嗎？四周高山聳立，卻沒有飛鳥的蹤跡，蜿蜒的小徑被雪覆蓋，一個人影也看不到，只有江裡的一葉扁舟上，有一個戴著簑帽的漁翁在冰冷的江水裡獨自釣魚。他忍不住打了個冷顫，分不清是冷還是害怕。

老姜似乎可以看透宗元的想法，「沒錯，你眞的很聰明，你的確來到詩裡了，來到柳宗元當年寫的〈江雪〉的意境裡面。」

「所以，我……回到古代了？」宗元仔細打量老姜的穿著，的確就像電視古裝劇裡的裝扮，頭上綁個小髻，身穿斜襟短褂和布鞋。

「是，也不是。這首詩的創作背景是唐朝，所以這裡是古代沒錯，但你不是回到唐朝的時間軸上，你只是進入了詩的意境裡。你了解嗎？」

「詩……詩……的……意、意……境？」宗元整個人抖得話都說不清楚。

「對，詩人在寫每一首詩時，都會創造出一個意境。不管描寫人、景，還是物，每首詩都有它的一個意境，一個空間。你現在就在〈江雪〉描寫的意境裡。」

宗元似懂非懂，所以他不算眞的回到過去，也不能改變歷史，他只是進入那首詩所描寫的情境中。

「可……是……我爲……爲什……爲什麼會……」這裡實在好冷，宗元愈抖愈厲害。

「哎，看來你還沒完全恢復。」老姜說了這句古怪的話，往前走近，顫顫巍巍的舉起右手，往宗元的眉心一觸，宗元一愣，忽然全身像是有一股暖流通過，他不再覺得那麼冷不可當了。

「我爲什麼會來到這裡？這是怎麼一回事？」宗元終於可以好好的把一句話講完了。

「你先跟我到船上去，我慢慢告訴你。」老姜抓著他的手臂，拉著他往前走。想不到這個瘦小的老頭，居然手勁這麼大。宗元的身材高瘦，比老姜還高出一個半的頭，可是居然沒辦法掙脫他。老姜行動迅速，宗元被他半拖半拉來到江邊，老姜的手再一用力，宗元發現自己騰空飛起來。老姜帶著他，跳到船中。

宗元左右探看，發現這艘船非常簡陋，角落有一個竹簍、一柄船篙，床艙裡有一張木板釘成的坐凳，船頭有一支釣竿，其他什麼也沒有。

「坐下來吧。」老姜撐起船篙把舟子划離岸邊。宗元坐在木板上，看著舟子外面的江水翻騰，小舟卻穩當的在江中行走，他看著瘦弱駝背的老姜，知道他一定有深藏不露的功力。

「我們要去哪裡？」宗元問。

「我們哪裡也不去，這首詩你既然背起來了，應該知道，這裡的意境就是這樣，有高山、江水，還有一艘船，不管我怎麼划，這舟子都在寒冬的江水裡。」老姜說。

宗元打了個冷顫，難道，他就這樣被困在一首詩裡？不！

「老姜，你快靠岸，我不要困在這裡，我要回家，我要回家！」宗元緊張的大喊。

「你先不要慌，先聽我說。」老姜把船定在江中，走進艙內，用手拍拍宗元的背，宗元感到另一股暖流，他的情緒稍微緩和了下來。

「我剛剛告訴你了，這裡是〈江雪〉的意境。你既然來得了，一定也回得去，不用擔心。」老姜說。

「我爲什麼會來到這裡？我要怎麼回去？」宗元問。

「你會來到此處，是因爲你會背這首詩，我知道你要問什麼，對，好多人都會背〈江雪〉，爲什麼他們沒來到這裡？那是因爲你機緣過人，命中注定。」

「注定什麼？」宗元感到一股涼意，是說，在〈江雪〉的意境裡，很難不覺得寒冷。

「中國人從很早開始就寫詩，尤其唐朝的詩人，更是把詩的創作推向高峰，每首詩有它的意境，有它的靈魂，這些唐詩的靈魂經過幾千年被人傳誦、低詠、欣賞，慢慢的聚在一起，被稱爲詩魂。

「詩魂可以穿梭在每首詩的意境裡，也會守護每首詩的意境。唐詩可以永垂不朽，就是因爲詩魂的存在。只是，跟世界任何一個角落一樣，詩的意境也有黑暗的靈魂。詩人的惆悵、悲恨、傷心、憤慨、哀怨聚在一起，慢慢形成一股陰暗之氣，這陰氣本來跟詩魂不相上下，可是陰氣的力量愈來愈大，甚至想要取代詩魂，控制整個詩境。最後詩魂不敵，被陰氣所滅。」老姜頓了頓，神情帶著哀傷。

「詩魂在被滅之前曾找過我，他跟我說，他知道自己的力量愈來愈弱，無法與陰氣抗衡下去，所以他把自己剩下的魂氣分散在五首不同的詩中，只要有人能進入詩的意境裡，跟他一樣在詩境中穿梭，就能找到這些魂氣。把這些魂氣聚積起來，詩魂就可以回到詩境中。」

老姜望著宗元，眼裡帶著複雜的情緒。

宗元聽得一愣一愣的，不知道要不要相信這老頭的話。

「你能來到這裡，絕不是偶然，一定是有什麼機緣。我相信你就是我在等的人，你一定可以破解詩魂留下來的線索，找到所有的魂氣。」

「喂，等等，你不會以為我就是那個可以拯救詩魂的人吧？我對詩一點辦法也沒有，一點興趣也沒有，我連一首詩也背不起來，呃，不對，我剛剛是有背起來這首詩，哎呀，這不是重點啦，我根本不相信你講的鬼話，我要回家，我不要在這裡！」宗元大聲嚷著。

「如果你不幫詩魂，他永遠也回不來，詩的意境就會慢慢崩解，再也不存在了。」老姜哽咽著說。

「那你幹嘛不去救詩魂？他不是留了線索給你嗎？」宗元問。

老姜搖搖頭，「我只是這首詩的意境的一部分，沒辦法進到別的詩裡面，更何況，那個線索不是給我的，我解不出來。」

「那，他留下來的線索是什麼？」宗元忍不住好奇的問。

「他說，〈江雪〉是第一個。」老姜說。

「第一個……什麼？」宗元皺著眉頭。

「就是這樣，〈江雪〉是第一個。」老姜肯定的說。

「這算什麼線索嘛！」宗元翻白眼，「我背會詩後第一個來的地方就是這裡，他不說我也知道。這樣怎麼找啊！」

「所以你答應了？」老姜喜出望外的握緊宗元的手。

「什麼？才沒有咧！」宗元趕緊甩掉老姜的手。老姜滿臉失望。

「我要回去！我不要在這裡！」宗元重複之前說的話。

「你怎麼來的，就怎麼回去。」老姜轉過頭嘆口氣，朝著船頭走去，手拿起釣竿，默默的垂釣，身形不動如石，就像宗元最初看到他的樣子。

宗元有點不忍心，不過他更怕被困在這裡，他想著老姜的話，他會來這裡，就是背起了這首詩，心裡想著〈江雪〉的意境，那如果他想回去，是不是心裡也要想著他在教室的情境？

宗元決定試一試，他閉起眼睛，想著教室的課桌椅，儀萱在他的面前……

「宗元！你發什麼呆啊！」儀萱的聲音傳來，他睜開眼睛，發現自己回到教室裡了！

「耶！我眞的回來了！」宗元忍不住大叫。

「什麼？」儀萱疑惑的看著他。

「我剛剛去了……」宗元把剩下的話吞下去，「我剛剛發呆了多久？」

「五秒鐘吧！怎麼了，會背詩，自己都不相信吼？」儀萱偷笑著。

「我……」宗元看著儀萱，不知道要不要跟她說剛才的遭遇，害怕儀萱笑他，其實宗元自己也不確定是不是驚訝過度所產生的幻覺，於是決定暫時什麼也不說。

陳老師叩叩叩的走了回來，儀萱很興奮的對著老師喊，「宗元會背〈江雪〉了！」

「眞的？」陳老師來到宗元面前，歪著頭不太相信。

「快啊，再背一次！」儀萱很得意自己幫他背出這首詩。

「千山鳥飛絕，萬徑人蹤滅……」宗元看到老師的微笑，自己也很得意。

「孤舟簑笠翁，獨釣……」宗元頓了一下，心想：不行，如果我背出來，是不是又會回到詩裡面去？他決定改口，「寒雪江。」

「是寒江雪！」老師搖搖頭，「好可惜，就差那麼一點，不過今天進步很多，先回家吧，我們明天再試。」

儀萱等老師叩叩叩走遠，忍不住又拍了一下宗元，「怎麼了，剛剛不是會背了？而且你怪怪的喔，明明都背出來了，怎麼最後兩個字對調了？我看你是故意的。」

「噓，我們先走，我等下跟你說。」宗元神祕兮兮的說。

3

他們走出校門，宗元跟著儀萱來到學校旁的一個小公園，宗元把剛才進入詩境的經過告訴了儀萱。

「詩魂？」儀萱狐疑的看著他。

「是啊，那個叫老姜的是這麼說的。」宗元點點頭，很怕儀萱不相信，把他當成瘋子。

「那詩魂是人還是鬼魂啊？」儀萱有點害怕的樣子。

「我怎麼知道，當時我只想趕快回來，沒有問清楚……等等，你相信我說的話？」

「應該是吧……」儀萱不太確定要不要相信的樣子，「你一直都背不起任何詩，這次忽然會了，的確非常奇怪啊。說不定，這就是你的宿命。」

「宿命？」

「對啊，你叫柳宗元，忽然會背柳宗元的〈江雪〉，還意外進入〈江雪〉的意境裡，或許，你眞的是被選中的那個人。」

「你不會覺得，我剛剛只是發呆神遊去了？就像做夢一樣？」宗元問。

「嗯……」儀萱歪著頭，想了一下，「不然這樣，如果你眞的可以像那個老姜說的那樣，任意進出詩的意境，那你再背一次〈江雪〉，看看是不是像剛才一樣去到那個江邊，如果可以的話，那就證明你不是幻想，而是眞的。」

儀萱的點子倒也不錯。

「這我也有想過，可是我有點擔心我回不來，所以剛才陳老師要我背時，我就故意背錯……」宗元想了一下，「好吧，既然我回來了，代表我也可以再回來。我一定要再試一下，看是不是眞的。」

儀萱望著他，眼神有點緊張，又有點期待。

他們坐在公園角落的一張石椅上，宗元深吸一口氣，緩緩念出：「千山鳥飛絕，萬徑人蹤滅，孤舟簑笠翁，獨釣寒江雪。」

宗元等了半晌，什麼也沒發生。

「怎樣？你去了一趟又回來了嗎？」儀萱小心的問。

宗元搖搖頭。看來，剛才只是一場夢。

「還是，你要用心去想那首詩裡的意境？」

「有啊，我很用力去想我剛才去的那個情境。」宗元說。

「會不會是我們漏了什麼？」儀萱不死心。

宗元努力回想之前在教室的情況。難道，一定要在教室裡？

「還是我需要跟你一起念？那時候，我正在試著幫你背詩，記得嗎？」儀萱的話倒是提醒宗元一件事。

「對了，因爲那時我分心，你拍了我一下，當時我感到好像觸電一樣，之後我就記起來了。」

「好，那我們一起念！」儀萱很大方的過來，握住宗元的手。宗元微微臉紅，不過看儀萱一臉認眞，他也靜下心來，專心想著詩的意境，眼睛微閉，把〈江雪〉又念了一遍。

結果「獨釣寒江雪」的「雪」字才一念完，宗元發現自己又來到那個冰天雪地的景色裡，跟第一次出現的地點不同，這次更靠近江邊一些，隱約可以看到老姜的船。他很興奮，這一切是眞的。

看來他眞的有這樣的能力，可以進出詩的意境。這眞是太神奇了。

正當他考慮著要不要走到江邊和老姜攀談，一股很大的撞擊力道朝他衝來，他沒注意，整個人栽進雪地裡。

宗元抬頭看，撞他的是一片黑雲狀的形體，它在面前迅速移動、盤旋，再仔細一看，這片黑雲是由無數片細小的黑褐色毛狀物組成，而現在，這些在空中飄散的毛絮往中間聚攏，沒多久便形成一個人形，一個身穿錦衣黑袍的少年站在宗元的面前。

「你是誰？」宗元努力回想，〈江雪〉這首詩裡，除了舟上的老姜，並沒有描寫其他人物。

「我姓龍，名兮行。你就是柳宗元？」少年聲音清朗，五官分明，身材高壯，宗元並不矮，但是他估計這少年還比他高半個頭。

「你……你……怎麼知道……我……是誰？」宗元站起身來，他已經開始冷得發抖了。

「哼。」兮行一笑，明亮的眼睛充滿輕蔑的神情。「憑你這樣也想跟我對抗？」

宗元抖得更厲害了，難道這個怪異少年就是老姜說的那股黑暗力量？

兮行往前跨一大步，右掌向宗元擊來，宗元看他手掌打來，本能想往旁邊閃，可是這掌力伴隨著一股很大的風勢，讓宗元整個喘不過氣來，更不要說移動身體了。兮行掌隨風至，拍在宗元胸口，宗元感到一陣劇痛，往後跌了下去。他伏在雪地中，不住喘氣。

「原來你就這點能耐？」兮行笑得更得意了，「這樣吧，我們來個交易。」

「什麼……交易？」宗元不解的問。

「上次我聽你說，你並不想去救什麼詩魂，也不喜歡背詩，既然這樣，不如讓我來管理詩境，把那些鬼魂氣交給我，徹底毀了詩魂。如果你乖乖告訴我，詩魂給的第一個線索的意思是什麼，我就放了你，而且你以後再也不需要背什麼唐詩，你覺得這交易如何？」

原來，他上次闖進詩境跟老姜的對話，兮行都知道了，難怪兮行知道他的名字。

「我不曉得。」宗元說著掙扎站起來。兮行過來朝他胸口一踢，讓他又摔了出去。

「不曉得？你一定是找到線索才回來這裡。你最好快告訴我，那個第一是什麼意思。」兮行伸出手，把宗元從地上拽了起來，宗元怎麼努力也掙脫不了。

「你放開我，我眞的不知道！」宗元大喊，「這是什麼鬼地方？我怎麼這麼倒楣？我要回去！」

宗元閉眼努力想像他跟儀萱在公園的情景，可是他張開眼睛，眼前依然是兮行輕蔑的笑臉，他全身又冷又痛。怎麼會這樣？爲什麼這次回不去？他心裡愈來愈害怕。

「既然你不知道，那我只好把你除掉了，我找不到的東西，你也別想找到。」兮行忽然把宗元放開，宗元不知道他要做什麼，本能的拔腿就跑。

然而宗元沒想到鬆軟的雪地這麼難行，加上雙腿冷得都僵了，他往江邊努力的跑去，只是不管怎麼努力也跑不快。不過他馬上就發現，跑再快也沒用，只見眼前黑影一閃，一團黑雲越過他，在他面前停住，黑褐色的細毛在空中凝聚，兮行又出現在他眼前。

「你這樣怎麼可能贏得了我？」兮行右手向前送出，一股黑氣從他的掌心噴出，這黑氣形成一條黑色大蛇，長而蜿蜒，張著大嘴朝宗元奔來。

眼看黑氣就要捲上宗元的身子，忽然天空一條細線疾飛而至，宗元來不及反應，細線就纏上他的腰，他只覺得腰間一緊，細線一拉，他的雙腳離地，然後整個人就像一只人型風箏一樣，被扯上天空。

「啊……」他忍不住狂叫。

宗元人在空中，看到兮行臉色一變，修長的身形散成一團黑褐色毛絮，像黑雲一般追了過來。

黑雲移動的速度快，纏住他腰間的細線也快，宗元只覺得一股扯勁，他往下墜落，掉進了老姜的船中。

「快進艙裡！」老姜大喝。宗元忍著痛，連滾帶爬的躲到船艙裡。

這艙棚看來簡陋，可是黑雲似乎對它非常忌憚，不敢靠近，在空中盤旋兩圈才離開。

「你還好嗎？」老姜關心的問。

「好……好個頭啦，好痛啊！」宗元揉著背，慢慢站起來，「這是什麼鬼地方啊？我絕對不要再來了！」

「你會回來是不是答應了我的請求，要去找詩魂四散的魂氣？」老姜期待的看著他。

「才不是！我只是想證明我剛剛不是在做夢，你不要自作多情！」

「可是你會再回來，一定是有把我的話放在心裡，一定有心想幫忙，一定……」

「停！」宗元趕快打斷老姜的喋喋不休，他朝艙外望去，四周依舊是一片白雪，沒有兮行的影子。

「剛剛那個龍兮行是誰？」宗元問。

「唉，」老姜愁眉苦臉的嘆口氣，「那就是我跟你說的陰暗之氣，他的力量愈來愈強了，尤其是有了人形之後。」

「你是說，他之前沒有人形？」

「你有看到那團黑雲吧？那是他本來的樣子。現在，他的力量可以把這團雲聚成血肉之軀，萬萬不可輕忽啊！所以你一定要幫……」

「你救了我之後，他就不敢追進這裡，他很怕你？」宗元趕快轉移話題。

「是這舟子，這舟子有力量。」

「這船有法力？」宗元狐疑的看著老姜。

「我不曉得這是不是就是你們說的法力，不過每一首詩的意境都被詩人賦予精神，這些精神無形中讓每一個物件有它的能量。有的東西的能量大，有的東西的能量小，而這舟子的能量剛好可以剋龍兮行。」老姜說。

宗元點點頭，看來，老姜可以用釣竿上的釣魚線把他從龍兮行的手上救出來，他也有他的能量。

「所以你是不是要去找魂氣？」老姜鍥而不捨的問。

宗元暗罵一聲，自己不過是沉思幾秒鐘，這老頭就不死心的纏上來。

「你不是說我想走隨時可以走嗎？怎麼我剛剛被痛毆時，怎麼努力也回不去？」宗元又轉移話題；他不想一直拒絕老姜，可是也不想答應。

「你那時是不是很害怕？」老姜問。

「沒有，我那時非常享受……廢話，你那什麼問題，我被一個妖怪追打，當然嚇死了。」宗元翻翻白眼，胸口還是非常痛。

「那就是了。」老姜點點頭，「你的心當時充滿恐懼，別忘了，那個龍兮行的形成就是靠詩境裡的陰暗面，你的恐懼之氣剛好也是他所需要的陰暗之氣之一，所以你跟他的兩股氣等於互相吸引、餵養，你心裡的安定之氣減弱許多，所以不夠能量讓你回去原來的地方。」

「那我要怎麼回去？」宗元焦躁的問。

「你不是要留下……」

「我說我、要、回、去！」宗元幾乎是用喊的。

老姜看著他，眼裡充滿哀傷，「我也不能勉強你，唉，不知道他還有什麼更強大的力量？這片雪景，不知道還能維持多久？唉……」

宗元一愣。他平常大剌剌的，做事不拘小節，可是其實心地善良，很有同情心，老姜上次哀求他幫忙，這次還救了他，看一個老人家這麼難受，他忽然覺得不好意思拒絕了。

「來吧，我看看能不能幫你回去。」老姜走過來，握住他的手腕，「現在我從陽池、陽溪穴把正氣傳給你，你試著把你的璇璣、華蓋、神庭、上星的穴門打開，接納這些氣，試著把心安定下來。」

宗元聽不懂老姜囉哩叭唆一堆穴位，不過最後一句倒是聽得懂。他深呼吸幾次，放鬆身體，果然感到一股暖流進了體內。

他想著小公園裡儀萱的面容，張開眼睛。

「怎麼樣?這次有沒有成功?」儀萱熱切的看著他,她的雙手還握著他的手腕。

「有!」宗元大大鬆了一口氣。

「看來我眞的要握著你。」儀萱開心笑著,放下她的手。

「不過我差點回不來了。」宗元心有餘悸的說。

他把剛才的遭遇告訴儀萱。儀萱聽完驚訝的睜大眼睛。

「我的胸口好痛!」宗元皺著眉頭說。

「看來,你眞的能進入詩的意境裡。我發誓,我剛剛沒有趁機打你。」儀萱說。

「我知道,是那個龍兮行。」

「你應該要去幫老姜。」儀萱說。

「你這樣覺得?」宗元問。

「是啊,他救了你。而且,如果沒人找出這些魂氣,那些詩的意境就要毀了耶。」儀萱激動的說。

宗元一向對背詩沒興趣,詩的意境什麼的最多只是他上課無聊幻想的題材,以往的他一定不會覺得詩的意境被毀有什麼大不了,可是他兩次進出〈江雪〉的意境,說實在,美麗的雪景、善良的老姜，如果都被那個龍兮行給毀了，他也會不忍心。尤其現在儀萱這麼期待，如果他拒絕了，好像顯得自己太沒用了。

「可是，第一個線索我就解不出來啊！」宗元抓抓頭，不好意思的說。

「〈江雪〉是第一個……第一個……」儀萱喃喃自語，「那是什麼意思啊？」

「我就是不知道啊，那個龍兮行一直問我，看來他也不知道。」

「老姜也不知道？」儀萱問。

「不知道。他一直期盼我可以幫忙。」宗元搖搖頭，「而且就算他知道，也不能告訴我，那個龍兮行來無影去無蹤的，我跟老姜的對話他似乎都聽得到。」

「所以你一定要自己解開這個謎，而且要搶在龍兮行之前。」儀萱用力的點頭。

「可是第一個……那會代表什麼？〈江雪〉是第一首詩？這一定是的。可是，在這首詩的哪裡？第一座山上？第一艘船上？第一個碰到的人？」

「你想到的，那個龍兮行應該也想得到，詩境裡的那些地方一定都被他翻遍了。」

儀萱講得有理。

「我們要想想，什麼是第一個，而且是在你進去詩境之前，他跟老姜都不知道的第一？」

「難道，是我第一個落腳的地方？」宗元靈光一閃，「應該沒錯，不管老姜怎麼猜，龍兮行怎麼找，這是他們在我進入詩境前，怎麼也預想不到的地方！」

「你第二次進去時，跟第一次進去落腳的地方一樣嗎？」

宗元想了一下，「不一樣。雖然同樣是冰天雪地，不過我記得很清楚，第一次去到〈江雪〉時，那裡有一塊大石頭。」

「大石頭？」儀萱非常興奮，「一定是那個大石頭，大石頭一定就是下一首詩的線索。」

「那我去告訴老姜說我找到了，他一定會很高興。」宗元興奮的說。

「是啊……」儀萱開心的說，不過她馬上搖搖頭，「等等，不對，不能去。那個龍兮行既然也可以進出詩境，難保他不會守在〈江雪〉裡，等你進去把謎底講出來。上次他不就聽到你跟老姜的對話，知道你是誰了嗎？」

「對吼，」宗元拍了一下頭，「讓我想想看，我進得去，可是他出不來，而我現在想得到，他卻不知道。既然這樣，那我們先找出第二首詩是哪一首。」

「沒錯，我們先找出下一首詩，背起來，比龍兮行先進到那首詩裡找魂氣！」儀萱豪氣的說，她一向開朗樂觀，這也是宗元一直很欣賞的地方。

「真的可以嗎？」宗元既期待又不確定。

「試試看囉，我們快回家，分別找找看跟石頭有關的詩！」

宗元一回家，就迫不及待的在書櫃上翻找。

「喂，你不要亂翻啦，你的遙控器在沙發那邊。」媽媽一邊把他翻亂的書收好一邊念他。

「媽，你的那本《唐詩三百首》呢？」

「你在找《唐詩三百首》？」媽媽狐疑的看著他。

「一定是詩沒背好被陳老師罰抄寫啦。」姊姊宗美在一旁幸災樂禍的說。

「我會背〈江雪〉了！」宗元得意的宣布。

「眞的？」媽媽大概是失望太多次了，頭也不抬的繼續整理。

「是啊。千山鳥飛絕，萬徑人蹤滅，孤舟簑笠翁，獨釣寒江雪。」宗元順溜的將整首詩一字不漏的念了出來。

媽媽這時才把頭抬起來，睜大眼睛看著宗元。「想不到你眞的會背了，我原本都要放棄了，嗚……」

媽媽居然感動到哭了，這也太誇張了。宗美翻白眼，一副很受不了的樣子，拿起手機，戴上耳機，回到她的房間。宗元尷尬的站在原地，手伸到一半，又抓抓頭髮，不知道是不是要安慰媽媽。

「嗚……懷你的時候，有一天晚上，我夢到我穿越回古代，來到一條江邊，四周冰天雪地的，可是江面上居然有一艘小船，船上有個像古人的老先生，跟我說了一堆話，我只記得柳宗元這三個字，然後就醒了。我醒來後才想到，夢裡的情境就像是柳宗元寫的〈江雪〉。我一向喜歡這首詩，居然連做夢都夢到，一定是注定的，所以才給你取名叫宗元。」媽媽擦擦眼淚，繼續說，「你從小就聰明，可是很奇怪，我想要你背詩，你卻怎麼也背不起來，眞是讓我哭笑不得。你爸老是說我什麼期望太大，物極必反，他這個人就喜歡跟我唱反調，像上次我說我想要去上海看看，他就說好不容易休假要在家休息，還不就只是在電視機前面睡覺……」

媽媽總是這樣，每次講話講到後面就失去重點，不知道講到哪裡去，不過她講到自己做的夢跟詩裡的意境一樣，讓宗元嚇了一跳，這也太巧了吧！而且媽媽跟儀萱講了一樣的話——注定，難道他眞的注定要跟這些唐詩有關？

「想不到你眞的會背〈江雪〉了，太好了，我就知道，我一直知道你有一天會背的，我從來就沒放棄對你的期望，不像你爸爸……」

宗元翻白眼，媽媽剛才明明說她放棄了，眞是矛盾。不過他學聰明了，現在最好不要多加爭辯，不然矛頭會從老爸的身上轉向他，那就不妙了，而他只不過想找一本《唐詩三百首》！

「媽，那本唐詩……」

「喔，對對對，在書櫃最上面，你是不是開始對唐詩有興趣？多看看也好。」媽媽興奮的從書櫃最上層拿出一本厚厚的書遞給宗元。

「謝謝！」宗元高興的拿著書回到房間。

「你找得怎樣？」宗元有點心虛問。昨天他拿到《唐詩三百首》，翻沒幾頁，就趴在桌上睡著了。

「我找到不少首詩，裡面有『石』這個字，但不知道是哪一首。」儀萱興致勃勃的說，一邊把幾本詩選放在客廳的地上。這天是星期六，早上宗元上完直排輪課後來到儀萱的家。這是他第一次來儀萱家，沒想到她家這麼大，這麼漂亮。客廳地上的大理石好冰，他剛溜完直排輪滿身大汗，躺在地上特別涼爽。

「喂，我在跟你說話耶，你睡著了啊？」儀萱戳戳他的頭。

「哪有，」宗元趕快跳起來，「你說什麼？」

「我在問你，你找到幾首？」儀萱問。

「我……翻了翻，看到有些詩寫到石頭，不過忘了記下來。」宗元搔搔頭。他看到儀萱的書上貼了不少便利貼。

儀萱不太相信的瞪了他一眼，拿起一本詩集，一頁一頁的翻。「你看，我找到這些詩裡有『石』……李白的〈蜀道難〉，高適的〈燕歌行〉，王維的〈青溪〉，韓愈的〈石鼓歌〉，岑參的〈走馬川行奉送封大夫出師西征〉，元結的〈石魚湖上醉歌〉，李白的〈夢遊天姥吟留別〉，韋應物的〈寄全椒山中道士〉，李白的〈廬山謠寄盧侍御虛舟〉……」

「等一下，等一下，」宗元打斷她的話，「怎麼都是這麼長的詩啊，連詩名都超級長，什麼盧三盧四的，我怎麼背得起來！」

「誰跟你盧三盧四的，是〈廬山謠寄盧侍御虛舟〉！而且我又沒說每一首詩都要背，我們要找到對的那首才行。」儀萱說。

「那有沒有比較短的？」宗元問。

「當然有啊，但是你不能因爲懶得背長的，就隨便找首短的來背。」儀萱白了他一眼。

「那我們怎麼知道哪首才是對的？」宗元皺著眉頭。

「所以才要一起研究啊！」儀萱再度打開詩集，「你看這首〈青谿〉，裡面有兩個石，而且還講到垂釣，跟〈江雪〉呼應，有沒有可能是這首？」

「不知道耶，有可能喔……」宗元不置可否，可是不知道爲什麼，他感覺不是這首。

「韓愈的〈石鼓歌〉有好多石耶！」

「可是那講的是石鼓，不是石頭。而且我只有看到一顆石頭。」

「也對。」儀萱點點頭，「那〈廬山謠寄盧侍御虛舟〉的『三石梁』應該也不是。」

「三石梁是什麼意思？」宗元問。

「三座石橋。」儀萱繼續往下翻，「〈夢遊天姥吟留別〉講到石扇也不是，〈寄全椒山中道士〉裡的煮白石更不可能，〈石魚湖〉也要刪掉……」

儀萱把書上做記號的便利貼一個個撕起來。

「這首比較短耶。」宗元指著〈八陣圖〉。

「這首是講三國時，曹操的大將諸葛亮……」

「諸葛亮是劉備的軍師啦，你歷史背得眞不熟耶。」宗元笑她。

「至少我唐詩背得比你熟！」儀萱瞪他一眼，「如果你這麼厲害就自己找。」

「沒有沒有，你比較厲害，諸葛亮本來想去當曹操的大將，你說的對，後來是劉備三顧茅廬才讓他改變心意。你不要理我，趕快說下去。」宗元連忙滅火。

儀萱忍不住笑出來，「這首詩講的是諸葛亮的功績確立了三分天下的局面，而他設計的八陣圖名垂千古，長江的水無論怎麼衝擊，江邊八陣圖的石塊依然屹立不搖。」

「感覺不是……」宗元不太確定的說。

「那你看看這首，」儀萱翻到下一頁，「我覺得這首很有可能耶，你看。〈畫松〉，『畫松一似真松樹，且待尋思記得無?曾在天台山上見，石橋南畔第三株。』，石橋南方第三棵松樹，聽起來就是一個很明確的線索耶!你覺得怎樣?」

儀萱的語氣很興奮，宗元念了幾次，覺得這首詩挺順口，可是還是感覺不對。

「你剛剛不是說，石梁等於石橋，並不是石頭，那這個也應該不對啊。」宗元說。

「背背看嘛，說不定你可以進到意境裡面，去看看那第三棵松樹有什麼東西。」

「可是我覺得不是這首。」

「你不能單憑感覺決定啊！」

「你剛剛不也說不能隨便找一首背！」

「這不是隨便一首，有『石』，又有明確指出的線索，我覺得可以試試看。」儀萱還是不死心。

「我看再找找……」宗元搶過儀萱的詩集，翻到下一個被標示有「石」的詩。

「〈尋張逸人山居〉。」，宗元大聲念，「危石……」

才念開頭前兩個字，宗元的腦海就閃過他第一次進入〈江雪〉時，站在一顆大石上，結果大石一顛，他沒能站穩、摔進雪堆的景象。

「危石纔通鳥道，空山更有人家，桃源定在深處，澗水浮來落花。」

「就是這首。」宗元低聲說。

「你怎麼知道？」儀萱問。

「不曉得，我就是有感覺。」宗元搖搖頭，不曉得怎麼解釋。

「這首詩寫的是景色，可是其實是在找一個姓張的隱居的人。」儀萱眼睛一亮，「看來，你需要去找這個人！」

宗元點點頭。這個隱居的人會給他線索，告訴他魂氣在哪裡。

「這首詩我沒背過，我們一起背。」儀萱說，「『危石纔通鳥道』，說的是高峻危險的山石只有鳥才能飛過；『空山更有人家』，空曠的山裡面有隱居的人家；『桃源定在深處』，深山之處一定有世外桃花源；『澗水浮來落花』，從山中的溪水裡漂來的落花可以想見一般。」

「所以，我要到一個沒人的深山裡去找這個張逸人？萬一找不到怎麼辦？詩裡面的意思，好像這個隱居的人沒有出現耶。」宗元的聲音有點害怕。

「是沒有……」儀萱皺眉，「不過，或許可以解釋，爲什麼詩魂在被滅之前，選了這首詩，因爲這個隱居之人不容易被找到，那個龍兮行也不會想到那首詩。但是你如果能找到他的話，一定可以得到更多的線索。」

「好吧！我試試看！」宗元深呼吸一口氣，拿起詩集，認眞的背誦起來。

「如何？」儀萱問。

「嗯，應該差不多了，我再念幾次你再來握我的手。」宗元說，然後認眞的想著詩的意境來幫助記憶。「危石纔通鳥道，空山更有人家，桃源定在深處，澗水浮來落花。」

他眼前一亮，發現自己不是身在儀萱的客廳，而是在一個兩面山壁陡峭的峽谷中。

宗元嚇了一跳，他不需要儀萱的幫助了嗎？他想到第二次進入〈江雪〉裡，老姜在他身體裡輸入一些什麼正氣，難道那些正氣可以增強他的能力，現在可以自己進入詩境了？

他回想著老姜在他身上四周的穴道輸入正氣的感覺，一邊讓正氣在這些穴道中繞轉，感覺到一股暖氣讓他的精神變好，同時心中有股力量，他相信自己可以找到這個張逸人。

這座峽谷的地勢險峻，他看著峽谷通道的兩頭，往南的地勢開闊，通向一個大平原，向北的通道愈來愈窄，兩側石壁直入雲霄。「危石纔通鳥道」，宗元默念著，往北方走去。

峽谷的通道高高低低，很不好走，愈往裡走愈狹窄，有些路段勉強側身才能過去，果眞如詩描述，只有飛鳥才可能通過。就在這時候，宗元頭上閃過幾道陰影，他抬頭看，十幾隻鳥從空中飛過。這些鳥體型不大，身上的羽毛黑藍相間，非常漂亮。宗元沒見過這樣的鳥，忍不住停下來看。黑藍鳥的動作靈活，飛翔的速度很快，牠們在崎嶇的石崖中穿梭，發亮的羽毛在陽光下閃著美麗的藍光，非常動人。

黑藍鳥看宗元停下腳步，也盤旋了兩圈，最後在旁邊的大石上一一停了下來。鳥兒們歪著頭，好奇的看著他，宗元一時興起，伸手想去摸最靠近的一隻，不料那隻鳥忽然高亢的啼叫，其他隻也同時啼叫起來，山谷間鳥聲迴盪，愈來愈大聲，震得宗元的耳朵受不了。他捂著耳朵往前奔，黑藍鳥看他奔跑，也跟著追了過來。

宗元感到背後和頭上一陣刺痛，這些鳥居然一起啄他！宗元嚇死了，沒想到牠們會攻擊人，他伸出雙手在頭上揮舞，一邊跑一邊企圖趕鳥，卻被地上突出的石頭絆倒。

鳥兒看他倒在地上，更加猛烈攻擊。剛開始，他只是隨便亂揮，加上那些鳥的動作靈活，很快就閃過，不過有一次他出手，還眞的讓他打到其中一隻，那隻鳥摔了出去，倒在地上，不知道是死是活，其他隻鳥有顧忌，不敢一味猛攻，宗元開始有點信心，他對著一隻朝他飛來的鳥抓去，卻沒有抓著，讓鳥兒給閃開，不過他感到體內一股力量升起，再次出手時專注心神，碰到其中一隻鳥的身體。雖然那隻鳥沒被他抓到，但是被他的手勁震開，其他鳥不敢再靠近，保持距離對著他啼叫。

宗元趁鳥兒們有點猶豫，趕快爬起來繼續往前跑。鳥兒看他跑，也跟著追來，他繞過一個凸石，卻發現眼前的道路被一堆山石擋住，他已經沒有去路了，正不知道怎麼辦時，不知何處飛來一隻全身白色，頭上有著紅色羽冠的長尾鳥，牠朝著身後的鳥群飛去。黑藍鳥似乎對牠有些忌憚，馬上四下散去。

宗元感激的看著白鳥，牠在他頭上盤旋一圈，朝著峽谷的盡頭飛去。宗元看前方明明沒有出路了，可是白鳥還是直直往前飛去，牠停在一塊大石上，轉頭看了他一眼，接著跳到石頭後面，不見蹤影。

宗元好奇的來到山石下，手腳並用的爬上剛才白鳥站立的地方，發現原來大石後面有條狹小陡峭的山路，說山路還太勉強，那只是一堆山石堆砌起來的空間。不知道這條山路通到哪裡？還是到頭來只是一條死路？他不敢往回走，怕那群鳥回來攻擊他，除非現在放棄回儀萱家，不然只能硬著頭皮往前走了。

宗元小心的在石頭間爬上爬下，在崖縫間鑽進鑽出，他走了好一會兒，手腳都磨破了，才穿過大石區，來到山嶺的另一頭。

宗元滿身大汗，口渴得要命，他看向四周，心裡有種預感，要找這個張逸人還要往更深山的地方走去，不過得先找水喝，他已經口渴得眼冒金星。

山嶺的這頭地勢比較平緩，樹林茂密，灌木叢生，看來附近應該有溪流，而且詩裡也提到山澗，想到此處，宗元精神一振，往山谷低處走去。

這裡風景眞好。宗元想。其實剛才峽谷的景色也是絕美，不過剛剛忙著躲黑藍鳥，沒空仔細觀賞。宗元想從口袋裡拿出手機拍照給儀萱看，才發現除了身上的衣服，眞實世界的物品都帶不過來。他嘆了一口氣，本來想說要不要先回儀萱家一趟拿瓶冰鎮飲料過來，看來行不通。想到這裡，他又更渴了。

宗元愈往下走，景色愈美，不知名的小花開滿了山坡，紫白相間，非常雅緻。這時，他聽到了淙淙的流水聲。

他興奮的往前跑，果然看到一條溪流，跟〈江雪〉裡那條波濤湍急的大江不同，這條小溪蜿蜒曲折，溪水清澈，潺潺流水，別有韻味。

宗元忍不住用雙手掬起一口水喝，也把水拍在臉和身上，感覺清爽舒適多了。當他彎下腰打算多喝幾口水時，發現溪水中飄來幾片粉紅色的花瓣。宗元心裡默念著詩句，「桃源定在深處，澗水浮來落花」，看來，往上游深山走去會發現桃花林。

宗元看到漂亮的桃花花瓣，把手伸進溪水裡，撈出一些在手上。不過花瓣沾手不過幾秒鐘，宗元就感到手心一陣灼熱，他仔細一看，漂亮粉色花瓣的背面居然有一層黑氣，他趕忙甩開，但黑氣轉眼已經覆滿花瓣，落在地上後變成黑色的灰燼。

他的手心又痛又癢，忍不住搓來搓去，卻愈來愈嚴重，還腫了起來，看起來就像便利商店裡賣的熱狗。

宗元嚇得魂都飛了。怎麼辦？這些花瓣有毒！他試著把手伸到溪水裡，清涼的溪水似乎有幫助，手上的紅腫消退許多。看來溪水對花瓣的毒性有抑制作用，水中的花瓣不斷飄來，原本鮮嫩粉紅的花瓣一離開水就變黑變毒。

宗元等手好多了之後起身上路。他沿著溪水往上游走，手上的毒性並沒有完全退去，走一陣子就要停下來，把手放進水裡冰鎮一下消腫。說實在，平常在家他一向懶散，除了自己有興趣的直排輪外，他最喜歡躺在客廳玩線上遊戲、喝冰奶茶，可是今天的黑藍鳥和毒花瓣居然沒嚇倒他，宗元自己也很驚訝。他心裡有個堅定的信念，一定要找到這個張逸人。

愈往上走，地勢變得愈陡峭，溪旁的石頭像階梯一樣向上堆砌。這裡樹林茂密，太陽照不進來，石頭在溪水的沖刷下佈滿青苔，腳踏上去還挺滑溜的，宗元必須小心翼翼的行走，要是失足滑進水裡、沾到毒花瓣就麻煩了。

走到溪水的盡頭，前面有一條瀑布，瀑布大約三個人寬，兩層樓高，兩旁有不少大石、樹根和樹枝，宗元估計不難爬上去。他手腳並用，爬上了瀑布頂端。

來到瀑布頂端後，眼前的景象讓他一愣。這裡有一片桃花林，占地極廣，每株桃花樹上都開滿嬌嫩的粉紅色花朵，一陣風吹來，花瓣紛紛落下，像一陣粉紅色的雨。瀑布上游的溪水從林中貫穿，漂亮的粉紅色花瓣隨著流水往下漂流。

可是在這片美麗的景色中，有個駭人的景象：桃花林下的一整片土地居然是黑色的。那些空中飛舞的粉紅色花瓣一落地，馬上變成黑色的灰燼，蓋滿整片樹林。之前他手上只拿了幾片花瓣沒有注意到，這片被黑色灰燼覆蓋的土地，散發出一陣陣腐爛臭氣。

這實在太詭異了，粉紅的美景跟惡臭的灰燼同時並存。

宗元四處張望，除非他放棄，否則勢必得穿過這片桃花林，才能前往深山。他抬頭看，山上隱約傳來炊煙，他的肚子也開始餓了，他打起精神，往山上走去。

之前他已經不敢喝水，怕碰到有毒的花瓣，現在這整片覆蓋著黑色灰燼的土地，更是讓他不敢踩下去，所以他決定溯溪往上走。

溪水下流的阻力，加上要小心水裡的花瓣，他往上的速度十分緩慢，走得非常辛苦。有時一陣風吹來，花瓣漫天飛舞，他要躲也躲不開，幾片花瓣落在身上，馬上變成有毒的黑色灰燼，他像是沾到火星般燙得哇哇大叫，隨時得拍些溪水在身上減輕痛苦。

不知道走了多久，宗元終於走出這片桃花林，他一直到地上看不見黑色的灰燼才敢爬出水面，他坐在岸邊一塊大石上喘氣休息，等身上的水乾得差不多便動身繼續趕路。

宗元順著溪水，轉過幾個山坳，又走了好長一段路，天色漸漸暗了下來。宗元一向怕黑，即使住在有燈光的都市，他還是不敢晚上自己出門，他趕緊加快腳步往前走。

這時，他看見在一片隱密的林中有幽微的火光閃爍，看來似乎有人家。宗元離開溪水，循著燈火往林子的方向走，這裡離水愈來愈遠，他肩上、手上，那些被花瓣碰到的地方開始灼熱起來，變得難以忍受，他咬牙忍痛來到一個木造小屋前。

這裡非常幽靜，要不是天暗有燈火引導，白天一定找不到。他敲敲門，聽到裡面咦了一聲，過了一會兒，大門開了，一個男子出現在他面前。

宗元一路走來，想像這名隱居的張逸人一定是個留著長鬍鬚的清瘦老人家，沒想到在他眼前的是名精壯的男子。

「你……你是張逸人嗎？」宗元問，他覺得身上的傷口灼熱得像是要起火了。

「我叫張千雲，你是誰？怎麼找來這裡的。」男子回答。

「所以你不是張逸人？」宗元失望的問。

「哈哈哈，逸人的意思是隱居的人，我的名字叫千雲。」千雲爽朗的笑著。

宗元覺得很不好意思，不過心裡很高興，總算找到這個隱居的人了。

「我是來找你的。」宗元說完這句話頭一昏，便失去了意識。

4

過了不知道多久，宗元睜開眼睛，他以爲在自己的房間裡，過了一會兒，才想到是在張千雲的木屋裡。

這裡雖是深山，可是這張千雲似乎手藝靈巧，屋子裡到處是木雕，木床、木椅、木桌、木壺、木杯，不管大小，每一樣都很精緻漂亮，整間屋子充滿木頭的香氣。

「是你幫我擦藥的嗎？」宗元發現自己的身體和手上敷著一層琥珀色的東西，疼痛的灼熱感好了許多。

「這是我用溪水跟多種樹脂調配成的傷膏，我每次不小心受傷都會用，看來對你也有效。對了，你是誰？怎麼穿得這麼奇怪？又是怎麼來到這裡的？爲什麼身上都是傷？」千雲好奇的問。

「我叫柳宗元……」宗元把他會背詩後意外進入〈江雪〉的意境開始，講到老姜要他尋找魂氣，還有怎麼找到這首詩，以及遇到飛鳥跟花瓣的經過娓娓道來。

「原來如此。看來……」千雲點點頭，陷入沉思。

「怎麼了？」宗元問。

「詩魂的話是眞的。」千雲嘆了一口氣，「黑氣已經進入詩境裡了。你說的會攻擊人的飛鳥跟毒黑的花瓣，一定是那個龍兮行搞出來的，想不到林外的世界這麼殘酷。」

「你都不知道嗎？」宗元驚訝的問。

「我在這裡隱居，鑽研我的木工，我怎麼會知道？」千雲理直氣壯的說。

宗元心想，這話也有道理，如果他到處遊走、玩耍表演，就不叫逸人，要改叫藝人了。

「還好有隻白……」宗元話還沒說完，一隻鳥飛進屋內，就是之前幫他趕走黑藍鳥的紅冠白色長尾鳥。

「嘿，謝謝你救我，」宗元開心的說，「他是你的鳥嗎？」

「鳥就是鳥，到處飛來飛去，不是山的，不是樹的，也不是你的我的。」千雲看起來壯碩有力，沒想到講的話頗有深意，一點也不俗氣。

白鳥似乎頗具靈性，飛了過來，停在宗元的被子上，不過宗元伸手想摸牠，牠卻傲氣的閃開。

「詩魂還跟你說了什麼？」

「詩魂常來找我聊天，品吟詩句，而且他知道我是木痴，喜歡木工，會跟我討論詩裡的各種樹木，他常說，我這裡隱蔽，自有一番天地。有一天，他來找我，說有東西要放在我這裡，我問他是什麼東西也不說，只說來找的人自然會知道。」

「自然會知道？知道什麼？他拿了什麼東西給你？」宗元緊張的追問，那一定就是魂氣之一了。

「這就是奇怪的地方，他說有東西給我，可是什麼也沒有給我。」

這詩魂也眞夠折騰人，宗元心裡上上下下把他罵了一頓，搞什麼神祕嘛，老是這樣不清不楚。不過同時也激發宗元的好勝心，想要一探究竟，把詩魂留下的線索都找出來。

「那他那時候有沒有什麼特別的舉動？或是手上有什麼包包、盒子之類的東西？」宗元不死心的繼續追問。

「我不記得了，好像沒有，他上次也是在這個房間跟我說話，他有點心不在焉，在房裡走來走去。」

宗元走下床，他的舉動驚動了白鳥，白鳥拍動翅膀，飛到一旁的架子上，警覺的看著兩人。然後他開始學詩魂在房間裡走動，推想詩魂當時一定在找適合藏東西的地方。他四處觀察，這裡除了床、桌椅，兩旁架子上堆滿了木工製品，可愛的木偶、精緻的木盒、小巧的木壺，可以看出創作者的用心。

「我可以打開那些盒子看看嗎？」宗元問。要藏東西的話，一定是像盒子之類的東西最有可能。

「可以啊，不過這些盒子我常常打開擦拭，沒看過有東西在裡面。」千雲把架上的盒子都拿下來。宗元每個都打開來看，果然都是空的。

宗元隨手翻看架子上的東西，看到白鳥站在一個木造的五層塔樓上。這白鳥有靈性，難道這高塔有特別之處？

「這個塔也是你做的？」宗元問。

「當然啊，這裡除了我還有誰？有一天我在山裡找到一個大木塊，想說雕個塔樓正合適，詩魂也很喜歡呢！」千雲表情很得意的說。

「這塔……可以讓我看看嗎？」

「可以啊！」千雲把塔從架子上抱下來，白鳥瞪了他們一眼，飛出了窗外。

宗元從千雲手上接過塔樓，他的手才一碰上去，就看到兩股淡黃色煙氣從塔中冒出來，包圍他的兩隻手掌，沿著胳膊、手臂往上爬，然後兩股黃氣在胸口會合，形成一股暖氣，在胸口繞轉數圈，再回到肩膀、手臂，宗元感到兩隻臂膀一陣溫熱，然後魂氣消失無蹤。

「那……那是什麼？」千雲驚訝的睜大眼睛。

「我……我也不知道。」宗元也忍不住跟著結巴。

「我想這就是詩魂留給你的魂氣，我天天擦拭這些東西，也沒看過這景象。」千雲說。

「可是，魂氣跑到我身體裡，聽老姜的意思，我應該要把這些魂氣聚集起來，詩魂才會回來，現在怎麼辦？」

「或許你要去問老姜，說不定，你要把魂氣拿給他。」

千雲的話提醒了宗元，老姜可以把氣灌進他的身體，一定也可以把魂氣取出保存。

「謝謝你千雲，那我先走了。」

「你自己要小心，這裡是剩下的傷膏，你帶著。」千雲遞給他一瓶木製的藥罐，「那個龍兮行的黑氣到處橫行，連這個隱世的詩境都被侵害了，落花變黑，飛鳥變惡，唉，希望你快找到其他的魂氣。」

宗元點點頭。他閉起眼睛，默想儀萱的客廳。

「怎麼樣？」宗元一張開眼，就看到儀萱期待的眼神。

「我找到張千雲了。」宗元把他在〈尋張逸人山居〉裡的遭遇告訴儀萱。

「眞的給你找到魂氣了！現在魂氣在你的體內，你覺得怎麼樣？」儀萱興奮的上上下下看著他，還好奇的戳戳他的手臂。

「沒什麼特別的感覺，只是覺得好累，一路跋山涉水，還被鳥攻擊、毒花瓣弄傷。」宗元抱怨著伸出手，可是手上和身體沒有任何燙傷的痕跡。「你看不到，可是我可以感到疼痛。」

「那怎麼辦？你沒把千雲的藥帶回來？」儀萱擔心的問。

宗元摸摸口袋搖頭。「實質的物體帶不進去，也帶不回來。」

「看來只有感覺跟記憶可以留下來。」儀萱說。

「我這次去了多久？」

「大概有三十秒，看來，你在詩的意境待得愈久，在這個世界失神的時間也愈久。還有，這次你不需要我幫忙，自己背出詩就進去詩境了耶。」儀萱說。

「是啊，我自己也很驚訝，老姜把一些氣灌到我體內後，我覺得有些不一樣。好像武俠小說裡功力增加那樣！」宗元興奮的說。

「那你有沒有找到下一首詩的線索？」儀萱問。

「那個魂氣被藏在一個塔樓裡，你覺得那會是線索嗎？」

「一定就是！」儀萱興奮的又翻起詩集，「我們來找找看。」

「哎喲，我好累啊，先讓我休息一下。」宗元躺在冰涼的大理石地板上，眼睛閉起來，昏昏欲睡。

「喂，起來啦，不要偷懶，」儀萱拿詩集重重打了一下宗元的頭，「你不是說要把魂氣拿給老姜嗎？那麼重要的事先去辦啦！」

「喂！知道重要還亂敲，萬一魂氣被你敲散了怎麼辦？」宗元不知道那黃色的魂氣是不是那麼容易被破壞，不過他還是坐了起來，「那我去找老姜了，你好好找出下一首詩。」

這次他直接出現在舟子裡時，不僅老姜嚇了一跳，他自己也嚇了一跳。

「你的力量變強了，」老姜的口氣很感動的樣子，「不僅可以進到詩境，還可以想要找我就來到舟子上。」

「我才沒想要找你。」宗元嘴硬的說，「我只是……只是要跟你說一件事。」

「什麼事？」

「我們進艙裡說。」宗元四下張望，好像沒看到龍兮行跟來，趕忙躲進船艙裡。

「我拿到一個魂氣了。」宗元壓低聲音，把他去〈尋張逸人山居〉的事再講一次。

「太好了，你眞的願意幫忙，眞的找到了，詩魂果然沒看錯人，嗚……」老姜居然哭了起來，他跟老媽可以拜把去演偶像劇了，流眼淚居然跟開水龍頭一樣容易。

「好了好了，不要哭了，小心把龍兮行引來。」這句話有效，老姜抹抹臉，不再掉淚。

「現在魂氣在我的身體裡，你趕快把它拿出來收好。」宗元說。

老姜古怪的看著他，苦著臉搖搖頭。「我不知道怎麼拿出來啊。」

「什麼？你不是要我跟著線索去找魂氣，然後收集起來好讓詩魂出現嗎？現在我已經集了一點，你卻說不知道怎麼拿回去？到時候我怎麼兌換贈品？」宗元氣急敗壞的說。

「堆放蒸瓶？那是什麼瓶？我實在不知道你在說什麼，詩魂眞的沒告訴我怎麼把魂氣集合起來，或許，他就是希望可以暫放在你的體內，因爲你可以來去詩境，如果放在我這裡，龍兮行隨時會來破壞，那就不安全了。」

「可是你有這個船艙保護啊！」宗元說。

「唉，你剛剛一下就來到舟子裡，一定沒注意到外面的景色，許多美麗的雪景已經被染黑了，這舟子的力量也岌岌可危啊！」老姜嘆口氣。

宗元探頭看向遠方的山，的確有些本來覆蓋著白雪的山頭有些黑色的陰影。

「而且，你看到了嗎？天空出現幾隻飛鳥了。」老姜臉色擔憂的說。

「是有幾隻，這樣不好嗎？」宗元問。

「這首詩怎麼寫的？『千山鳥飛絕』，這裡是不應該出現鳥的。兮行的力量慢慢增強後，改變了這首詩的意境。不管是被破壞還是被改變，我們都要阻止。」老姜接著說，「所以，你一定要趕快找回詩魂的其他魂氣。」

「嗯。」宗元也感染到那股沉重的氣氛。

「你身上的傷不會痛嗎？怎麼不擦藥？」老姜提醒了宗元。

「因爲這個藥……咦！」宗元隨手一摸口袋，拿出千雲給他的傷膏。看來這些實體可以在詩的意境間合法進口，但卻不能偷渡到眞實世界。

「可是回到我的世界後，我還是會痛啊！」宗元一邊擦一邊抱怨。

「我教你一些簡單的療傷運氣之法，要學嗎？」老姜問。

宗元眼睛一亮，想不到武俠小說裡，遇到高人傳授絕世武功的奇遇就要落在他身上了。他興奮的盤腿坐好，等著老姜灌輸神力。

「你在幹嘛？」老姜問。

「你不是要像上次那樣，傳授內力給我嗎？」宗元期待的問。

「我沒有什麼內力啊，而且上次已經傳給你正氣了，不用再傳一次，已經在你體內了，你只要再學一些呼吸運氣之法，就可以好好利用那股正氣了。」老姜說。

宗元有點失望，不過既然藥罐帶不回去，學些療傷氣法也好。

「你說那個魂氣跑到你的手上？」老姜問。

「是啊。」宗元回答。

老姜點點頭，在他的胸口按了一些穴位，宗元初時感到有些痠痛，但是按完後馬上覺得舒暢開闊，他一個呼吸，感到氧氣活絡了整個肺部。

「我跟你說一些呼吸法門，多讓胸口的氣在這些穴道運行，」接著老姜告訴他一些口訣，指導他一些穴位。「你要常常練習，把這些氣運到你的身上，尤其是手上，這樣可以增強你手上的力量，而且還要用正念去維持正氣，才能抵抗陰鬱黑氣。你現在身上中的毒就是黑氣造成的，照我的方式去做，一定可以逼出毒氣。」

「那我身體裡面的魂氣怎麼辦？」宗元問。

「這我也沒辦法，」老姜抱歉的說，「看來詩魂的安排有他的深意，你就隨遇而安吧！到時候自然會有結果。」

宗元無奈的點點頭。

「你快走吧！」老姜抬頭看著天空，「龍兮行很快就會發現你找到一個魂氣了，他不會善罷甘休的。」

宗元回到儀萱的客廳，看到儀萱皺著眉頭忙著翻書。

「找得怎麼樣？」宗元問。

「你才去了五秒鐘，我能找到什麼？」儀萱白了他一眼，「我聽你說塔樓，所以想找〈登鸛雀樓〉這首詩……啊，找到了，在這裡。」

「白日依山盡，黃河入海流，欲窮千里目，更上一層樓。」儀萱念完整首詩，「你看，『更上一層樓』，是不是一個很明顯的線索？」

宗元仔細的把詩句念了三四次。

「怎樣？」儀萱滿臉期待，「有沒有感覺？」

宗元搖搖頭。

「好吧，我們再找找。」儀萱把所有詩裡面，不管是標題還是內容，只要有樓和塔的都翻了出來，可是宗元的頭還是從頭搖到尾。

「難道塔樓不是線索？」儀萱問，「該不會是那隻白鳥？」

「我也不知道。」宗元繼續搖頭，還打了一個呵欠，「我只知道我好累，我要回家了。」

他們說好各自回家尋找其他有塔樓的詩，也看看有沒有什麼詩提到長尾白鳥。

連著幾天，兩人都沒找到下一首詩，所有裡面有寫塔和樓的詩都被他們翻遍了，宗元就是沒有感覺，他還被儀萱逼著進入〈登鸛雀樓〉的意境裡，上上下下爬了那座鸛雀樓好多次，搜尋各個角落，但除了美麗的夕陽跟滔滔的黃河外，沒有發現任何魂氣。

除了找詩外，宗元也用老姜教他的方法練習呼吸運氣。這方法真的有效，被黑色花瓣灼傷的疼痛感慢慢的消失了，他也感到每次練習時，體內有一股暖和的氣流在繞轉，讓全身非常舒服。同時，宗元還是持續自己喜愛的直排輪練習，他驚訝的發現，最近對直排輪的掌握變得更好，不管是速度，還是技巧，都很輕易的上手，就連一些跳躍、特技蹲溜等高階的動作都進步得很快。

這天放學，宗元一回家看到媽媽在客廳裡。

「媽，你回來了！」宗元開心的說。媽媽那天抱怨爸爸不想去上海，隔天就很有行動力的自己跟幾個姊妹淘去上海自由行，今天才回來。

「你這麼想媽媽啊？」媽媽看到宗元這麼高興似乎很感動。其實媽媽才去幾天，宗元也沒多想念她，可是爸爸煮的菜實在很難吃，而且又不准姊姊跟他去外面吃，看到媽媽回來，當然特別高興。

「是啊，我當然想媽媽！」宗元趕快把「我好餓」三個字吞下去墊墊肚子。

「我也很想你啊。你看，我給你帶了什麼回來。」媽媽拿出一堆東西：松仁粽子糖、津津豆腐干、棗泥麻餅、黃天源的糕團，宗元眼睛發亮，搶著吃了起來。

「唉，慢慢吃，你爸這幾天沒讓你吃飯啊？」媽媽正準備要數落爸爸，宗元趕快插嘴問：「上海好不好玩？」

「好玩啊，我們去了外灘、朱家角、田子坊，還去了蘇州，你看！」媽媽興致勃勃的拿出手機，翻照片給宗元看。

宗元漫不經心的看著照片應付媽媽，忽然其中一張讓他心裡一震。「咦，這是哪裡？」照片裡是一個塔樓，跟張千雲做的那個塔樓很像。

「這裡是寒山寺，〈楓橋夜泊〉裡的那個寒山寺。我們去蘇州的時候，張阿姨居然把錢包弄掉了，然後……」

宗元沒等媽媽把張阿姨的故事講完，放下手中的糕餅，衝進房間裡，翻出《唐詩三百首》，找到張繼的〈楓橋夜泊〉。

「月落烏啼霜滿天，江楓漁火對愁眠，姑蘇城外寒山寺，夜半鐘聲到客船。」

就是這首了！原來不是什麼塔樓，是寒山寺。難怪之前怎麼找都找不到。

「媽，我出去一下！」宗元大喊。

5

「寒山寺！」儀萱盯著電腦螢幕上搜尋的結果，「所以你看到的塔樓長這樣？」

「不完全一樣，不過很像。」宗元說。

「你說是塔樓，我怎麼可能會想到寒山寺嘛！不過還好你找到了。」儀萱說，「你怎麼還不快進去？還跑來這裡找我？」

「這首詩的意境是在沒有月亮的晚上，」宗元遲疑了一下，「其實我很怕黑。」

「不會吧！」儀萱正想要笑他，發現宗元似乎是認眞的，於是收起笑容，上前握住他的手，「我眞希望自己也有老姜的力量可以幫你，可惜我沒有，不過我相信你可以的，去吧！」

宗元正要開始念詩時，儀萱又放開他的手。「『月落烏啼霜滿天』，裡面應該滿涼的，你說衣服可以跟著你過去，把這件外套穿上。」

宗元感激的看著她，接過外套，穿在身上。

儀萱再度握著他的手，宗元感受到儀萱手上的熱氣，好像還有一點觸電的感覺，他深呼吸一口氣，點點頭，像第二次進到詩境時那樣，眼睛微閉，把詩念了出來。

一陣陣的烏鴉呱叫聲讓他睜開眼睛。四周一片黑暗，他過了好一會兒才適應。他站在江邊，跟〈江雪〉裡的滔滔江水不同，蘇州的江水清幽安靜，不遠的橋下停泊了幾艘船，船中透著閃爍的漁火。

這裡不像〈江雪〉裡的白雪靄靄，凍不死人，可是空氣中充斥著很重的涼意，儀萱的外套的確幫了大忙。

宗元憑著直覺走過橋上，沿著兩旁的房子來到城外，黑暗中，他看到遠處矗立著一座塔樓，他知道那就是寒山寺。他再度深呼吸一口氣，努力抗拒心中的恐懼，鼓起勇氣朝著寒山寺走去。

他戰戰兢兢的來到寺廟門口，除了遠處舟上的漁火，四周一片漆黑寂靜，他想到詩上的句子：「夜半鐘聲到客船」，宗元暗自希望這鐘聲不要響起，他可不想忽然被嚇死，也不希望那個龍兮行被引來。

宗元正要用手推門時，大門忽然無聲的打開，宗元差點沒嚇昏過去。他現在一定滿臉慘白，爸爸就曾經取笑他，外面天色愈黑，他的臉色就愈白，剛好可以用來照明。

「有人嗎？」宗元發抖著問，可是除了烏鴉的啼叫聲，沒有人回應。

宗元實在很想放棄回儀萱家，可是想到儀萱的鼓勵，還有老姜的期盼，只好硬著頭皮往黑暗的大門走進去。

寺裡寂靜無聲，宗元幾次開口詢問，都沒有聽見回答，這裡似乎沒人。宗元來到院子，這裡擺了一口大鐘，看起來就是詩句中會夜半響起的鐘。還好四下無人，鐘聲不會無故響起。

他往寺裡走去，屋內依舊沒人，不過四周有些蠟燭亮著。宗元到處尋找，每樣東西都去碰碰看，就是沒有任何魂氣出現。

到底會在哪兒？

他知道自己的感覺沒錯，魂氣就在這首詩裡，可是寺裡的每個地方他都上上下下找了兩遍，怎麼找都找不到。

宗元站在塔樓的二樓窗邊往外望，院子的大鐘在黑暗裡佇立不動，遠處可以看到一艘艘的客船上隨著江水晃動的昏暗燈火。

這時，一陣陰涼的風吹來，宗元感到又冷又疲倦，黑暗的夜晚更是讓他不安，是不是放棄算了？他正想把外套的拉鍊拉上，另一陣風又吹來，這次風的力道非常強勁，他感到胸口一痛，往後退了兩步，只見一個黑影從窗口掃了進來，在他的身邊化成人形。

「龍兮行！」宗元倒吸一口氣。

「又見面了！」龍兮行瞇起雙眼，看著宗元冷笑。

「你想幹嘛？」宗元緊張的問。

「不錯嘛，聽說你找到一個魂氣了。」兮行斜眼看著他。

「你怎麼知道的？誰跟你說的？」

「哈，想不到你這麼容易被套出話來，比那個張千雲還不如，他在我的折磨下，可是怎麼樣都不肯說。」

「你爲什麼要去找他？你對他怎麼了？」宗元又羞又氣，想不到自己這麼容易上當，更氣兮行居然加害千雲。

「你忘了？那首詩的意境已經被我侵入很久了，只是我之前怎麼樣都找不到他的隱居之處，還眞的要謝謝你幫忙帶路，我的黑藍鳥才找到他。可惜我趕到時你已經走了，我追問他你有沒有找到魂氣，他的嘴巴跟他雕刻的木頭人偶一樣，不管我怎麼打他都不開口。

既然這樣，那我就只好用我的法力把他的嘴巴撐開，他現在想閉起來也閉不上了！整天張口啊啊啊……哈哈哈！」兮行得意的大笑。

想到千雲因爲自己而受苦，而自己卻這麼輕易的被套出話來，宗元升起一股怒氣，雙手朝兮行胸口推去。

兮行很快的閃往一旁。

宗元見狀更氣，不知道哪來的力量，他一轉身，動作迅速，右掌一揮，還眞的給他掃中兮行的胸口。

兮行臉色大變，連忙閃身過去，讓宗元這一掌力道削弱了，並沒重傷到他，但是兮行很驚訝之前被他打得滿地跑的宗元居然可以打中他。

宗元自己更驚訝，想不到身上的正氣讓他出手有力，令他信心大增，面對兮行再次揮掌攻擊。

兮行收起輕蔑的表情，躲過宗元的雙掌，同時手一揮，一道黑氣朝宗元射來。宗元胸口一痛，往後跌了出去。他原本以爲自己只是跌在地上，可是覺得後背一空，才發現黑暗中，他被兮行的黑氣打出剛剛站在那裡眺望的窗口，直直的從二樓摔下去。

「啊！」他的尖叫聲伴隨著烏鴉受到驚嚇的嘎叫聲在空中響起。

砰一聲，宗元重重摔在寒山寺前的石板地上，他痛得差點昏過去。

他實在很想躺在地上不要起來，可是兮行又幻化成黑雲，從窗口竄出，直奔到眼前。

「你還是不要逞強了，」兮行對他伸出手，「把身上的魂氣給我！」

「我不會給你的！」宗元學著電視上有骨氣的大俠說，但其實他心裡暗暗叫苦，上上下下罵了老姜好幾遍，居然不知道怎麼把魂氣拿出來，就算他想給兮行也沒辦法。

「你最好把魂氣給我，順便告訴我下一個魂氣在哪裡？」兮行順手一揮，又一道黑氣射向他的胸口，宗元感到一股巨大的疼痛，原本要站起來的又往後一跌。

這兮行可真會給人挑難題啊。宗元暗罵，他不僅不知道怎麼把魂氣給他，更不知道下一個魂氣在哪。

眼看另一道黑氣撲面而來，他痛得爬不起來，只好就地翻滾，想躲避黑氣的力量，只是黑氣轉向也快，直接朝宗元的背上打去。

宗元正準備忍受另一波巨大的疼痛，卻沒想到黑氣打在背上只像被拍了一下，跟剛才胸口的疼痛相比就像搔癢一般，宗元不曉得原因，不過他趁這個機會趕快爬起來，往寺外跑去。

「你居然受得了我的黑氣，哼，看你能走運多久！」兮行似乎也很驚訝，他加強力道，又送出另一道更強的黑氣。

宗元背對著兮行跑，不敢回頭，他感到一股很強的氣場攻來，他努力閃躲，這次黑氣打上他的手臂，比上一道強一些，但是還是可以忍受的程度，宗元繼續往前跑。

宗元聽到身後傳來兮行「咦」的一聲，他似乎也沒料到這樣還是打不倒宗元，他這次使上更強的力道，將一股黑氣朝宗元送去。

宗元更努力往前跑，當他跑過矗立在院子裡的大鐘時，靈機一動，閃身跑到大鐘前面，讓那口鐘抵擋黑氣的力道。

就在這時候，只聽見身後傳來噹……噹……噹……寺裡的鐘聲被兮行的黑氣打響了。

「夜半鐘聲到客船！」宗元想起詩中的句子。

他忍不住回頭看向大鐘，驚訝的停住腳步，隨著傳送到客船的鐘聲，有兩道淡黃色的煙朝著宗元飄散出來，就像那天在千雲的小屋碰到塔樓的情景一樣。

「不！」兮行大喊。

宗元看到他化成黑雲朝他奔來，來不及多想，快步迎上黃色的魂氣，兩手往前伸，讓兩道黃煙從他的兩隻手掌纏繞上來。

這次，兩道黃煙順著手臂向上來到胸口，同樣在胸口繞行形成一股暖氣後，往下到宗元的腹部散去，他感到丹田一陣溫暖。

但這時，黑雲也在他面前成形，兮行滿面怒氣的出現，雙手用力，黑氣排山倒海的朝宗元胸口襲去。

宗元來不及轉身用背去抵抗，本能的用手去擋，這次他感到丹田的那股力量催動著體內的眞氣，連貫到手上，手上的力量又更強了，他的手還沒碰上黑氣，一股強烈的熱氣從手掌中射出，阻擋了大部分的黑氣，雖然還是有一部分的黑氣撞擊到他，讓他後退了好幾步，可是他不再那麼無力抵抗了。

「可惡！」兮行的表情變得猙獰，兩道黑氣從兩手射出，宗元沒看過他可以同時使出兩道黑氣，心裡一慌，他擋掉其中一道，另一道卻射中他的胸口，劇痛讓他又跌了出去，只見兮行嘴角揚起微笑，朝他大步走來。

宗元知道自己還是打不過他，既然已經拿到魂氣了，趕快離開這裡才是正經。他眼睛微閉，努力拋開恐懼的情緒，讓心安定下來，專心的想著儀萱、儀萱的房間、電腦……他離開詩境時，還來不及聽到兮行氣憤懊惱的大喊：「不！」

「就這樣？」儀萱的大眼睛眨啊眨的看著他。

「什麼就這樣？我跟那個龍兮行打了好幾場架，從樓下打到樓上，從樓上打到樓下，從寺內打到寺外，從寺外打到寺內，拼死拼活，在龍兮行快要打死我的最後零點六秒我才脫身回來，你居然說就這樣？」宗元加油添醋的說。

「為什麼是最後零點六？不是最後一秒？或最後零點五秒？」儀萱歪著頭問。

「因為我喜歡六這個數字，可是最後六秒聽起來一點也不緊張刺激，所以……哎呀，那不是重點啦，我出生入死耶，你居然這麼輕描淡寫的說：『就這樣？』」

「我知道你很辛苦，很不簡單。」儀萱趕快安慰宗元，「不過我的意思是，你是拿到了魂氣沒錯，可是你有沒有找到下一首詩的暗示？」

「對吼。」宗元這才想起自己漏掉什麼，他努力的回想當時的情景，「一定有其他的線索，不會就這樣。」

「看吧，你自己還不是說就這樣。」儀萱瞪了他一眼。

「我是說……哎呀，不一樣啦，你趕快幫我找下一個線索！」宗元不想繼續跟儀萱鬥嘴，坐在書桌前，拿起一本詩集翻看起來。之前他們去書局買了各種版本的唐詩，不同詩人的詩集，希望可以更容易找到正確的詩。

「快！」儀萱忽然把他拉起來，「你要回到〈楓橋夜泊〉裡去！」

「幹嘛，我才剛拿到魂氣回來耶。」宗元好不容易脫身，一點也不想回去。

「『夜半鐘聲到客船』，這個魂氣伴隨著鐘聲出現，當時詩魂選中這句詩一定有深意，你一定要回去，這次，要到客船上找下一個線索。」儀萱肯定的說。

宗元好不容易才擺脫龍兮行，一點也不想回去面對他，可是心裡也覺得儀萱講的有理，他一定要去那些客船找到下一個線索。

「快啊，我想得到，兮行也一定能想到，你要趕在他之前找到。」儀萱催促著。儀萱就是這樣，想到什麼就做什麼，一點都不拖延。

「好……吧……」宗元強迫自己站起身，儀萱又拉住他，「你剛剛說，那黑氣打到你胸口特別的痛，可是打到你的背，你的手都沒那麼嚴重，是嗎？」

「是啊，不知道爲什麼。」宗元總算站起身來。

「會不會是我這件外套的關係？」儀萱對他上下打量、左看右看。

「怎麼可能啊？」宗元翻白眼，「最好你這件外套還刀槍不入咧，想太多了。」

「你還是把拉鍊拉起來好了，」儀萱硬是幫他把前面的拉鍊拉上，「看來這外套既能遮風又能擋氣呢！」

宗元的白眼都快翻到後腦勺去了，不過並沒有拒絕。

「好啦，快去吧！」儀萱拍拍他的肩膀。

宗元點點頭，閉著眼，默念著〈楓橋夜泊〉。

跟上次一樣，他來到江邊，夜色一樣黑暗，烏鴉一樣嘎嘎亂叫，他也一樣害怕。不對，這次他更怕了。不過想到上次他可以想回去就回去，比第一次遇到兮行時強多了，馬上又升起信心，而且拿到兩個魂氣後，他的手跟腳似乎更有能量了。

他看看江邊靠近橋的方向，那裡停著不只一艘船，到底要從何找起呢？兮行不知道有沒有先一步找到？

宗元左右張望，沒看到兮行的影子，鼓起勇氣，往橋的方向走去。

每經過一艘船，他就伸頭往內望，看能不能找到什麼，同時回想詩句。

除了最後一句「夜半鐘聲到客船」外，詩裡沒有其他提到客船的句子，難道得再去敲一次鐘，看看哪個客船可以聽到鐘聲？但那鐘聲很響亮，肯定每艘都聽得到。

這首詩只有四句，宗元努力的想，第一句「月落烏啼霜滿天」，這是寫景；第二句「江楓漁火對愁眠」，漁火！船上才有漁火。這詩人在描寫他在客船上，對著漁火江楓愁苦不能入眠，這船的旁邊有楓樹。

宗元認識的樹不多，還好楓樹他還認得。

果然，橋邊有一棵高大的樹，他抬頭看向樹葉確認，就是楓樹。

就在這時候，他聽到樹下的一艘船上傳來微微的嘆息聲。

「你是張繼嗎？」宗元探頭朝船內望，昏暗的燈火映著一個清瘦俊逸的男人。

「是，也不是，我是張繼在這首詩境裡的自己。」詩裡的張繼說，「進來吧！」

宗元走進船內，這艘船比老姜的船大，裡面有幾個房間，張繼帶他來到一個像是客廳的地方讓他坐下，幫他倒了一杯水。

宗元口很渴，拿起杯子大喝一口，卻馬上噗一聲全部噴出來。

「這是酒！」宗元猛烈咳嗽，受不了那個味道。

「唉，」張繼又嘆了一口氣，「這酒可是李白的最愛呢！」

「我不是李白，我一點也不愛！我是想問你……問你……」宗元話說到一半又馬上閉嘴，他實在很擔心那個龍兮行偷聽。

「唉，你不用擔心，龍兮行已經早你一步來過，我已經告訴他線索了。」張繼憂愁的搖搖頭。

「什麼！」宗元咳得更大聲，「你怎麼可以告訴他？你應該死活都不跟他說！」

然而宗元雖然這麼說，但是想到千雲被折磨，又在心裡暗自慶幸張繼沒有被兮行傷害。

「因為，唉，我需要告訴你線索，反正他都會聽到，像現在，他肯定在某處偷聽，但我之前已經跟他說了，所以告訴你也無妨。」

「唉，你告訴我也沒用，他會比我快找到！」宗元像是被張繼感染似的也嘆了口氣。

「不，詩魂留下的都只是線索，怎麼找到魂氣，還是要靠個人，連我都不知道確實地點在哪裡，你不要放棄。」

「那下一首詩的線索是什麼？」宗元燃起一線希望。

「下一首是李白的〈月下獨酌〉。」張繼說。

「這算哪門子線索啊！線索就是要隱晦不明、偷偷摸摸，這……這根本已經洩題了嘛！」宗元忍不住呻吟。

「就是這樣，你好好想裡面的深意，快去找。」張繼看了他一眼，表情有點古怪，同時拉起宗元的手，「你的右手好冷啊，快回去吧！」說完就自己走進另一個房間，不理宗元。

宗元雖然無奈，但至少兮行沒來為難他，他張望了一下，也沒有看見兮行的行蹤。他決定先回去找儀萱。

「怎樣？我的外套有沒有保護你？」儀萱一看到他回來連忙問道。

「沒有啦！」

「是喔，所以外套對付黑氣沒有用。」

「不是，我沒有遇到兮行。」

「那太可惜了！」儀萱居然很遺憾的樣子。宗元瞪了她一眼。

「你到底有沒有找到線索？」儀萱總算問到重點。

「我不僅找到線索，還找到答案咧！」宗元把經過講給儀萱聽。

「〈月下獨酌〉……」儀萱拿起李白詩選翻找起來。

「我知道這首，『舉杯邀明月，對影成三人』。」宗元得意的說，難得有首詩是他知道，儀萱不知道的。

「你看，」儀萱把手上的書遞給宗元，「這個〈月下獨酌〉有四首，張繼說的沒錯，這只是線索，你還是要去看哪首才是正確的。」

「四選一，兮行來無影去無蹤的，他一定早就去看過，找到魂氣了。」宗元洩氣的說。

「你怎麼知道？或許他進去了，可是找不到在哪裡呢？〈楓橋夜泊〉他也比你早進去啊，不是也找不到，被你找到了？」

儀萱說的有理。張繼也要他不要放棄。

「好吧！」宗元伸手拿過詩集，「哇，怎麼每首都這麼長？」

「那你要不要先看看，對哪一首比較有感覺？」

宗元仔細的讀了每一首詩，也看了解析跟語譯。「看不出來，感覺都一樣，就是沒有感覺。」

「不會吧！以往遇到有魂氣的詩，你都會有感覺啊？」儀萱歪著頭想了想，「會不會線索有四首詩，特別要考驗你，所以不能馬上讓你感應到，要每首都進去找？」

「誰知道，唉。」宗元忍不住學張繼嘆口氣。

「你快把這四首詩背起來吧！」儀萱說。

不知道是詩太長，還是對這些詩太沒有感覺，宗元背了好久才把第一首背起來。

「花間一壺酒，獨酌無相親，舉杯邀明月，對影成三人。月既不解飲，影徒隨我身，暫伴月將影，行樂須及春。我歌月徘徊，我舞影零亂。醒時同交歡，醉後各分散，永結無情遊，相期邈雲漢。」

宗元還沒睜開眼就聞到濃濃的酒味，害他猛打噴嚏。和〈楓橋夜泊〉一樣，這裡也是夜晚，不同的是，天上有一輪亮晃晃的明月。他的眼前是一處庭院，有一個很大的花叢，花叢中有個醉漢，拿著一瓶酒，對著天上的月亮含糊說著醉話。

「喂，你是李白嗎？」宗元大喊。

「我……我是啊？你剛剛不是才……才來過，我跟你講沒有就是……沒有！」李白講完轉過身，繼續喃喃自語，「什麼渾氣，還是他說晦氣？來來來，我們來乾杯，不要理他。」他舉起酒瓶跟月亮敬酒，然後在花叢裡，雙手舉高揮低，雙腳前踢後踏，身體前轉後轉，宗元猜他可能以爲自己在跳舞。

李白雖然喝醉了，可是他的話讓宗元心裡一驚，看來兮行已經來過了，也問過他魂氣的下落。他看李白醉醺醺的，決定自己四下尋找，每朵花都去摸一摸，每根樹幹都去碰一碰，還趁李白舞到身邊時，拍拍他的身子，摸摸他的酒瓶，可是什麼也沒發生。一定不在這首。宗元迅速回到儀萱那裡。

「快，再背下一首。」儀萱翻開書頁。宗元苦著臉，把第二首也背下來。

「天若不愛酒，酒星不在天，地若不愛酒，地應無酒泉，天地既愛酒，愛酒不愧天，已聞清比聖，復道濁如賢，賢聖既已飲，何必求神仙，三杯通大道，一斗合自然，但得酒中趣，勿爲醒者傳。」

宗元再度被酒氣薰得睜開眼睛，然後馬上有隻手拉住他。「你又回來了，你看你看，」李白指著天上，「上面……那顆最亮的星星就是酒星，還有還有……」他指著前方地上一處泉水，「這可是酒泉喔，我的酒啊，就是從那裡來的，你看天地都要你喝酒，怎麼能不喝呢？快，再跟我喝兩杯，剛才一下子你就不見了，這次我們要好好享受。」

當年李白寫這首詩時，一定很希望地上可以湧出源源不絕的酒吧？很明顯的，他把自己的欲望投射在詩裡了。

李白拉著宗元，逼他灌下一杯酒才放開他。

宗元一邊猛咳一邊四處查看，看來兮行也來過這裡了，還跟李白一起喝酒。他加快動作尋找，卻還是什麼也找不到。他再度回到儀萱家。

「你怎麼滿嘴酒味啊？」儀萱皺起眉頭。

「醉醺醺的李白逼我喝酒！」宗元說完心想，這句話聽起來眞滑稽，說出去一定沒人相信。

「第三首！」儀萱已經把頁數翻好，還注記畫好線，讓宗元比較好理解背誦。

「三月咸陽時，千花晝如錦，誰能春獨愁？對此徑須飲，窮通與修短，造化夙所稟。

一樽齊死生，萬事固難審。醉後失天地，兀然就孤枕。不知有吾身，此樂最爲甚！」

想不到，李白晚上喝，白天也喝。三月的長安城裡，初春乍暖，百花齊放，李白還是喝得醉醺醺的。

「你跟……」李白轉過身指著宗元的身後，那裡什麼人也沒有，「剛剛在這裡的少年，是不同人吧？」

「不是，我是柳宗元，他叫龍兮行，他去哪裡了？」宗元問。

「我……我……就知道不同，他長得……俊俏多了。」李白沒有回答，只是神智不清的搖頭晃腦。

宗元才暗想李白比較清醒，總算分出兩人不同，沒想到還是講醉話，那個龍兮行怎麼可能比他帥！

「剛剛那個人，有找到什麼東西嗎？」宗元再問。

「他？沒有！」李白用力的搖手，差點甩到宗元的鼻子。「他一生氣，居然變成一隻大黑熊就不見了。你會不會啊？」

什麼大黑熊，明明就是一股黑氣，這個醉醺醺的李白眞可惡，笑他醜又笑他沒有法力。不過至少現在知道兮行也沒找到魂氣，他還有機會。跟前兩首一樣，宗元到處尋找，到處觸碰，但除了李白的酒氣，什麼氣也找不到。

宗元無奈的回到儀萱家。

「還是沒有？」儀萱問，「這是最後一首了，怎樣？有沒有特別的感覺？」

「我現在只覺得特別累。」宗元打了個大呵欠。

「就剩這首了，加油！」儀萱硬是把書推到宗元的面前，宗元揉揉眼睛，花了更長的時間才把詩背出來。

「窮愁千萬端，美酒三百杯，愁多酒雖少，酒傾愁不來，所以知酒聖，酒酣心自開，辭粟臥首陽，屢空飢顏回。當代不樂飲，虛名安用哉，蟹螯即金液，糟丘是蓬萊，且需飲美酒，乘月醉高臺。」

看來，李白當年寫這首詩的時候，心情很不好，宗元感到詩裡瀰漫的苦悶。

這裡是一座高塔上的露台，外面可以看到皎潔的月光，李白倚著欄杆，喝得酩酊大醉。

「喂，醒一醒，我想問你，兮行有沒有來？」宗元拍著李白的肩膀。

「沒……沒有……愁多酒雖少，酒傾愁不來。有酒，愁就不會來……呃……不會來。」

李白搖頭晃腦的念著詩。

「不是啦，我是說，一個少年，他的名字叫……喂，醒醒啊！」不管宗元怎麼搖他，他都叫不醒。

宗元看向身旁的酒杯、像小山一樣的酒糟、下酒的螃蟹，甚至高台上的欄杆，每樣東西他都伸手碰了碰，但還是什麼也沒發生。

這是最後一首〈月下獨酌〉，他花了比前面三首更多的時間仔細尋找，但結果還是一樣。

「怎麼可能？」儀萱著急的問，「你確定你有仔細的找嗎？」

「當然有啊！」宗元不耐煩的說。他又累又餓，來回〈楓橋夜泊〉兩次，硬背了四首長詩，除了一口難喝要命的酒，什麼也沒吃。

「可能被兮行找到了。」宗元沮喪的說。

「你先不要灰心，」儀萱安慰他，「或許我們要從頭來看，你說的對，〈月下獨酌〉這線索太明顯了，一定有問題。還有，魂氣這麼重要的東西，我不相信詩魂會交給一個整日醉醺醺的酒鬼。我猜，兮行也沒找到。」

宗元用手撐著頭，只想好好睡一覺。

「我看你眞的很累，先回去休息吧。」儀萱說。

宗元眞的累壞了，他點點頭，離開儀萱家。

6

宗元沒想到，他會背詩的這件事在班上引起不小的轟動，陳老師堅稱是她的嚴厲要求才讓宗元開竅。

「不要覺得我每天叫你們背詩很無趣，下苦工就會有成績。你們看，柳宗元從一首詩都不會，到現在一下子就朗朗上口兩首詩，如果不是我天天要他下課留下來背詩，哪會有這樣的效果？如果不是我的激勵，柳宗元怎麼可能進步得如此神速？所以我們今天更要加緊練習，為接下來的唐詩背誦比賽做準備……」

如果逼小孩背唐詩有奧運比賽的話，陳老師一定可以拿金牌獎。

「現在我們來看看這首李商隱的〈瑤池〉，李商隱是唐代後期很有才華的一個詩人，他可以寫出很多不同題材的詩，不管是詠史、政治、感情，還是抒懷，都可以寫出他的風格，他擅長利用典故，喜歡用象徵、比興的手法……」

宗元無聊的打了個呵欠。

前天回家後，他後來又去〈江雪〉找老姜，看到〈江雪〉裡有好幾處山頭都被染黑了，實在很擔心，可是老姜也束手無策，不知道爲什麼詩魂給了〈月下獨酌〉這個線索，卻又什麼也找不到。

老姜知道宗元拿到第二個魂氣很高興，教了他更多的呼吸運氣方法，這次，他覺得不僅自己的雙手，連兩隻腳的能量也增加許多。下回碰到兮行一定不會只有挨打的份。只是〈月下獨酌〉到底爲什麼行不通？詩魂到底有什麼深意？

宗元趴在桌上胡思亂想，老師講課好無聊，讓他又開始昏昏欲睡。

「這首〈瑤池〉就是用西王母的典故來諷刺那些想要長生不老的人。『瑤池阿母綺窗開，』這個瑤池阿母就是西王母，在古老的《山海經》中所描述的西王母，是個有老虎牙齒、猛豹尾巴，外表十分可怕的怪物，可是隨著時代歷史的改變，西王母的長相也改變了，到了漢朝，西王母被描述成一個雍容華貴、儀態萬千、充滿靈氣的女子，在這首詩裡，李商隱……」

老師講到西王母，讓宗元稍微清醒一些，前不久他跟同學玩了一個線上遊戲，升級後可以請西王母幫他打四頭蛇怪；螢幕上的西王母沒有虎牙豹尾，也不雍容華貴，而是長髮飄逸，穿著肚兜短裙，兩隻眼睛跟墨鏡一樣大，裡面還有星星在閃。果然時代改變，西王母的長相也變日系了。

「『黃竹歌聲動地哀』指的是黃竹歌聲在人間到處傳誦，充滿哀傷的感情；『八駿日行三萬里』，這個八駿是指穆王的八匹神駒。這些馬可以日行三萬里，你們看，多神奇啊！」

八匹神馬耶！這下宗元完全清醒了，既然他現在有能力進去詩的意境，應該要去看看西王母，還有那八匹駿馬長什麼樣子。

宗元心裡盤算著，如果我偷偷神遊個五秒鐘，老師應該不會發現吧？現在的他不僅不需要儀萱握著他的手就可以進入詩境，連他要不要進入詩境都可以自己控制，不然要是在老師的面前背詩，卻不能控制的跑進詩境，失神的站在原地，那也很麻煩。他如果可以找到那八匹神馬，騎上三萬里，該有多爽啊。等他騎過癮回來，老師恐怕一首詩都還沒講解完呢！

「『穆王何事不重來』，穆王指的是周天子穆王。這裡要先講到《穆天子傳》裡的記載……」老師把捲髮撩了撩，繼續引經據典，宗元已經躍躍欲試，努力的把〈瑤池〉背起來。

「瑤池阿母綺窗開，黃竹歌聲動地哀，八駿日行三萬里，穆王何事不重來。」

宗元一把詩默記下來，陳老師讓人昏睡的聲調馬上消失，耳邊傳來的是中國樂器的絲竹聲。

宗元四周張望，他站在一個清澈見底的翠綠湖水邊，水的一頭連著青翠的山，一道瀑布像乳白色的牛奶傾瀉而下，水的中央有兩座突起的小島，右邊的島高一些，上面有一座房子，兩座小島間有拱橋連接，左邊的島跟岸上也以拱橋相連。

樂聲似乎是從島上的房子傳來的，他站的位置有點遠，而且這裡雲霧繚繞，看不太清楚房子的樣子。雲氣像一條條絲緞般從他面前飄過，幾隻五彩的蝴蝶在他身邊翩翩飛舞，加上眼前的青山綠水，這裡簡直像仙境一樣。不對，這首詩在描寫瑤池，這裡本來就是仙境！

宗元興奮的朝著拱橋走去，一路上可以看到腳邊的奇花異草，有的會變換顏色，有的飄出甜膩的花香，看得他目不暇給。

他來到橋邊，這座橋體是透明的，看起來像是用水晶砌成，從橋往下望，可以看到淙淙流水，還有銀白色的大魚游過。宗元走在灑滿水藍色花瓣的橋上，此時一陣風吹來，更多的水藍色花瓣在空中飛舞，讓宗元想到〈尋張逸人山居〉裡的粉色桃花花瓣，不一樣的是，這裡的花瓣不僅不會傷人，還隱約傳來淡淡的香氣。

過了橋後來到第一座小島，這島上到處是山石，沒有通道，橋的盡頭只見一個山洞，看來這條隧道通向島的另一側。

宗元走進隧道裡，這裡的山石不知道是什麼樣的礦石組成，兩側山壁閃著各種深淺的點點紫光，非常漂亮。他穿過隧道，來到島的另一側，這裡同樣有座水晶拱橋，他的腳才一踏上拱橋，就聽到另一頭傳來一陣紛雜的細碎腳步聲，他抬頭一看，拱橋頂端站著兩排婢女，宗元數了數，一共八人。她們往兩旁一站，宗元看到一個穿著藕色服飾的娉婷女子出現，緩步朝他走來。

她舉步輕盈，好像腳不沾地似的，宗元都看呆了。

「你就是柳宗元吧？」女子面貌皎好，五官細緻，雙眼晶亮的看著他，嘴角帶著一抹淺淺的笑容。

「你……你……怎麼知道我……我是誰？」宗元從來不知道自己這麼容易結巴，在〈江雪〉裡是冷得結巴，拿到魂氣驚得結巴，這裡是緊張得結巴。

「當然知道啊，所以我才特地在這裡等你。」女子的笑容更深了，彷彿看到宗元結巴的樣子非常有趣。

「你……」宗元深呼吸一下，「你就是西王母？」

「呵呵。」女子笑得肩膀都在顫抖，「小的怎麼敢跟主母並提？主母神通廣大，所以知道你要來。我只是她尊前的小婢，叫做喜蓮。喜歡的喜，蓮花的蓮。」

還好喜蓮有補充解釋，不然宗元差點脫口叫出「洗臉」。

「那，在下可否有此榮幸謁見西王母？」宗元看喜蓮對西王母如此遵從，連忙從腦海裡搜尋適當的字眼，媽媽看的宮廷歷史劇裡有不少臣下對主上的說話語氣，他慶幸自己平常看電視還算認眞，總算可以擠出像樣的敬語。

喜蓮似乎也很高興他講話這麼恭敬，微笑的點點頭，「主母臨時有急事出去，應該很快就回來了，她要我在此恭候，你先進屋坐坐吧。」

「謝謝喜蓮姊姊。」宗元高興的說。他跟在喜蓮後面，在八位婢女的簇擁下，走過了水晶拱橋，來到第二座小島。

剛才在水岸邊，距離遠，又有雲氣繚繞，看不清楚屋子的樣子，這時，宗元來到小島上，仰頭往上看，才發現這間屋子比想像中大很多。

宗元跟媽媽去過故宮，雖然這間屋子沒有故宮那麼雄偉遼闊，可是上下兩層，地跨整個山頭，加上四周的雲氣忽隱忽現，顯得神祕又氣勢凌人。

宗元隨著喜蓮和八位婢女沿著島上的階梯往上爬，遠看這島山不高，怎麼爬起來這麼久，石階又陡峭，即使他這個天天溜直排輪的人也開始氣喘吁吁。他原本想停下來休息一下，像跟爸媽爬山時那樣順便唉兩聲，可是抬頭看這些嬌滴滴的小姑娘們，走起山階居然臉不紅氣不喘，還面帶微笑，裙襬搖盪，腳步輕盈。他平常個性雖然有些懶散，不拘小節，可是在這些婢女面前可不想示弱。他回想起老姜教他的運氣之法，開始專心運氣，果然精神振奮許多。他再把氣運到腳上，配合呼吸，專心一意，不再抱怨，總算不再覺得費力，可以不疾不徐的跟在喜蓮後面。

喜蓮本來看宗元喘不過氣，有意考驗他一下，之後看到他跟上腳步，也轉頭對他點頭一笑。

宗元專心在呼吸運氣跟爬階上，直到前面的喜蓮停下腳步他才發覺已經到了山頂，他抬頭一看，忍不住驚叫出聲，剛剛聚集在胸口的一股真氣整個洩了下去。

這裡雲氣繚繞，剛剛在山腳看不出來，來到山頂後他才發現，這屋子不是建在山上，而是漂浮在山上，屋子的底部距離他現在站的地方至少有四、五層樓高！

「這……這……要怎麼上去啊？」宗元又結巴了。

喜蓮的笑意更深了，其他的婢女們雖然面無表情，不過宗元覺得她們心裡一定在偷笑。

「跟好喔，我們要上屋了。」喜蓮頑皮的對他眨眨眼，轉過身對著大屋淩空飄去。八個婢女也跟在後面，衣裙襬動，從空中魚貫向屋子緩緩飄去。

宗元看呆了，他知道無論怎麼運氣也無法讓他像空氣一樣飄上去。這個「洗臉」明顯要他丟臉。就在這時候，一條緞帶般的雲氣飄到他的面前，同時前面的喜蓮傳來聲音，「快跟上來啊！」

宗元看著雲氣，心裡暗想：「難不成要我騰雲駕霧？」

他深吸一口氣，再度丹田用力，運氣在身，小心的提起右腳放上雲氣，他感到腳下一實，心中暗喜，後腳跟著踩上去，整個人就眞的在雲上了。

他才高興沒多久，腳下一晃，雲帶開始飄動起來，宗元不敢太激動，趕快收斂心緒，繼續運氣專心，努力保持平衡，很怕不小心掉了下去。還好他平常有在溜直排輪，平衡感很好，馬上就抓到感覺，穩穩的站在雲上。

在雲帶的帶領下，他跟著喜蓮一群人往上飄去，喜蓮回頭看他，帶著笑意的臉嘉許的點點頭。宗元低頭看，不敢相信自己眞的騰雲駕霧起來，如果手上再拿著一根棍子，應該很像《西遊記》裡的孫悟空吧？

雲帶愈飄愈高，終於來到大屋，宗元跟著喜蓮她們踩上前廊。這屋子的建築非常華美，雕梁畫棟，美輪美奐。全白的玉石立柱在陽光下閃著柔和的光芒，上面刻滿精緻的各種鳥雀花草，碧綠琉璃瓦片覆蓋的屋頂，像是蛋糕一樣疊高三層，屋簷四角彎彎的翹起來，各有一隻雕刻得栩栩如生的五彩鳳凰立在上頭。

宗元一邊東張西望，一邊跟著喜蓮走進屋內，這裡是一個大廳，上首擺著一張軟椅，上面的抱枕被子都是用淺紫色的亮面錦緞做成的，繡工非常繁複精細，一隻隻的鳳凰、蝴蝶像是要飛出來一般。至於大廳的牆上則掛滿字畫，宗元不懂水墨書法，可是可以看出筆觸飛揚灑脫，充滿靈氣。

「請坐。」喜蓮指著下首的一張木椅。木椅上沒有軟墊，不過椅背和椅面上的雕刻紋路也是十分講究漂亮。

八位婢女魚貫的走進來，有人手裡拿著茶壺，有人手裡拿著杯子，有人手裡拿著碟子，宗元的座位旁的茶几上瞬間放上各色點心跟茶水。

「我想，你應該餓了，也渴了。」喜蓮親自端了一碟蓮子，「這是我最愛的點心，剛摘下來的新鮮蓮子。」

「我也喜歡蓮子！」宗元開心的說，不客氣的一下就把桌上的東西吃光。這是他目前去過的詩境中最棒的一個了，有美麗的仙女們、如詩如畫的仙境，還可以騰雲駕霧，吃好吃的點心。

「謝謝喜蓮姊姊，你要不要也吃一些？」宗元吃了一會兒才想到只有他一個人吃，忽然覺得不好意思，趕快招呼一下，不過碟子裡只剩下一些糕餅屑了。

「我不吃。你覺得好吃嗎？」喜蓮笑著問他。

「太好吃了，我沒吃過這麼香甜的糕點。」宗元舔舔嘴，感覺意猶未盡。

「那你喜歡這裡嗎？」喜蓮笑得更深了。

「當然喜歡啊，這裡太美、太特別了。」宗元猛點頭。

「這裡所有的佈置都是主母的意思，牆上的字畫都是她親自下筆的。」喜蓮說，「等下主母回來，你一定更高興。她氣質非凡，美麗萬千，能見到她是你的福氣呢！」

聽完喜蓮這麼說讓宗元更加期盼。傳說中的西王母耶！他居然可以見到她的眞面目，想到這裡，他的頭點得更用力了。

就在這時候，喜蓮的臉色一斂。「啊，主母回來了！」

喜蓮領著八位婢女面向大門，恭恭敬敬的屈膝低頭，宗元看了也連忙站起來，把嘴角的糕餅屑拍乾淨，學著喜蓮低頭，可是忍不住抬眼偷看門外。

門外除了雲霧繚繞外，還是雲霧繚繞，宗元不知道喜蓮是怎麼知道的，他正要開口詢問時，只見白光一閃，一個身穿白衣的女子從天空飄降而來。

「平身。」女子的聲音輕柔動人卻又帶著威嚴。宗元斜眼看喜蓮起身抬頭，他才敢抬頭看眼前的女子。

面前的女子看起來比喜蓮大幾歲，身材修長高䠷，皮膚白皙光滑，五官楚楚動人，身上除了腰間一條金白相間的精緻繫帶外，全身的衣裙都是白色緞面繡花布料，表面帶著柔和的光芒，整個人籠罩在一片祥和的白光裡。

「快叫西王母娘娘。」喜蓮提醒宗元，後者趕快回神，恭敬的說：「西王母娘娘安好！」

「你就是柳宗元吧？還喜歡這裡嗎？」西王母問。

「是的，很喜歡，好美的仙境啊！」宗元眞心的回答。

「那就好。」西王母微笑著點點頭。宗元看她的衣著外型，以爲她會像武俠小說裡的小龍女一樣冷若冰霜，不搭理人，沒想到西王母這麼和藹可親，滿臉笑容。不過跟喜蓮那種嬌憨孩子氣的笑容不同，西王母的笑容多了一分帶有威嚴的尊貴。

「請問西王母娘娘，你怎麼知道我會來？」宗元好奇的問。

「我自有我的能力可以知道誰要來我的宮殿。」西王母的話中有種讓人不容質疑的語氣。「你怎麼會想到來瑤池？」

「因為我……」宗元不太好意思的說，「我想看看那八匹神馬。」

「沒問題。」想不到西王母這麼爽快的答應，宗元開心極了。

他跟著西王母來到宮殿門外，只聽西王母吹了一聲口哨，一陣風掃過，八匹馬騰空出現在他們面前。宗元瞪大眼睛，八匹馬每一匹毛色都不同，有亮黑、雪白、米褐、銀灰、藏紅、棕黑、棕色帶白點的，淺褐帶黑紋的，但每一匹都高大英俊，神采奕奕。

「牠們的名字是：絕地、翻羽、越影、奔霄、踰輝、超光、騰霧、挾翼。」西王母一一介紹，「你想騎嗎？」

「真的可以嗎？」宗元的眼睛發亮，「可是我沒騎過馬。」

「牠們是神馬，你不用擔心，不會讓你摔下來的。」西王母微微一笑，「去選一匹你喜歡的吧。」

宗元一眼就看上那隻銀灰色的，牠全身的肌肉均勻強健，帶著銀色光彩的毛髮在陽光下閃閃發亮。

「牠叫挾翼，」西王母輕輕拍牠的頸項，「是裡面最快的馬，好好享受吧！」

喜蓮拿來馬鞍跟韁繩，西王母稍微指導宗元駕馭馬的技巧後，他便興奮的騎上挾翼。

宗元依照西王母的指點，兩隻腳跟在馬腹一夾，挾翼便騰空往前竄出。

剛才宗元騰雲駕霧來到宮殿，那速度大概只比百貨公司的電扶梯快一些，可是挾翼就不同了，牠像日本方程式賽車一樣往前射出，宗元差點往後倒，他連忙抓緊轠繩，同時把轠繩往自己的方向拉，有靈性的挾翼馬上知道要緩下來。

瑤池果然是仙境，連馬也是在空中漫遊。宗元慢慢抓到控制的力道，挾翼也非常機靈，很快的，一人一馬就自在的到處翱翔。

這裡眞是美啊！宗元忍不住讚嘆，駕馭神馬的感覺更是美妙極了。尤其之前去過的詩境，不是冷得要命，暗得嚇人，就是遇到毒花瓣或會啄人的鳥，再不然就是被打得半死，這裡實在太棒了。

他眞的很想待久一點，不過現在他的本尊正在教室裡上課，最好還是不要離開太久，他一轉向，讓挾翼帶領著他回到宮殿。

「怎麼樣，還喜歡嗎？」喜蓮笑著接過轠繩。

「太棒了！好過癮！」宗元說。

「主母在內廳等你，你快去吧！」喜蓮說。

宗元點點頭，要走也應該先跟主人道謝。

「坐吧。桌上有些茶水點心，你嚐一點。」西王母親切的說。

宗元也眞的餓了，便不客氣的吃了起來。

「我聽說，你在找詩魂的魂氣？」西王母讓宗元坐下，和藹的問。

「是的。」宗元誠實的回答。張千雲曾說，詩魂離開詩境前找過他，提醒他黑暗力量入侵的事，神通廣大的西王母一定也跟詩魂有交情。

「你現在進行得如何？」西王母問。

「我……」宗元遲疑了一下，左右張望，不知道兮行會不會找到這裡來？他說出來的話會不會不安全。

「你放心，那個兮行的法力對我沒用。你看，瑤池完全不受他的影響。」西王母說的沒錯，這裡沒有被黑氣汙染的痕跡。

「兮行不能來瑤池嗎？」宗元問。

「他是可以來，不過他無法偷偷過來而不讓我知道。這裡是我的勢力範圍，他也不能任意妄爲。」西王母微笑著說。

「那就好。」宗元放心的點點頭，總算有個法力強大的人能制衡兮行，而且，說不定法力高強的西王母可以幫他。「其實，我卡住了。」

宗元把張繼告訴他〈月下獨酌〉的事都告訴了西王母。

「所以你沒在〈月下獨酌〉四首詩裡找到什麼線索？」西王母皺著眉頭，宗元覺得她皺眉的樣子也美極了。

「沒有，」宗元搖搖頭，「不知道娘娘有沒有什麼想法？」

「……」西王母沒有回應，她低頭沉思，看來也想不通。

「沒關係，我該回去了，眞是謝……」宗元的話還沒講完，西王母就打斷他。

「等一下，張繼在告訴你〈月下獨酌〉這首詩的前後，還跟你說了什麼？你仔細回想一下，每個細節都不要放過。」

「他說……」宗元努力回想，「他要我好好想詩裡的深意，還有……詩是線索，不要放棄，然後……就是一些無關緊要的事。」

「線索，不要放棄，深意……」西王母咀嚼這些字，「無關緊要的事，是什麼？你說來聽聽。」

「沒什麼啦，張繼這個人怪怪的，〈楓橋夜泊〉這首詩裡很涼，我難免手腳冰冷，他摸著我的手說：『你手好冷。』」

「手好冷……難道，這是特別給你的暗示？」西王母又皺起眉頭。

宗元回想當時的對話情境，心裡靈光一閃。

「謝謝娘娘的指引，我知道了，我要回去了！」宗元興奮的站起身來。

「你知道了？是哪首詩？」西王母疑惑的問。

「我還不確定，等我找到再告訴你。我先走了，謝謝你的招待！」宗元恭敬的行個禮，閉起眼睛，回到了教室。

7

「……所以這首詩其實有很濃厚的諷刺意味。」宗元剛好趕上陳老師的結尾。

「柳宗元，我剛剛看你在發呆，這首〈瑤池〉你會背了嗎？」陳老師銳利的眼神透過眼鏡掃向他。

宗元很想說，我不僅會背，還眞的去了趟瑤池，跟西王母騎馬、喝茶、聊天呢！不過宗元只是乖乖的把整首詩背出來，讓陳老師心滿意足的再度沉浸在自己教學成功的快樂中。

「柳宗元背得不錯，這首詩同學今天回家把它背熟，知道嗎？好，下課。」陳老師踩著高跟鞋走出教室。

「快，我們到你家。」宗元迫不及待的拉著儀萱。

「娘娘剛才給我一些指示，我們趕快找詩集。」一到儀萱家，宗元就興奮的翻開詩集。

「什麼娘娘？」儀萱一頭霧水。

「我剛才去了趟〈瑤池〉，遇到西王母娘娘，」宗元把自己在〈瑤池〉裡的經歷告訴儀萱。

「哇，好特別啊，我也好想去〈瑤池〉看看，我該怎麼樣才能跟你一起去詩的意境裡啊？」儀萱嘟著嘴問。

「我也不知道。」宗元聳聳肩，「這些詩明明你背得比我熟，可惜卻不能進去。」

「既然西王母法力那麼高，說不定她有辦法，下次你去幫我問問看好不好？」

「哎喲，這樣多丟臉啊！」

「有什麼好丟臉的？問一下嘛！」儀萱央求著。

「我在詩的意境裡出生入死是有任務在身，你不要亂吵。」

「什麼任務，明明你就是想看仙境、騎神馬才去〈瑤池〉的。」儀萱撇撇嘴。

「誰說的？我是要去問西王母問題，」宗元嘴硬的說，「你不要吵啦，我差點忘了正事，西王母提醒我，張繼的舉止其實是有其他暗示的。張繼跟我說要好好想詩的深意、不要放棄，然後他忽然拉著我的手說：『你的右手好冷。』」

「所以呢？」儀萱還是不了解。

「可是他當時拉的是我的左手！」

「他……左右不分？」

「我當時也只是以為他被兮行嚇糊塗了，不過我想想，他知道跟我講下一首詩的線索時，兮行一定會偷聽，因此兮行早我一步去問他時，他不得不說。表面上，他告訴我們一樣的線索，卻留給我更多隱藏的線索。」宗元停了一下，繼續說：「他拉著我的左手，跟我說我的右手好冷，意思是什麼？他在跟我說反話。〈月下獨酌〉是表面上的線索，事實上，詩魂留下的線索是意思相反的另一首詩。」

「我懂了，我剛好新買了一本李白詩集……」儀萱翻開目錄，「李白寫了不少獨酌的詩，你看看這首，〈山中與幽人對酌〉，這首跟〈月下獨酌〉意思是相對的。」

宗元把詩念了一遍，

「兩人對酌山花開，一杯一杯復一杯，我醉欲眠卿且去，明朝有意抱琴來。」

就是這首！宗元肯定的點點頭。

「要小心。」儀萱說。

宗元默念完詩，來到一個開滿花的山邊，兩個中年男子在一個石桌旁，喝得醉醺醺，桌上、地下到處都是酒瓶。

「我……不能喝了……」宗元認出左邊說話的是李白。

「來，再喝！」右邊一個高高胖胖的男子把兩個人的酒杯斟滿。

「我不能再喝了。」李白一邊搖搖晃晃的說，一邊還是仰頭把酒喝下去，「你先……先……回去吧，我想睡了，呵……」

「睡什麼睡啊？你是李白耶，再喝再喝……」高胖男子催促著。

「你明天……明……天來時，帶把琴來，我們一起彈琴喝……喝酒！」李白說完便趴在桌上不省人事。

「喂……眞掃興。好吧，那我明天再來……再來喝。」高胖男子勉強站起來，身子一歪，差點又跌下去，宗元見狀衝上前去把他扶住，男子沉重的身軀，差點把宗元壓倒。

「你先不要走，我想問……」宗元的話還沒說完，男子打斷他的話。

「你年紀這麼小，喝什麼酒，去去去。」男子甩開宗元的手，宗元重心不穩，跌在地上。

「喂……詩魂有沒有來過這裡？他有沒有跟你們說什麼？」宗元大聲問道，可是等他站起來，男子已經不見蹤影了。

宗元看看趴在桌上的李白，根據之前幾首詩的經驗，不問也罷。

宗元把周圍的物品都碰了碰，山石、酒杯、桌椅，甚至李白也被他趁機拍打幾下，可是什麼也沒發生。怎麼會這樣？是這首詩沒錯啊。他明顯有感覺這首詩跟之前〈月下獨酌〉那四首不同。他再次默念詩的內容。

「兩人對酌山花開，一杯一杯復一杯，我醉欲眠卿且去，明朝有意抱琴來。」

難道是「琴」？那是唯一他沒有看到的東西。宗元決定留下來等待，等明天高胖男子拿琴來。

宗元坐下來耐心等待。

等啊等，不知道等了多久，宗元才發現不對勁，不管怎麼等，天色都沒變，不會變暗，也沒有變亮，這樣根本不會有「明天」啊。

看來這首詩也只是線索，琴沒有在意境裡眞的出現，只是個暗示，暗示他要去找「琴」。宗元趕忙站起來，回到儀萱的家。

「張繼說的沒錯，這些線索都有深意，我們當時只是急忙去〈月下獨酌〉裡，原來都錯了。」儀萱說。

「往好的想，那個兮行也沒弄對，張繼給我相反的暗示，他肯定不知道。」宗元說。

「嗯……這裡是有『琴』的詩，你看看。」儀萱把頁數都標示起來，宗元一首首念。

「是〈竹里館〉。」宗元說。

「獨坐幽篁裡，彈琴復長嘯，深林人不知，明月來相照。」儀萱不用看書也背得出來，「這是王維的詩。描寫他自己在無人的竹林裡獨坐一種孤絕的感受。」

「你這麼會背，卻不能隨意進去詩的意境，還真是可惜。」宗元忍不住替儀萱不平。

「所以啊，你去跟西王母……」

「啊，我要趕快去〈竹里館〉了。」宗元很怕儀萱糾纏不清，閉起眼睛，默背出詩句。

怎麼又是晚上？宗元忍不住嘀咕。沒有太陽的溫度，空氣感覺很冷。還好進來詩境前，儀萱逼他穿上她的外套。

茂密的竹林在夜晚顯得陰森嚇人，空氣中瀰漫著一股晦暗不安的氣氛。之前不是有新聞，有人被殺後被棄屍在竹林裡？或是有殺人魔躲在黑暗的林中對路人隨機下手？宗元愈想愈害怕。

不會的不會的，宗元趕快安慰自己，這詩中又沒有出現屍體，兇手等字眼，不會有事的。不過老姜不是說，兮行已經有能力改變、破壞詩的意境了嗎？〈江雪〉裡出現鳥飛，〈尋張逸人山居〉裡的花瓣變黑、飛鳥攻擊人，誰知道他會在這個陰森森的竹林裡做什麼？

宗元害怕的在竹林裡跑了起來，他的跑步聲驚動林裡的小動物，一下子響起各種怪聲，齒咬聲、窸窣聲、跑動聲，充滿四周，嚇得宗元大聲尖叫。

不過他沒聽到自己的尖叫聲。因爲這時候，一陣琴聲出現，同時一個清澈的嘯聲響起，把他的尖叫聲跟四周的吵雜聲都蓋過去。

「是王維！」宗元心情一振，隨著嘯聲琴聲的方向跑去。

果然，在竹林中有塊空地。這裡的竹林沒有那麼茂密，可以看到天上亮晃晃的明月，在月光下，宗元看到林子中間擺著竹桌和竹椅，有個人坐在椅子上，手撫著面前的琴。

王維的身材清瘦，下巴留了一撮小鬍子。他兩頰凹陷，雙眼清亮，看見宗元走來，對他招招手。

「你來了。」王維對他說。

「是詩魂告訴你我要來的嗎？」宗元問。

「他告訴我你會來拿東西，另外有一個黑暗的力量也可能來搶，還好，你先到了。」看起來王維鬆了一口氣。

「那就好，」宗元也鬆了口氣，「還好兮行還沒來。」

「不過他的黑暗力量已經入侵這裡了。」王維說。

宗元左右張望，這裡這麼暗，實在分辨不出來哪裡被染黑了。

「你剛才不是在林子裡遇到一些小動物嗎？那些原來都不在詩裡，這些小動物有的很不友善，還會咬人，本來我的嘯聲是呼應琴聲，只爲自得其樂，現在卻得用來震懾這些小動物。」王維嘆了一口氣。

「詩魂有沒有說魂氣在哪？」宗元問。

「他什麼都沒說，只說有人會來拿東西。」王維的說法跟千雲一樣。

「我想，詩魂要給我的魂氣在你的琴裡。我可以借你的琴一下嗎？」宗元問。

「請用。」

宗元用手摸摸琴。什麼也沒發生。

「你要彈一下嗎？」王維建議。

「我不會彈。」宗元說，不過他還是撥弄幾根弦，但是還是什麼也沒有。

「你記得，這首詩寫著『彈琴復長嘯』吧？」王維說。

宗元覺得不太好意思，勉強張開嘴巴。「啊——」發出的聲音只比去看病時，醫生叫他張開嘴巴還大聲一點。

「你這樣不行啦，剛剛被那些小動物追趕時，不是叫得很大聲嗎？你先深吸一口氣，把氣壓到肚子，然後用丹田用力，大聲長嘯。」王維說，還用手按按宗元的肚子，教他把氣運到那裡。

根據王維的指點，宗元持續撥弄著琴弦，然後深呼吸，把氣在體內旋繞一周後，存在丹田，張口長嘯。

「啊——」

兩道淡黃色的煙氣從琴的兩側緩緩飄出來。

宗元好高興，他終於找到了！

他正要用手去接時，一道黑氣朝身旁的王維直射而去，宗元一驚，直覺的先用手去擋黑氣，另一手推開王維。沒想到這麼一耽擱，魂氣縮回琴身裡，而兮行已經現身在他的面前，伸手搶琴。宗元措手不及，連忙回身，用力朝兮行肩膀拍去。

兮行一手抱琴，一手射出黑氣，宗元見狀雙手運氣抵擋，只是黑氣愈出愈霸氣，兮行第三招出手時，黑氣化成五條黑色大蛇的外型，向宗元奔來。宗元揮手打掉了三條，可是其中兩道黑氣還是打上他的胸口。

宗元只感到胸口氣悶，但是疼痛很快的消退了。難道眞被儀萱說中了？她的外套可以擋風又擋氣？宗元沒空細想，因爲兮行的下一道黑氣又迎面撲來，同時他感到腳踝一陣刺痛，低頭一看，一群齧齒動物爬滿四周，正朝他跟王維攻擊。

「退！」王維像之前那樣長嘯大喊，可是這些小動物並沒有退去。

「哼，你自己寫的『彈琴復長嘯』，沒有琴，你嘯再大聲也沒用。」兮行冷笑一聲，同時射出更多的黑氣。

宗元看到王維在地上被小動物們咬得尖聲哀號，非常不忍心，可是他一定要把琴奪回來，不然不僅拿不到魂氣，王維也制不住這些小動物的攻擊。

宗元發現外套可以抵擋部分的黑氣力量，放大了膽子，也更有信心，於是不顧自己的安危和腳下被咬，努力往前出手，要去搶下兮行手中的琴。

兮行連出幾招都打不退宗元，開始焦躁起來，而宗元則是愈打愈順手，開始抓到如何運氣、進招的竅門，不再像之前那樣，只能被兮行猛打。

但是不管宗元怎麼努力，他還是無法打退兮行拿回琴。這時眼看兮行另一道黑氣又纏上來，宗元咬牙不去抵擋，讓黑氣繞上他的左手，他的左手瞬間一麻，兮行心裡得意，往前跨出一步，想單手擊斃他，沒想到宗元趁機用右手猛然抓住琴。

兮行一驚，放棄對宗元的攻擊，想把琴奪回，可是宗元這次鐵了心，怎麼也不放手。

「好，我打不死你，自有人可以把你亂刀砍死！」兮行哼一聲，宗元不知道他是什麼意思，只知道要抓緊琴身，卻見眼前一暗。

宗元睜開眼睛，發覺眼前一片黑漆，而且冷得要命，然後他發現天正下著雪。

這是哪裡？

一陣雜沓的腳步聲傳來，雪土揚起，一群人奔來，宗元在雪中滾到一旁，看到來人個個身穿皮裘，高大驃悍，互相吆喝，說一些宗元聽不懂的話。他們行色匆匆，有不少人身上還帶傷。

這一定是另一首詩的意境，可是宗元一時之間不知道是哪首，不知道接下來會如何，不過肯定不會是「夜來風雨聲，花落知多少」。就在這時候，另一陣腳步聲從遠處傳來，這次還有嘶喊聲跟馬匹的嗚聲，看來似乎有大批兵馬將至。

「快來人啊，這裡有契丹人！」兮行大聲呼喊，宗元這才發現自己不知道何時已經放開了琴，而兮行抱著琴站在前方，宗元不知道他在叫什麼，想衝上去把琴搶回來，可是那群人馬已經奔到他的面前，兮行也消失得無影無蹤。

「此人穿著怪異，定是蠻人，格殺勿論！」幾個士兵看到他大聲嚷嚷，這次宗元聽懂了，古裝劇裡的大將總是對叛逃的士兵下達這樣兇狠的命令。

士兵們揮舞著大刀和弓箭，大雪紛紛灑在每個人身上和兵刃上，加上四周夜色昏暗，場面看起來更加可怕。

宗元運氣使力，一下子就打倒眼前的兩人，另外兩人想從後面包抄，宗元也馬上回身一手一拳，把他們擺平。其餘的士兵見狀大聲吶喊，更多的人一湧而上。

這可惡的兮行，搶走了琴不說，還想借刀殺人，把我帶來這個不知道什麼詩的意境裡。宗元一邊心想，一邊試圖抵擋士兵們的攻勢，但這下千軍萬馬朝他砍殺而來，他除了努力過招，也思索該怎麼逃離這裡，回儀萱家恐怕很難，這當下要他心平氣和、無憂無懼根本不可能，不過既然兮行可以把他帶來這裡，他應該也可以去到別的詩裡。

一匹高大駿馬迎面奔來，馬上一個像是將軍的壯碩男子舞著長戟刺向宗元，眼前寒光一閃，尖銳的刀刃就要刺上他的胸口。

我要趕快去一個安全、沒有兮行的地方！宗元靈光一動。

「瑤池阿母綺窗開，黃竹歌聲動地哀，八駿日行三萬里，穆王何事不重來。」

宗元氣喘吁吁的睜開眼睛，耳邊傳來絲竹樂聲，還聞到香甜的花香、食物香，他果然來到瑤池西王母的宮殿。

「你沒事吧？」喜蓮蹲下身來關心詢問，宗元發現自己躺在宮殿的大廳裡。

「還好。」宗元在女孩面前不想示弱，不過感到胸口一陣劇痛，儀萱的外套被刺破一個洞，鮮血不停從右鎖骨下方，透過洞口流出來。

「你受傷了。」喜蓮皺起眉頭。宗元第一次看到她臉上沒有笑容。

「嗯。」宗元本來想再逞強講幾句話，可是胸口痛得讓他只想閉起眼睛好好休息。

「我幫你上藥。」喜蓮迅速拿出一個小玉瓶。這瓶子晶瑩翠綠，上面的蓋子是白色的。

喜蓮輕輕打開瓶蓋，把瓶子輕觸外套的洞口，只見細小的瓶口流出一滴牛奶色的純白液體，直接滴在宗元的傷口上。宗元感到一陣冰涼，他低頭一看，胸口的傷已經不再流血，也不再疼痛了，只剩下一個圓圓的疤痕。

「這太神奇了。」宗元讚嘆的說，「謝謝喜蓮姊姊。」

「有效就好。」喜蓮露出開心的笑容，「這裡有一些熱湯，你先喝一點。」

喜蓮端過一碗湯，宗元喝了一口。

「娘娘在嗎？」宗元喝了湯，感覺好多了。

「等你待會兒精神好一點，我帶你去見她。」喜蓮說完，又餵他吃了些點心。宗元心裡很感激，這裡果然舒適又安全。

「走吧，我帶你去見主母。」喜蓮看他恢復許多，臉上也有了笑容。

宗元跟著喜蓮來到內室，這裡比外廳更爲精緻美麗。

「喜蓮，你先退下，我有話跟宗元說。」西王母說。

「是。」喜蓮貼心的把門關上。

「宗元，上次你說找到線索了，是哪首詩？」西王母問。

「娘娘，我要謝謝你的指引，你提醒了我，我才解開張繼給的暗示。」宗元感激的說，然後他便把如何從〈月下獨酌〉到意思相反的〈山中與幽人對酌〉，再到王維的〈竹里館〉的經過告訴西王母。

「太好了，我很高興可以幫上忙。不過，還是你自己的聰明跟反應讓你找到答案的。」西王母微笑的說。

「不過，兮行把琴搶走了。」宗元難過的說，「我不僅拿不到魂氣，還害得王維在〈竹里館〉裡，被兮行搞出來的小動物啃咬，實在太可惡了。」

「唉，眞希望我能幫你把琴搶回來。」西王母嘆口氣。

「娘娘千萬別這麼說，是我自己能力不夠。」宗元說。

「你不要氣餒，我還是可以幫點小忙的。」西王母對宗元眨眨眼，她站起身來走到櫃子邊，白色的衣裙隨著她的動作搖曳，煞是好看。然後西王母從雕滿花鳥的櫃子裡取出一把琴。「我喜歡樂曲，每一個侍女都要會彈琴，所以我這裡有不少琴。這把不算是最好的，可是也是上品，你就拿去給王維吧！」

「眞的？」宗元瞪大眼睛，沒想到西王母這麼大方。他正煩惱不知道怎麼辦，雖然這把琴裡面沒有魂氣，至少可以先幫王維鎭住那些小動物的攻擊。

「謝謝娘娘。」宗元實在太感動了，不知道除了謝謝還能說什麼。

「那下一首詩有線索嗎？」西王母問。

宗元搖搖頭，「我爲了搶琴被兮行帶到另一首詩裡，然後才來這裡，等我把琴拿給王維時我再問問他。」

「好，那有什麼消息再告訴我，說不定我可以幫上忙。」西王母微笑著說。

「謝謝娘娘。」宗元說。

「你快去吧，不要讓王維受太多的苦。」西王母說。

宗元感激的點點頭，離開瑤池。

西王母看著宗元離開，她的背後出現一團黑色的雲狀物漸漸在空中聚集，形成人形。

「你幹嘛幫那小子？」兮行清朗的聲音響起。

「施點小惠，他會更信任我，將來若有其他魂氣的線索，自會告訴我。」西王母輕輕一笑，「你要學著點。你想要什麼東西，不要只會來硬的，要懂得收放的技巧。」

「是，娘娘，你看，我不是拿到了嗎？」兮行揚了揚手中的琴，討好的說。

「那你答應我的事呢？」西王母柔媚的聲調中帶著逼人的壓迫。

「娘娘的話，我自當謹記在心，只是娘娘的這個要求難度非常高，他的身分不同，我需要更多的幫忙，更強的能力。不過請放心，我已經愈來愈強了，這件事一定會完成的。」兮行態度恭敬的說。西王母的仙氣美麗、高高在上，都讓兮行目眩神迷，心甘情願的聽她的差遣。

「你別忘了，宗元也愈來愈強了。他可以自己找到線索，穿梭詩境，還跟你打成平手，難怪詩魂會選他。」

「那是因為他找到兩個魂氣，現在這個魂氣在我這兒，他搶不回去的。」兮行得意的說，他把琴放在房間中央的桌子上，急著要展現他的能力。

兮行先撥弄琴弦，運氣全身，深吸一口氣，呼口長嘯。

「啊——」

然而除了琴聲、嘯聲，什麼也沒發生。

「怎麼了？」西王母皺著眉頭。

「我不知道，我再試一次。」

還是一樣。

「你確定魂氣在這把琴裡？」西王母問。

「我明明看到他彈琴大叫，然後黃色魂氣就出現了。」兮行不甘心的搥著桌子。

「看來你是不行的。」西王母輕笑一聲。

兮行聽了臉上一陣紅一陣白，他忿忿不平，用力一揮，把琴掃到地上。

西王母身形飄動，白衣一閃，眨眼便來到琴邊，趕在琴落地前接住。

她也學兮行，彈琴長嘯。

也是什麼都沒發生。

「娘娘……」兮行表情疑惑。

西王母並沒有動氣。「既然這樣，就要讓宗元再來這裡一趟了。」

「娘娘要怎麼讓宗元過來？我試過很多次，除非他自己進入詩境，不然我完全無法接觸到他。」兮行不解的看著西王母。

「我自有辦法。」西王母嘴角微揚。

8

宗元抱著琴，再度來到〈竹里館〉。

「王維，你還好嗎？」宗元踢掉一隻大黑鼠，扶起躺在地上的王維，他的衣服都被咬破了，身上好多齒痕，小鬍子也被啃去一半。

「嗯……」王維勉強站起身來。

宗元扶他到竹椅上坐好，把琴放到竹桌上。「很抱歉，我沒拿回你的琴，不過西王母給我這把讓我拿給你，你試試看。」

王維扶正衣冠，在椅子上坐正，起手彈了幾根弦，琴聲悠揚，竹林中那種不安的氣氛消散許多，他全神貫注，兩手或快或慢的撥弄琴弦，曲調愈來愈高亢，宗元不懂音樂，但也可以感受到一種激昂的情緒。

伴隨著琴聲，王維不時張口長嘯，他的聲音嘶啞但是深厚有力，整片竹林迴盪著琴聲與嘯聲。黑暗中，那些蠢蠢欲動的小動物們都跑得無影無蹤。

「這把琴不錯，謝謝你。」王維停下來喘口氣。

「別謝我，是我把你的琴弄丟的。你放心，我一定會把琴找回來的。」宗元不好意思的說，「對了，我想問一件事，你知不知道下一首詩的線索？」

王維搖搖頭。「詩魂什麼也沒說。」

宗元沒有太失望，他事先便猜到詩魂不會講太多。

「我想，你還是從那把被拿走的琴下手。」王維建議。

宗元無奈的點點頭，他決定先回去，跟儀萱還有老姜商量。

「〈塞下曲〉。」儀萱聽完宗元的描述，說了三個字。

「塞什麼東西下去？」宗元不解的問。

「〈塞、下、曲〉。」儀萱的眼球都快翻到後腦勺了，「你說你被一群騎兵攻擊，那是盧綸寫的〈塞下曲〉，『月黑雁飛高，單于夜遁逃，欲將輕騎逐，大雪滿弓刀。』」

「難怪。」宗元恍然大悟，「還好我反應快，單于夜遁逃，我也遁逃到〈瑤池〉去，還幫王維借到琴。」

「說到這，你去找西王母，居然沒幫我跟她提我想去詩境的事？」儀萱不高興的問。

「哎呀，我們是在講重要的事情！」宗元擺擺手，「你快幫我想，接下來怎麼辦？」

儀萱瞪了他一眼，不過還是認眞的想辦法。「我覺得你先不要管兮行跟那把琴，因爲你根本不可能找到他的行蹤，除非你把所有的詩都背起來，到每一首詩裡找，但這樣太浪費時間了，你應該先去找下一首詩，還有兩個魂氣，不可以再讓兮行拿到了。」

「可是王維說，下一首的線索可能還是在琴上。」宗元說。

「王維也是猜測而已不是嗎？你覺得詩魂會把線索再度放進另一首有琴的詩嗎？我覺得詩魂非常謹愼聰明，線索絕對不會這麼容易，我們要再好好想想。」

宗元覺得儀萱講的有理，不過他還是想跟老姜商量一下，看看他知不知道兮行的行蹤。

「你當然要先去找琴啊！」老姜聽了宗元的話，氣急敗壞的說，「你都找到魂氣了，怎麼讓兮行搶走？唉。」

「可是……我上哪兒去找兮行呢？除了在每首詩的詩境裡晃盪，你知道他是從哪兒來的嗎？」宗元問。

「我也不知道，」老姜又嘆一口氣，「他來去無蹤，我也不曉得去哪找他。」

「我還以爲你知道，」宗元很失望，「唐詩三百首，難道我眞的要一首一首去背，一首一首進去找他？」

「誰說唐詩只有三百首的？」老姜瞪他一眼，「唐朝的詩可是有好幾萬首！」

「什麼？那不是更難找？」宗元呻吟一聲。

「你一定要把琴找回來，不能讓兮行拿到魂氣。算我求你了。」老姜又老淚縱橫的哭了起來。

「好好好，我盡力啦。」宗元實在很怕看見別人哭。

這幾天，宗元跟儀萱猛翻詩集，看看能不能冒出靈感，宗元還多背了一些詩，跑到不同的意境裡，希望可以碰到兮行，或是找到王維的那把琴，可是都沒什麼進展。宗元發現很多首詩裡都有被黑氣汙染的痕跡，有的意境被破壞了，有的被兮行增加一些不該有的外來物。老姜說的沒錯，他得加緊腳步找到其他的魂氣，讓詩魂快點回來。儀萱則是把〈竹里館〉前前後後看了好幾次，還是想不出什麼特別的線索。

學校上課還是一樣無聊，不過今天陳老師宣布了一個消息。

「距離學校的唐詩背誦比賽愈來愈接近了。每一年的學期初，學校會給老師這一年要教的唐詩，我也盡我的努力講解給你們聽，要你們背起來。下個月學校就會驗收成果，按照慣例，每個班級由老師指派一名學生代表參加班際比賽。」

宗元看了儀萱一眼，儀萱挺身坐正，兩眼發光，只差沒站起來答「有」。這項比賽她已經拿了兩年全校第一名，每次老師抽背唐詩，她都倒背如流，宗元知道老師今年也一定會選她。

陳老師撩撩頭髮，推推眼鏡，非常戲劇化的環視全班。「今年，我打算來點不一樣的，我們先來場班內比賽，任何人都可以參加，爭取成為我們班的代表。待會下課後，有興趣的同學到我這裡來報名。」

大家交頭接耳的討論，班上的氣氛瞬間一變，似乎不少人躍躍欲試。儀萱的表情有點困惑，眉頭微蹙，宗元給她一個「你沒問題」的笑容。

「大詩人，」老師忽然叫住宗元，宗元心裡再暗罵第七萬三千五百三十一遍，「你最近背詩背得又快又好，要不要報名啊？」

「我？」宗元發現大家都在等他的回答，儀萱也表情複雜的看著他。「我才不要呢，背詩簡直要我的命。」他這麼說並不誇張。每次背完一首詩，進去詩境，除了李商隱的〈瑤池〉，其他都遭遇到重重困難，還差點被刺死回不來。他轉過頭去，再度給儀萱一個「你放心」的笑容。

「唉，太可惜了，大詩人可以實至名歸該有多好。」陳老師誇張的嘆口氣，又不放棄的說：「好吧，還有時間，你慢慢考慮吧！」

宗元又給儀萱一個「不用考慮了」的表情。

「你眞的不想報名參加比賽嗎？」一下課，儀萱就追上來問。

「哎喲，我又不像你，唐詩字典。幹嘛？你怕我搶你的第一名頭銜啊？」宗元說。

「你還早咧！」儀萱瞪了他一眼，「不過說眞話，你現在這麼強，很可能會贏喔！」

「我眞的沒興趣。你還是趕快準備，我看有不少人跟老師報名耶。」宗元說。

「這陣子爲了幫你找魂氣，我又多背了幾首詩，應該沒問題的。」儀萱停了一下，「對了，我昨天做了一個怪夢。」

「什麼夢？」宗元不經心的問。

「夢見我去了〈瑤池〉，看到西王母娘娘。她好漂亮，她住的宮殿也好漂亮啊。」

「你有沒有趕快請她施法，讓你也跟我一樣可以進出詩境？」宗元笑她。

「當然有啊，」儀萱不理會他的挖苦，「她說她會想辦法，但這沒有那麼簡單。」

「哈哈哈，你看，連你做夢都知道沒有那麼簡單，又不是去便利商店，想去就去。」宗元大笑，他就是愛跟儀萱鬥嘴。

「你笑夠了沒啊？」儀萱氣呼呼的說，「算了，不講了。」

「好好好，不笑了，繼續說嘛。」宗元趕快收斂起笑容，假裝正經的問，「那西王母有沒有托夢告訴你其他魂氣的線索啊？」

宗元以爲她又要因爲他的挖苦生氣，可是儀萱只是古怪的看他一眼。

「怎麼了？」宗元問。

「西王母還眞的要我轉告你，說兮行搶走的那把琴在她那裡，請你去〈瑤池〉一趟。」儀萱說。

「最好是啦。」宗元不以爲意的揮揮手。

「王維的那把琴，是不是三呎六吋五分，褐紅色的琴身帶著黑色的雲斑，琴底鑲了一塊白色玉石，琴面樸質沒有雕花，不過因爲琴的年代久遠，加上王維長時間彈奏，所以表面上的漆產生『冰紋斷』的斷紋？」儀萱看著宗元問。

「王維又沒有給我一把尺去幫琴量身高，不過那把琴的確是紅色的，上頭有黑色的斑點。」宗元回想第一次去〈竹里館〉的情景，當時他碰到琴沒多久兮行就把琴搶走了，儀萱描述的一些細節他並沒有全部看到，不過跟兮行搶琴的時候，的確有看到琴的背面有一塊巴掌大的玉石。

「你怎麼知道這些？」宗元感到有些不對勁，他有告訴過儀萱琴被拿走的事，但是他並沒有描述過那把琴的樣子。

「在夢裡，西王母給我看那把琴，還告訴我一些細節。」儀萱看著宗元，「我覺得這個夢是西王母藉著我轉達訊息給你。你最好再去〈瑤池〉一趟。」

「你說西王母托夢給你要你轉達訊息？我去找過她兩次，她要找我的話，大可以託夢給我啊？」宗元說。

「這……我怎麼知道，說不定你昨天沒做夢，或她覺得你靈氣不夠……哎呀，我也不知道，反正你去一趟〈瑤池〉就可以自己問她啦。你來去自如，不花時間又不會少塊肉，在這邊跟我囉哩叭唆的時間已經可以去好幾趟了。」儀萱瞪他一眼。

宗元想了想，「也對……好吧，我試試看。」

這次宗元出現在第一次去〈瑤池〉時落腳的湖邊，他正舉步往宮殿走時，喜蓮叫住他。

「娘娘在這裡等你呢！」

宗元回頭看，喜蓮笑吟吟的對他揮手。他跟著喜蓮來到湖邊一棵大樹下，這棵樹很高大，濃密的枝葉擋住太陽的熱氣，可是又不會完全遮蔽住陽光。

「看來，你的朋友轉告你了。」西王母站在樹下，全身跟前兩次一樣柔白發光，在徐徐微風中，她輕撥耳鬢的髮絲，每一個動作都美得讓人心醉。

「你……你眞的有……託夢給她？」宗元又結巴了。

「不能你啊你的，要叫娘娘。」喜蓮小聲的提醒他。

「無妨。」西王母和藹的說，「你的朋友叫什麼名字？她很可愛，問我可不可以帶她來詩境。」

「回娘娘，」這次宗元記起來了，「她叫莊儀萱，是我班上的同學。請問娘娘是如何找到她的？」

「你還記得這個東西嗎？」西王母對喜蓮招招手，喜蓮恭敬的遞上一個綠色玉瓶，宗元點點頭，那裡面的液體上次幫他治療了刀傷。

「瑤池池底是一大片的玉石，這瓶子就是取自池底的玉石，而瓶子裡的藥水則是瑤池水加上草藥熬成的，是療效極佳的傷藥。就連這瓶子本身也有法力，它碰觸到人，就會記住那人的一些記憶，靠著這些片段的記憶，加上我的法力，我就可以進入到他的夢裡。本來我是要找你的，沒想到我卻進入到你朋友的夢裡。」

宗元想起來了，當時他在〈塞下曲〉身上穿著儀萱的外套，她的外套抵擋了黑氣，可惜不是刀槍不入，長戟刺進他的胸口。喜蓮用玉瓶治療傷口時，碰到的是儀萱的衣服，所以西王母才沒在夢裡找到他，反而跑進儀萱的夢裡去了。

「儀萱是個特別的孩子，」西王母聽了宗元的解釋後點點頭，「一般來說，這玉瓶要眞的碰到人身才能得到足夠的力量，但它只是碰到她的外套，可見儀萱的力量很強大，連她穿過的外套都帶有力量，所以才能抵擋兮行的黑氣，也讓玉瓶接收到她的記憶。」

宗元想到第一次他背〈江雪〉時，儀萱無意中碰到他，讓他進到詩的意境，難道，儀萱也有什麼特殊的能力？

「這麼說，她也可以進入詩的意境？」宗元興奮的問，如果可以的話那就太好了。

「我不確定，這件事以後再說。」西王母遺憾的搖搖頭，「今天我找你來，是要跟你說，我拿到王維的琴了。」

宗元又驚又喜。「請問娘娘，王維的琴怎麼會在你這裡？」

「我說過，我會幫你的。」西王母笑了笑，她身後的一位侍女拿出一把琴交給宗元。

宗元輕撫著琴，雖然當時他只碰到這把琴一下子，可是的確是王維的琴。

「龍兮行來找我，因爲在這些詩的意境中，我的能力算是頗爲強大。我取得他的信任，讓他拿著琴來找我。」

「兮行把琴留給你？所以，他已經拿到了魂氣了。」宗元失望的說。

「不，他的能力不夠，不能拿出詩魂留下的魂氣。」西王母搖搖頭，「他現在去別的詩裡想辦法，要我先幫他保管，所以我趕快找你過來。」

「謝謝娘娘。那我把琴還給王維，我也會把你的琴帶回來。」宗元非常高興，沒想到這麼容易找回王維的琴，而且兮行居然拿不走魂氣，太棒了！

「等等，不要把琴帶走，兮行動作很快，他如果回來發現琴不見，一定知道你拿走魂氣，會對你不利，甚至趕在你去〈竹里館〉前再一次躲在那裡偷襲，就像上次一樣。我建議你現在趕快拿出魂氣，魂氣在你身上就是你的了，這把琴留在這裡，兮行再怎麼強大也拿不到任何東西。」西王母冷靜的說。

「好。」宗元說完便坐在地上，學王維那樣撥弄幾根弦，讓琴發出聲音，然後深呼吸，全身運氣到丹田，大聲呼嘯。

什麼事也沒發生。

他再試一次，還是不行。

「娘娘，怎麼會這樣？」宗元茫然的問。

西王母蹙著眉頭。「或許你要在〈竹里館〉才能拿出來。」

「好，我拿回去〈竹里館〉試試，」宗元捧起琴，「謝謝娘娘的鼎力相助。有什麼消息我再……」宗元的話還沒說完，一團黑雲出現在他的面前，不到半秒鐘，兮行已經現身，一手伸過來要抓琴。

「這琴是我找到的，你居然讓這小子拿去！」兮行大吼。

宗元抓緊琴往旁一退，同時出手格開兮行的攻擊。兮行冷笑一聲，一道黑氣朝著宗元奔來。宗元右手運氣，對著黑氣打去，黑氣馬上被打散，他同時往前跨一步，用力朝兮行拍去。兮行避開他的掌風，另一道黑氣朝他翻滾奔來，在他面前化成十道蛇形，每條黑氣蛇頭都張著大嘴從四面八方朝他圍攻。

宗元這次進來〈瑤池〉並沒有穿上儀萱的外套，他身形竄動，努力閃躲，同時右手運氣，對著黑氣一一打去，蛇狀黑氣一一破散，可是有一道已經繞到他的左側。宗元左手抱琴，無法抵抗，硬生生被黑氣打中，沒有外套的力量，他痛得摔到地上。

「住手！」西王母喝道射出一道白光，打掉兮行隨後而至的另一道黑氣。宗元仔細一看，那是一條大約一公分寬的絲帶，就像西王母身上穿的白色綢衣，表面散發淡淡的白色光芒。

「我要把琴拿回來！」兮行轉身，對西王母射出更多的黑氣。西王母從容一笑，身形晃動，閃過了纏繞過來的黑氣，同時運氣在絲帶上。絲帶輕盈纖細，可是在西王母的手上彷彿堅韌無比，在她的巧手抖動下，絲帶就像擁有生命般在空中自由行走，跟兮行的黑氣打了起來。

只是兮行的怒氣更盛，使出的力道也更加猛烈，黑氣的能量愈來愈強，他一方面跟西王母對打，同時還射出不少的黑氣攻擊宗元。

西王母一邊舞動絲帶抵擋，一邊對喜蓮使眼色。喜蓮點點頭，對空發出一陣尖銳的哨聲，宗元眼前銀光一晃，一匹銀灰色的駿馬出現在眼前，是挾翼。

「快，先離開這裡！」西王母大喊。

宗元抱著琴，躲過三道黑氣的攻擊，奔向挾翼。

「別想逃！」兮行大吼，黑氣朝著宗元奔來，西王母的白絲帶也朝向黑氣奔去。

宗元左手抱琴，右手攀著馬頸上馬，躲過了黑氣，但是，同時白絲帶也攻向黑氣，黑白兩道光在空中相撞，黑氣被打偏了，歪向宗元的左手，彈上他手上的琴。

「不！」宗元、兮行、西王母三人同時大喊。

王維的琴碰上黑氣馬上變成一塊焦炭，燙得宗元猛一鬆手，古琴摔在地上，變成一堆灰燼，飛散空中。

「快走！我來纏住他。」西王母送出一條絲帶，打在馬腿上，接著挾翼便帶著宗元往前奔去。

挾翼在空中飛行，雲霧快速刷過宗元的耳邊，他伏在馬背上非常懊惱，沒想到王維的琴在他手中毀了，連魂氣也沒了。

現在怎麼辦？西王母或許可以擋住兮行一時，不過他還是得快點離開這裡。宗元慢下來，深呼吸一口氣，閉起眼睛。

「所以，我的外套眞的可以保護你，而且我也有特殊的能力？」儀萱眼睛發亮，兩隻手在眼前上下翻轉，好像這樣可以看到什麼法力在上面。

「喂，你到底有沒有聽到重點啊？」宗元不耐煩的打斷她，「王維的琴沒了，魂氣也沒了！這下怎麼辦啊？」

「懊惱也沒用，趕快靜下心找下一首啊。一定要在兮行之前找到。」儀萱向來生性樂觀。

「可是……唉……唯一的線索就是那把琴了，現在要從哪裡找起？」儀萱的態度讓宗元的情緒緩和下來，不過他還是很鬱悶。

「嗯……」儀萱側頭想了想，「你要去跟老姜報告進度，也要去跟王維講琴的事情。然後我來找找看，看王維還有哪首詩有提到琴。」

宗元想到前兩個建議就覺得肚子裡被塞進一雙布鞋。他可以想像老姜哭得呼天搶地的模樣，還有王維痛失愛琴的嘆息。他一點都不想面對，可是儀萱說的沒錯，他必須跑這一趟。不過儀萱的最後一個建議倒是不錯，他怎麼就沒想到，說不定像李白每首詩裡都有酒那樣，王維的其他首詩或許也有一樣的琴。

「好吧！就先這樣。」宗元無奈的說，心裡抱著一線希望。

宗元拖著好幾天都沒動作，儀萱一直催他，他都推說沒有心理準備。

「準備什麼？又不是要上台報告。快去啊，說不定他們會有別的建議。」儀萱性子比較急，想到就去做。

「還說我，那你呢？有找到別的有琴的詩嗎？」宗元不甘示弱的問。

「我最近很忙，你自己去找啊！」儀萱白了他一眼。

這幾天儀萱忙著背誦唐詩。班上的比賽她已經連過了兩關，現在只剩下兩個同學跟她競爭班級代表。

「林品達跟吳采璘都不是你的對手，放輕鬆。」

「林品達的媽媽是國中老師耶，那個吳采璘是轉學生，她是去年他們學校的第一名！」儀萱說。

「你又不是要跟林品達的媽媽比賽，而且你去年也是我們學校第一名啊，不要怕。」宗元幫她加油。

「我才沒有呢，我只是說我這幾天沒時間幫你查王維其他的詩，好啦，你快去找老姜跟王維吧！」

宗元實在想繼續使用拖延戰術，不過還是心裡默念了〈江雪〉。

這次宗元出現在江邊。他看看四周的景色，空氣還是一樣的冰冷（他有記得穿儀萱的外套），雪還是不停的下，老姜的船還是在江中矗立，可是他可以看到遠處的山頭已經染黑了，空氣中隱約傳來一股腐臭的味道。這時一隻黑鳥飛了過來，停在他身邊的地上，歪著頭好奇看著他，宗元凝神聚氣，怕牠忽然攻擊，可是黑鳥只是看了看就拍拍翅膀飛走了。

這首詩的意境正在崩壞。宗元覺得很難受，老姜對他期望很高，他卻搞砸了。

他縮著脖子四處走動，記得第一次進來這裡時又驚又喜，不會背詩又不愛背詩的他，居然來到唐詩的意境。然後他發現自己身負重任，要去尋找魂氣，他剛開始很排斥，覺得很荒謬，心裡也很害怕，可是慢慢的，他可以順利的背詩，可以自由進出詩境，還可以解開線索，讓他愈來愈有信心，後來眞的被他找到魂氣，甚至自己的能力也增強了，可以抵抗兮行的黑氣，就在他覺得愈來愈順手時，居然把有魂氣的琴給毀了。

可能潛意識抗拒吧?宗元心想，所以這次沒有一下子就進到老姜的舟子裡。

他在江邊來回踱步，深呼吸幾次，決定還是要硬著頭皮面對，於是他對著江中的舟子大喊：「老姜，我來了!」

老姜駕著舟，很快來到他面前。

「快進來。」老姜低聲說。宗元連忙跳到船上，鑽進船艙內。

「你有讓黑鳥看到你嗎?」老姜問。

「剛才有一隻停在我身邊，不過一下子就飛走了，並沒有對我怎樣。」宗元說。

「那黑鳥是兮行的眼線，牠肯定會去跟他報告你來的消息。」老姜神色擔憂，「你找到什麼和魂氣有關的線索，千萬不要跟我說!」

「我……」宗元覺得喉嚨好像被塞了一顆棒球，「我是要跟你說……王維的琴……毀了，是那個兮行弄的！」

老姜歪著頭，好像一時沒會意過來。宗元把事情的經過完整的告訴他。

宗元等著老姜嚎啕大哭，可是老姜只是整個人愣住，好像一尊雕像。

「老姜……你……」宗元輕聲喚他，又拍拍他的肩膀。老姜這時才流下淚，全身一軟，坐倒在船艙裡。

「所以，一切都沒了。詩魂回不來了，這裡的一切，包括我，都要變成灰燼了。」老姜喃喃的說。

「不會的，我會儘量，我們還是有機會，我正在找……」宗元馬上住口，不可以把他們要去別首詩裡找琴的想法講出來。

「找什麼？」老姜隨口問完，才趕緊捂著嘴。這下如果宗元不講，那就顯得有問題了，可是如果他講出來，兮行肯定會知道。

「我在找……下一首詩的線索，對，」宗元不理會老姜對他猛使眼色，繼續講下去，「這個魂氣沒了，可是詩魂還有另外兩個魂氣，我在西王母那裡，雖然沒有看到魂氣，可是我在琴身上發現……」

「啊啊啊啊啊……我不要聽我不要聽！」老姜捂著耳朵大聲嚷嚷，阻止宗元往下說。

其實宗元沒有在琴身上看到什麼讓他有感覺的線索，可是他靈機一動，想到兮行既然愛偷聽消息，那就編個假的讓他去瞎忙。

偏偏這個笨老姜，不管宗元怎麼使眼色，他就是沒領會，只會哇哇亂叫。

「你聽著，」宗元把老姜的雙手按住，稍微施點力，他沒想到自己現在的內力可以制住老姜。「我在琴上看到一些黑色的雲狀紋路，我有感覺，下一首詩跟雲有關，我現在就去找，有消息我再告訴你！」

他不等老姜回話，眼睛微微一閉，離開了〈江雪〉。

在〈瑤池〉精緻美麗的宮殿裡，西王母倚著窗，出神的望著屋外，在藍色天空的映襯下，她細緻的側影顯得更加美麗。

這樣等待的日子，應該很快就會結束吧？她的嘴角露出一抹微笑。

一團黑雲在她身後出現，可是她沒有轉身。

「怎麼？你不是大吼著說，你不會再來了？」西王母淡淡的語氣帶著冷峻的威嚴。

「我說過，我是眞心臣服於娘娘，我只是不明白，娘娘爲何幫那小子？」兮行問。

「我自有我的主張，輪得到你多問嗎？柳宗元才是可以拿到琴裡魂氣的人，但是很明顯的，這把琴在我這裡並沒有作用，所以我才讓他拿回〈竹里館〉，誰知道你多事，還把琴給毀了！」西王母站了起來，她的眼光掃向兮行，兮行忍不住打個冷顫。

「我不是故意的，要不是……」兮行不敢怪罪西王母，硬生生把下面的話吞下去，「反正琴沒了，我跟他算平手，而且我也知道他的下一步行動，下一首詩跟雲有關。」

兮行的表情得意，想要得到西王母的讚美，不過西王母只是哼笑一聲，「跟雲有關？你是哪裡聽來的？我聽到的線索可不是這樣。」

「是宗元跟老姜在〈江雪〉的對話，我在那裡有眼線。」兮行不服氣的說。

「他知道你可以來無影去無蹤，還會跟老姜大聲的說出線索？你也太小看他了。你這次來如果只是跟我炫耀這個消息，你可以走了。」西王母手一擺，準備要他離開。

「等等，娘娘就這麼相信那小子比我厲害，可以幫你？他是可以在詩境來去自如，可是他什麼東西也帶不進來。我給娘娘看一樣東西。」兮行從懷裡掏出一樣東西放在手上，拿到西王母的面前。

西王母斜眼看了一下他手上的東西，那是一個玉珮，她的臉色一變。

「那是他身上的東西。」她喃喃的說。

「沒錯。」兮行的笑充滿了自信，大方的把玉珮放到西王母的手裡，西王母的眼睛蒙上一層霧氣。

「你是在哪裡找到的？」

「在李紳的〈悲善才〉裡，我可是費了好大的功夫才得手，這玉珮的能量強大，要帶進來這裡可不容易。」兮行好整以暇的找張椅子坐下來，他知道現在西王母不會趕他走了。

「好，那我再幫你一次。」西王母看著他說，「我在那個叫儀萱的女孩的夢裡聽到，他們要去找王維其他首詩裡的琴。你動作要快，這次要趕在他們前面。」

「謝謝西王母指點。」兮行恭敬的回答。不過他心裡知道，西王母幫他是因爲需要他的能力，她自己無法進入其他的詩境裡。

「快去吧！」西王母的手裡緊緊握著玉珮。

宗元一離開〈江雪〉，就來到王維的〈竹里館〉。

宗元靜靜的站在一旁，聽王維的琴聲和嘯聲停歇後才走過去。

「這琴不錯，不過畢竟不是自己的，有些不順手，等拿回我的琴，再好好暢彈一首。」

王維看宗元的臉色一白，趕快說：「不急不急，你慢慢來，不要有壓力。」

宗元聽了更難受，不過還是決定說實話。「王維，我要跟你說一件事，我找到你的琴了，在西王母那裡，可是琴被毀了。」

宗元把兮行跟他搶琴，最後琴毀的事說出來，王維聽完他的敘述，長長的嘆了一口氣。「唉，那把琴跟了我這麼久……那你要找的東西？」

宗元搖搖頭。

竹林間瀰漫著沮喪的氣氛，這時黑暗中傳來窸窣聲，而且愈來愈大聲。

「不行，我們要振作起來，不要被打垮了。」宗元趕忙來到琴前，用力的撥弄琴絃，也不管是不是動聽悅耳，在林中迴盪的琴聲讓那些小動物停了下來。

「啊——」宗元放聲大嘯，把這陣子的鬱悶都吶喊出來。

只是他「啊」沒多久，就變成「咦」了。

因為兩道淡黃色的煙氣從琴的兩頭飄了出來。這把不是王維的琴啊，怎麼也有魂氣？不過他馬上會意過來。魂氣是被鎖在這首詩的琴裡，所以重點不是琴，而是詩，也就是，即使這把琴不是原來的那把，只要有琴在這首詩裡，宗元「彈琴復長嘯」，魂氣就會被他喚出來。

他趕快伸出兩隻手接住了魂氣，魂氣很快繞上他的手臂，鑽進胸口，繞行一周後往下鑽去。宗元這次感到一股暖意，在通過腹部後又分成兩股，來自右手的魂氣往左腿下行，來自左手的魂氣往右腿下行。

他感到腳下一輕，忍不住跳了起來，不小心把琴從竹桌上撞了出去。可是他現在行動更敏捷了，腳一跨，手一抄，在琴落地前把它接住。在琴離桌的那一秒，他看到桌上出現一個像是被火燒出來的字：「前」。等他拿穩琴再回頭看，那個字已經不見了。

「怎麼會……魂氣不是……不過太好了！」王維有點語無倫次，不過看得出來他也替宗元感到高興。

「只是你的琴還是壞了，拿不回來。」宗元抱歉的說。

「沒關係，至少你拿到你要的東西了，而且這把琴也是很好的琴，我很滿足了。」王維撫著被宗元放回桌上的琴，豁達的說。

宗元看他似乎沒注意到桌上出現的字，覺得不必告訴他這件事，不然兮行來找王維麻煩就不好了。

「你聽，那些小動物好像都不在了。」王維側耳傾聽。

沒錯，宗元可以感覺到，這首詩不像他第一次來時那樣陰森，他的琴聲、長嘯，還有魂氣的出現，讓小動物都消失了。

「太好了，這下子我可以自在的彈琴，而不是爲了目的而彈了。」王維開心的說。

宗元看王維開懷的樣子，總算放下一顆心，加上他拿回失而復得的魂氣，更是心情大好。

「我走了，太謝謝你了。」宗元說。

「不，我才要謝謝你呢。」王維眞心的說。

9

儀萱坐在教室裡，兩手交握在一起，大拇指來回轉動，那是她緊張時特有的動作。今天是要跟吳采璘比賽、選出班上代表的日子，儀萱嘴上不說，不過宗元知道她有點緊張。

「嘿，」宗元小聲的說，「告訴你一個好消息，我找到琴裡的魂氣了。」

「真的？怎麼找到的，琴不是毀了嗎？」儀萱眼睛發亮，手的動作停下來。

「我下課再告訴你，你先專心比賽，不要緊張。」宗元笑著說，對她豎起大拇指，儀萱會心的點點頭。

「今天我們要選出班上代表參加學校唐詩背誦比賽，」陳老師叩叩叩的走上講台，跟大家宣布，「現在請通過精彩競爭的最後兩名同學上台。」

儀萱眼睛望著前方，挺直腰桿走上前去。綁著辮子的吳采璘，也自信滿滿的走上去，站在儀萱的旁邊。

「好，我現在要出題了，仔細聽。」陳老師故意頓了頓，還把眼鏡拿下來擦拭，讓教室的氣氛更加緊張。

要是以往碰到這種狀況，宗元一定早就神遊，或趴在桌上睡覺了，不過現在他接觸到唐詩裡的意境後，便對這個背誦比賽感興趣了。

「請問，」陳老師故作姿態的清了清喉嚨，「杜甫〈天末懷李白〉的第五、六句是什麼？」

「文章憎命達，魑魅喜人過。」她們兩個幾乎同時喊出來，不過儀萱慢了半秒鐘。

老師拿出一張黃色便條紙，貼在吳采璘的肩膀上，惹得班上同學哈哈大笑，吳采璘也笑得很得意。但儀萱表情堅定，並不退縮。

宗元記得這首詩，當時他連涼風和冷風都弄不清楚。

「第二題，〈瑤池〉是哪位……」

「李商隱。」老師的話還沒問完，吳采璘就搶答。

「不對，我還沒問完，我是要問，〈瑤池〉裡描寫了哪位傳說中的神仙角色？」

「西王母！」這次儀萱快了一點，身上也被貼了一張黃紙。吳采璘的笑容少了一些。

「以後要等我念完題目再搶答，不然我會拿走一張黃紙的。」老師看了吳采璘一眼。

「好，接下來第三題，王維的〈竹里館〉裡提到的樂器是什麼？」

「琴！」這次也是儀萱拿到黃紙。

宗元微微一笑，自己還彈過裡面的琴呢！

「第四題，李商隱寫了幾首名爲〈無題〉的詩，請問，其中一首，裡面第四句是『心有靈犀一點通』，請問這首的第一句是什麼？」

「昨夜星辰昨夜風。」儀萱想了一下回答。吳采璘根本沒有回應。

現在三比一了。儀萱身上有三張貼紙。

「第五題，韋應物的〈寄李儋元錫〉的最後兩句是什麼？」

「聞道欲來相問訊，西樓望月幾回圓。」這次吳采璘搶了先。

三比二了。

比賽持續下去，兩人不相上下，儀萱較占上風。

宗元聽這些題目，有不少他都知道答案，可是也有他不曉得的，而且在比賽的壓力下，他絕對沒辦法表現得像儀萱那麼好。儀萱在唐詩背誦方面的能力眞不是蓋的。

「好了，最後一題，這次戰況激烈啊，兩個人的身上現在各有八張便條貼，這一題要決勝負了。」連陳老師的語氣都透露著緊張。

儀萱站在台上，兩隻手交握在一起，大拇指上下翻轉，吳采璘則是用手繞著辮子，看得出來，兩個人都希望自己能贏最後一題。

「第十七題，李白寫了一首〈長干行〉，請默寫出來，寫得最快、最工整，錯誤最少的人就可以贏得比賽。」

陳老師拿了兩張紙、兩支筆到台前。「好，準備好的話，我數到三就開始。李白的〈長干行〉，一，二，三！」

儀萱和吳采璘開始低頭默寫，吳采璘中間停頓了一下，似乎有地方忘了，儀萱則是沒有停下來的拚命猛寫。終於，儀萱的手停了，她握著紙高舉起手，這時吳采璘才停筆。老師把兩人的答案都拿過去仔細看了看。

「莊儀萱先把詩默寫出來，而且完全沒有錯字，她將代表我們班參加全校比賽！」陳老師開心的宣布。

「耶！」全班歡呼。

宗元看儀萱快樂的笑著，自己也好開心。

「恭喜啦！」宗元對儀萱說。

「謝謝。」儀萱的眼睛閃著光芒，兩手也不再緊緊交握了。

「你說你找到魂氣，到底怎麼一回事？」儀萱關心的問。

宗元把再度去〈竹里館〉的經過告訴儀萱。

「原來是這樣，太好了，今天我們兩人都有好消息。」儀萱笑得眼睛都彎起來了。

「那個『前』字，會在哪些詩裡？」宗元問，「我只想到『床前明月光』。」

「所以你覺得是李白的〈靜夜思〉？」儀萱問。

宗元搖搖頭。「我只是說我想到那首，不過並不是。」

「等等，我查一下。」儀萱拿出詩集，「李白還寫了〈庭前晚開花〉，杜甫也寫了〈前出塞〉。」

宗元每首詩都仔細的看了幾遍，搖搖頭。

「或許還有其他寫到『前』的詩，我們回家再找找看，反正現在兮行一定忙著找跟『雲』有關的詩。」儀萱眨眨眼。

「好吧，那有什麼訊息再聯絡。」宗元說。

第二天是星期六，一早儀萱就把宗元叫去她家。

「你找到其他有『前』的詩了嗎？」宗元問。

「不是，不過睡前我想到一件事，那個『前』字，是出現在竹桌上，『竹』和『前』兩個字合在一起是『箭』，你說，會不會是射『箭』的『箭』？」

「『箭』？」宗元想了想，「感覺很有可能。眞有你的，你居然可以聯想到，你有找到什麼詩嗎？」

儀萱很開心。「你看，韓愈的〈雉帶箭〉。」

宗元拿過詩集念了起來。「原頭火燒靜兀兀，野雉畏鷹出復沒。將軍欲以巧伏人，盤馬彎弓惜不發。地形漸窄觀者多，雉驚弓滿勁箭加。衝人決起百餘尺，紅翎白鏃隨傾斜。將軍仰笑軍吏賀，五色離披馬前墮。是了，就是這首。」宗元點點頭說。

「太好了！」儀萱拍著手。「我昨天睡前忽然想到的，可是也不確定是不是，之前我提的意見後來都不對，想說會不會又搞錯方向，害我整晚都在夢這首詩，夢到整個草原大火燃燒，野雉到處亂飛，結果卻飛到我床上亂大便，我好生氣，然後西王母還出現叫我不要計較，李白也來了，給我一瓶酒叫我用酒洗床單……哈哈……」

儀萱拉哩拉雜的講著她的夢，宗元隨意聽著，他正努力把詩背起來，比較長的詩他都要花比較多時間。

「你到底有沒有在聽啊？」儀萱推推他。

「有啦有啦，你說西王母拿酒給你喝。」

「不是，」儀萱搥他一下，「是李白啦！」

「哎喲，我在背詩。」宗元白了她一眼，「你眞是詩背太多了，居然做夢也在背詩。」

「沒辦法啊，我接下來還要準備全校比賽呢！」儀萱聳聳肩，「怎樣？背起來了嗎？」

「連你的夢都快背起來啦，」宗元說，「那我去〈雉帶箭〉了。」

宗元出現在一個草叢裡，透過繁茂的枝葉，他可以看到四周都是人。眼前一個高大的男人，身材英挺，目光灼灼，穿著整套的獵裝，應該就是那位將軍了。他手握著一把黑色大弓，搭上箭瞄準前方，一片大火熊熊燃燒的原野。

除了大火燃燒草木的嗤嗤聲，現場一片寂靜，每個人都神情緊張的盯著目標，一隻五彩的野雉被火勢逼得現身，可是一看見頭上盤旋的獵鷹，又嚇得躲了起來。

宗元躲在草叢裡，不敢吭聲。他穿著現代服裝，一定會被這些人當成怪物，他可不想被當作射獵目標，變成「人帶箭」。

將軍騎馬在附近盤旋，把弓拉滿，蓄勢待發，可是他並不隨意亂射。宗元可以看出這人對自己的射技自信滿滿，他並不急著展現自己的能力，而是在等待最好的時機，度量情勢，要在最適當的時候出手。

包圍射獵的人愈來愈多，情勢地勢都不容野雉再躲了，牠再度冒險飛了出來，只是將軍動作更快，手中的箭射出，野雉馬上中箭倒地。

「好箭法！」全場一片喝采！

將軍一個手下正準備去抓野雉，孰料被射倒在地的野雉做最後掙扎，身上帶著箭忽然往上飛起。在全場的驚呼聲中，野雉越過大家的頭頂，落到宗元躲藏的草叢裡。

宗元抓起野雉，拔出牠身上的箭，再把野雉扔回獵場中央。野雉一陣掙扎亂飛，最後落在將軍的馬前，等到大家發現牠身上的箭不見了，宗元也衝出了草叢。

「那裡，追下去。」將軍下令。

宗元用盡全力奔跑，自從在〈竹里館〉拿到魂氣後，他就覺得雙腿更加有力，一跨步可以往前越過好幾呎，好像電視上會輕功的人那樣，沒多久，就往前奔出好幾丈，把那群人甩在後面。

宗元甩掉追兵，找到另一個隱蔽的草叢，他喘口氣，定下心，正準備雙手握箭要拿出魂氣時，一團黑雲出現在他的面前。

「你跑得過那些人，跑不過我的。」兮行現身冷笑著說。

「你……」宗元想不到他居然在這裡出現。

「怎麼？驚訝嗎？你覺得，我應該在杜審言的『雲霞出海曙，梅柳渡江春』裡閒晃？還是在王之渙的『黃河遠上白雲間，一片孤城萬仞山』裡瞎找？」兮行哼了一聲。

「你怎麼知道我在這裡？」宗元一邊引他說話，一邊留意著附近的地形，想著下一步該怎麼辦。

「我自有我的消息管道，你眞的以爲大家都要幫你嗎？想要知道你們那一點點的小小心思，還不容易？」兮行輕蔑的說。

「你想幹嘛？」宗元明知故問，可是他需要多點時間想辦法，偏偏愈急就愈沒有辦法。

「把箭裡的魂氣拿出來給我！」

「你覺得我會說，沒問題，拿去吧！然後乖乖雙手奉上？」宗元實在很想大笑。

「總要試一試。」兮行不在乎的一笑。

「有本事，自己來拿！」宗元全身運氣，做好反擊的準備。

兮行好整以暇的看著他，「這不是我第一次進來，我也像你那樣，攔截過將軍的箭，可是箭在我手上，就只是箭，什麼氣也沒有。我想，那個詩魂詭計多端，他一定施了法力，只有你能把魂氣拿出來。所以，我要你把魂氣取出來給我！」

宗元驚訝的看著他，這人怎麼這麼不要臉啊，覺得要什麼別人就會給他。

「無論如何，你都得在這裡把魂氣拿出來，躲不了的，現在我們都知道，如果你把箭拿到別的詩裡，那支箭就會變成一支普通的箭，什麼鬼氣也沒有。」

宗元知道兮行說的對，他只能在這首詩，拿出箭裡的魂氣，可是，絕對不能在兮行的面前，只要魂氣一出現，兮行一定會出手來搶。

宗元左手握箭，右手出掌，掌風向兮行掃去。兮行立馬往後退一步，宗元也往前一跨，同時右腳抬起，踢向兮行的肩頭。兮行還是不回擊，微一側身，閃了過去。宗元意不在傷他，看兮行身形晃動，他運氣全身，全力朝一旁跑去。

「我說了，你是跑不過我的。」兮行的話還沒說完，宗元眼前黑影一擋，兮行又出現在他面前。

「不錯嘛，現在動作快很多，我差點趕不上呢。」兮行的口氣一點也沒有讚美的意思，「不過還是差一步！」

宗元不理會他的嘲諷，再度向一旁跑去，想找一個不會被兮行追上的地方，可是兮行如影隨形，不管他跑到哪裡，兮行下一秒就會在他身旁出現。

宗元握著箭到處奔跑，來到大草原，狩獵的將軍跟圍觀者都散了，可是火勢還在，宗元靈機一動，跑向火源。兮行在宗元附近現身，可是這次他並沒有靠近，他瞇起眼睛，似乎有點恐懼。宗元沒想到他怕火，這是個好機會。

兮行眼露兇光，一道黑氣射來，宗元知道他想逼自己遠離火勢，回手打散黑氣，更加靠近火。兮行的黑氣愈來愈強勁，要逼得宗元沒機會取得魂氣，宗元一邊努力出手抵抗，腳下也不閒著，踢起地上的乾草，慢慢在他身旁築成一圈火牆，當兮行的黑氣再度射來，火舌馬上一捲，黑雲便消失了蹤影。

宗元終於找到機會，他把箭放在地上，兩手各握箭的兩頭，兩道黃煙冒出來。兮行怒氣沖沖，大步靠近，可是一接近火他就痛苦的大叫，往後跌去，眼睜睜看著黃煙順著宗元的手臂，進入他的身體，這次魂氣在他的胸口徘徊繞行。

宗元得到魂氣後不敢久待，他眼睛一閉，便回到儀萱的家裡。

「所以那個兮行怕火？」儀萱問。

「是啊，看那個黑氣那麼強，想不到他也有怕的東西。」宗元說。

「這叫一物剋一物！」儀萱說。

「只是，他為什麼會找到〈雉帶箭〉，他似乎知道我們在想什麼……」宗元陷入沉思。

「他到底是怎麼說的？」儀萱歪著頭問。

「他說，有人幫他……」宗元看著儀萱猛的住口。

「怎麼了？」儀萱揚起眉頭詢問，宗元臉上露出複雜的表情。

「沒事，我只是在想，在想……想下一首詩的線索。」宗元沒有說謊，他正努力思考。

「你知道是什麼嗎？」

「〈雉帶箭〉的箭是從一個將軍的手中射出，我有感覺，下一首詩的線索是〈將軍〉。」宗元說，「你幫忙找找看，哪首詩跟將軍有關。」

「將軍……」儀萱的手開始忙了起來，「我來找找看，岑參有一首〈趙將軍歌〉……」

「對，就是這首！」宗元很快就打斷儀萱的話。

「你確定？」儀萱疑惑的看著他，「每次你都要念很多首詩才知道的。」

「喔，那你先念出來給我聽聽看。」宗元趕快說。

儀萱看他一眼，念出那首詩。「九月天山風似刀，城南獵馬縮寒毛，將軍縱博場場勝，賭得單于貂鼠袍。」

「沒錯，我有感覺，就是這一首。」宗元說得很肯定。

「太好了，我居然一找就中耶！」儀萱非常開心。

「是啊，你太厲害了，連續兩首線索都是你找出來的，我看你今晚做夢都會笑。」宗元輕鬆的說。

「呵呵，有可能喔，最近我做了很多有關詩的夢，一些詩裡的人物、場景都會出現呢！」儀萱笑著說，「那你趕快背啊，去找那個將軍拿魂氣。」

「我太累了，」宗元打個呵欠，「明天再去吧。對了，我感覺那個魂氣不在將軍身上，是在『城南獵馬縮寒毛』的馬身上。」

「馬？你確定嗎？好奇怪喔，」儀萱歪著頭，「不過你說的有道理，詩魂這麼小心，答案都不會在明顯的事物上，『馬』的確比較不容易讓人猜到。」

「你說的沒錯，就是這樣。那我先走了，明天早上見。」宗元起身離開儀萱的家。

隔天早上，宗元一起床，就把〈趙將軍歌〉背熟。但是，在進去之前，他先去李商隱的〈錦瑟〉拿了兩樣事物，再從那裡去〈趙將軍歌〉。

「九月天山風似刀，城南獵馬縮寒毛，將軍縱博場場勝，賭得單于貂鼠袍。」

他還沒睜開眼睛就感到一股寒意，這裡就是天山了。果然，望向右手邊，看見一片綿延壯麗的山脈，這時一陣冰冷山風吹來，皮膚像是被刀片割傷的刺痛，宗元縮著脖子，往城南走去。

他經過一間屋子，裡面傳來大聲的吆喝，還有骰子落在碗裡清脆的聲音，這裡應該是將軍跟單于賭博的地方，他可不敢現身，悄悄往戰馬落腳的馬廄走去。

宗元看四下無人，挑了個最近的馬廄走去，這裡有十多匹馬，雖然不似穆王八駿一般耀眼，但是各個高大健壯，也都是一等一的好馬。宗元沒有發現兮行的蹤影，刻意等了一會兒，然後走向一匹黑馬。他伸出雙手觸碰馬背，兩道煙緩緩飄出，接著一道黑氣迅速向他奔來，在他面前分成兩股，朝煙氣捲去，宗元的手馬上離開馬背，煙氣也消失不見。

「我寧可拿不到魂氣，也不會讓你拿到。你在這慢慢等吧，我會再找機會回來拿的！」宗元大吼一聲，趁兮行一陣錯愕奔出馬廄，然後凝氣閉眼，回到家裡。

我的猜測是眞的！宗元在客廳來回踱步。

他知道兮行的消息是哪裡來的了。

「我自有我的消息管道，你眞的以爲大家都要幫你嗎？想要知道你們那一點小小的心思，還不容易？」

兮行的意思是有人會告訴他宗元跟儀萱的想法，這個人會是誰？兮行只能在詩的意境內遊走，所以只會是詩裡面的人物，而這個人物，又要是能跟宗元或儀萱有接觸，而且知道他們計劃的人。宗元沒有把〈雉帶箭〉的線索告訴任何詩境裡的人，連老姜、王維都不知道，而儀萱不可能進入詩境。

但是……

儀萱會做夢，她曾夢到〈雉帶箭〉這首詩，還有李白跟西王母娘娘，但是李白沒有能力接觸儀萱的夢，只有西王母有法力可以進入儀萱的夢。

所以，儀萱的夢境的確是夢境，不是眞的，但是西王母出現的那部分是眞實的。也就是說，西王母看到儀萱的夢之後，知道〈雉帶箭〉這首詩的線索。

西王母，就是幫助兮行的人。

爲了證實心裡的猜測，他想出「將軍」這個假線索，也讓儀萱相信「將軍」就是下一首詩，爲了加深她的印象，宗元暗示她做夢，還特別精確的指出魂氣藏在哪裡，就是要試探兮行會不會出現。

只是他知道，如果魂氣沒有被引出，兮行也不會現身，所以他找到李商隱的〈錦瑟〉裡有一句「藍田日暖玉生煙」，詩裡的玉在天氣暖和的日子會冒出煙氣，九月的天山寒風冷冽得像刀，並不暖和，剛好讓宗元可以利用手的溫度來控制煙氣出現的時機。當他把兩手碰上馬背時，催動體內的氣，讓手掌變暖，藏在手裡的玉石就緩緩冒煙。

兮行幾次錯失奪取魂氣的機會，這次看到煙氣一冒出來，沒有想到跟之前看到的魂氣其實略有不同，馬上動手來搶；宗元本來就無意跟他交手，只是要證實心中的疑慮，所以馬上離開〈趙將軍歌〉。現在，可以確定，兮行之所以可以知道宗元的行蹤，就是從西王母那裡得知儀萱的夢境。

宗元感到難受又恐懼。那個美麗高貴的仙女，那個讓他騰雲駕霧、騎挾翼、給王維古琴，還幫他閃避兮行攻擊的西王母，原來是幫助兮行的人，是洩露線索的人。

難怪王維的琴會在西王母那兒，是兮行拿給她，要她讓宗元把魂氣拿出來的。

宗元覺得全身都起了雞皮疙瘩。

他沒有告訴儀萱這個發現。如果儀萱知道西王母是從她的夢中得到線索，所以兮行才去爲難宗元，她一定會很自責。可是做夢不是儀萱的錯；更何況，她或許會在夢裡無意中讓西王母知道他們已經發現了，這樣，西王母跟兮行就會有所防備。

所以宗元決定讓西王母以爲她還可以繼續窺探儀萱的夢境，讓他們守在錯誤的詩裡，這樣他才好去找眞正的線索，而不受干擾。這也是爲什麼他必須隱藏他的發現，不讓儀萱知道。

只是這樣一來，他在詩境裡找到什麼線索，都不能再跟儀萱討論，而且以後跟她講話都要小心翼翼了。

10

「這兩天你怎麼了？幹嘛躲著我？」儀萱一放學，就趕緊攔在宗元的面前，不然的話他一下子就不見人影了，打電話去也沒回應。

「沒有啊，」宗元解釋，「我舅舅一家人從南部上來，媽媽要我多在家陪表弟玩。」

「喔，那就好。」儀萱是個很快就忘記煩惱的人，宗元一解釋，所有的疑慮便煙消雲散。

「而且你不是忙著準備比賽嗎？我看你很忙啊，準備得怎樣？」宗元趕快轉移話題。

「不錯啊，不過……」儀萱微微皺眉，「最近有幾首詩感覺不好背，好怪啊！」

「你也有背不出來的時候？」宗元不在意的笑著說，「你太緊張了啦。」

「可能真的是我太緊張了，現在連做夢都在背詩。」儀萱撇撇嘴。

「真的啊？都夢到什麼？」宗元假裝隨口問問，他實在很想問西王母還有沒有出現在她的夢中，有沒有問什麼問題，可是又怕連這樣的舉動都被儀萱夢進去，被西王母發現就不好了。

「我也記不得全部，大概就是背不出來很害怕，再不然就是詩裡的場景，我想，就像你進去詩的意境那樣，只是你是眞的進去，我只是做夢而已。」儀萱的語氣有點惋惜。

「對了，說到這，你上次去〈趙將軍歌〉的情形如何？有沒有拿到魂氣啊？」儀萱問。

「呃……沒有，我已經快要拿到了，可是兮行又跑出來搶，所以我就放手，我寧可拿不到也不要被他搶走！」宗元說。他覺得有些內疚，要對儀萱撒謊。

「那怎麼辦？」儀萱擔心的問。

「我會再找機會進去。」宗元敷衍的說，「他總有離開的時候吧？你快去準備比賽吧，不是說有幾首詩很難背嗎？不用管我了。」

「好吧！」

「那我先回家了，晚上要跟舅舅一家去吃飯。」宗元揮揮手。

宗元一回家，就把幾本詩集打開，努力找跟「火」有關的詩。那才是他在〈雉帶箭〉中感覺到的線索。因爲火的幫助，阻擋了兮行，宗元才能順利拿到魂氣，並不是他跟儀萱說的「將軍」。

少了儀萱的幫忙，果然差很多，找的進度很慢。他第一個想到的是「野火燒不盡，春風吹又生」，不過當他把白居易的〈賦得古原草送別〉全詩念出來，就知道並不是這首。之後他又找到李白的〈秋浦歌〉第十四首、孟雲卿的〈寒食〉、李頎的〈古從軍行〉、韋應物的〈寒食寄京師諸弟〉等詩，可是每次念完就知道不對。

還好現在西王母不會再從儀萱那裡偷聽到正確的線索，兮行也還在〈趙將軍歌〉裡埋伏，他還有時間。

終於到了全校唐詩背誦比賽。這場比賽一共分三天舉行，採用淘汰方式，今天是第一天，全校在操場上集合，國一、國二已經比完了，現在輪到國三的參賽者上台。

儀萱跟其他十三位班級代表一起站在台上，他們的前面各有一張桌子。宗元可以看到她雙手緊握，感覺很緊張。

「各位同學好，」每年都是校長上台主持比賽；王校長禿頭，長得高高瘦瘦的，站在他身旁身材嬌小、滿頭捲髮、戴著眼鏡的陳老師跟他形成強烈的對比。「很高興又到了一年一度唐詩背誦比賽，我相信大家在這一年中學到不少唐詩的精髓，領略到唐詩意境的美妙。唐詩的字句看起來簡潔，可是裡面的意境深遠，傳述作者的深刻意念……」

校長滔滔不絕的講解唐詩的重要性，宗元都快睡著了，全校絕對沒有人比他更了解這些詩的意境有多特別。

「今年的比賽學校設計出更多元的項目，讓比賽更有趣味性，我先來說明一下比賽方式。」校長終於說到重點了，大家精神一振，「你們可以看到，每個參賽者身後有一個板子，以及他們桌上的四個盒子，陳老師會根據題目，指示參賽同學打開哪個盒子。計分的方式，每次出完題目，答題最快，最正確的參賽者會拿到三張星星貼紙，第二快的拿到兩張，第三快的拿到一張，一共有二十題，今天拿到星星數最少的五人將會被淘汰。」

宗元看到離儀萱背後十步遠的地方有個軟木塞板，上面插滿圖釘，她面前的桌上有四個不同顏色的有蓋紙盒，旁邊有一些白紙，還有一支筆。

「好，比賽開始，我們鼓掌請陳老師念題目。」王校長率先拍手，在大家的掌聲中，陳老師攏攏頭髮，叩叩叩的走上台。

「謝謝王校長。各位參賽者聽好了，我要念出第一題。」陳老師用最甜美的聲音對著麥克風說，「請各位打開綠色盒子，綠色盒子裡有寫了唐朝詩人名字的小紙條，第一個問題，我會念出某一句詩句，請你們從紙條中找出創作那首詩的詩人，然後拿到後面的板子上，用圖釘釘好。校長會看哪位參賽者最快、最正確，然後決定哪三個人可以拿到星星。」

陳老師知道她引起大家的興趣，很滿足的輕咳一聲，念出第一個題目。「請問，『馬上相逢無紙筆，憑君傳語報平安』是誰的詩？」

陳老師的詩還沒念完，儀萱就已經在翻紙條了，果然，她是第一個把紙條拿到板子前釘好的人。等大家都回到自己的位置上後，校長貼了三顆星星在儀萱的板子上，一個叫趙悅雪的拿到兩個星星，李毅軒則拿到一顆星星。

「第二題，請你們拿黃色盒子，裡面的紙條是詩題。接下來我會念一段詩，你們要選出正確的詩題，拿到後面的板子釘好。」陳老師解釋一下，「請問，『烽火連三月，家書抵萬金』的詩題是什麼？」

宗元的心跳了一下，「烽火」，這會不會是他要找的有關火的詩？真後悔老師去年在講這首詩時他沒用心聽，連詩題是什麼也不知道，他看儀萱拿出一張紙條，釘在板子上，是〈春望〉。宗元默默記在心裡，提醒自己回家要把整首詩找出來念念看。

「第三題，請你們拿紅色盒子，」陳老師說，「裡面的紙條寫的是不同的事物、地名、景色等，都是跟詩有關的內容。好，請問，李白的〈早發白帝城〉，裡面提到一種動物是什麼？」

這題儀萱稍微慢一點找到紙條，拿到兩顆星星。

「第四題，請拿藍色盒子。」陳老師說。宗元看這盒子比前面幾個大，裡面的紙條應該比較多。「盒子裡的紙條都是詩句。請問，杜甫〈旅夜書懷〉的第三、第四句是什麼？」

儀萱這次很快就找到一張紙條，另外一張稍微費了點時間，不過她還是拿到兩顆星星。

比賽繼續進行，宗元緊張的看著儀萱，儀萱不再每題都拿到星星，不過還是維持在前面，果然，二十題結束後，她順利過關。

「我叫到名字的請出列，張正翔、陳冠華、莊儀萱、梁靜雯、王穎、李毅軒、趙悅雪、朱博正、王品睿，」校長微笑著，「恭喜這九位同學，你們可以回到班上了，大家都可以看到他們努力的成果，請明天繼續參加一年一度的唐詩競賽。」

儀萱在大家的掌聲中回到班級的隊伍中。

「恭喜晉級！」宗元開心的說。

「謝謝！」儀萱笑著說，「對了，放學後來我家，我有事跟你說。」

「什麼事？」宗元好奇問。

「早上我忙著比賽的事，沒機會跟你說，昨天晚上我夢到西王母。」儀萱說。

「她……她有跟你說什麼嗎？」宗元馬上緊張起來。

「幹嘛那個表情？」儀萱狐疑的看著他，「你是偷了她宮殿裡的寶物還是弄壞她的傢俱？」

「哪……哪有。」宗元趕快動動臉上的肌肉，盡量表現得自然，「我是想知道她會不會又有什麼線索？」

「她好像知道你遇到的麻煩，她跟我說，她已經找藉口把兮行引開〈趙將軍歌〉，現在兮行在〈瑤池〉裡，她會絆住他，要你趕快去〈趙將軍歌〉裡取魂氣。」

「她是什麼意思？」宗元脫口而說。

「這麼簡單你怎麼聽不懂？她說她會幫你看著兮行，好讓你去取魂氣啊！」儀萱耐著性子再說一遍。

「我知道她的意思，我是說……」宗元連忙把心中的疑問吞回去，「啊，我先去上個廁所，不要跟來喔！」

儀萱白他一眼。

宗元關起廁所的門，坐在浴缸邊緣猛抓頭。他沒有想到西王母會來這招，她到底在想什麼？

宗元推想有兩種可能。一，西王母被他的假線索騙了，以爲儀萱的夢是眞的，還不知道宗元看穿她跟兮行狼狽為奸的計謀，認為宗元還信任她，所以假意要幫他，讓宗元相信她絆住兮行，所以就放心的去拿魂氣，到時，兮行再現身來搶。

二，西王母沒有上鉤，她已經知道宗元跟儀萱說的〈趙將軍歌〉是騙局，懷疑宗元已經知道了，但是她還不確定，所以要來試探他。就像他當初拿〈趙將軍歌〉試探他們一樣。

現在他陷入兩難，如果他不去〈趙將軍歌〉，那西王母就知道那訊息是假的。但是如果他去了，他拿不到魂氣，西王母也會知道是假的。這樣，他們就會對他有戒心。

看來，不管去或不去〈趙將軍歌〉，他可以瞞過西王母的籌碼都會曝光。

宗元煩躁的走來走去。

「喂，大詩人，你是被馬桶吃了嗎？這麼久！」儀萱敲著廁所的門。

宗元心裡暗罵第七萬三千五百三十二次。「好啦好啦，等一下！」

他知道自己不能在裡面太久，這裡是廁所不是電影院。

「儀萱，我準備好了，既然西王母跟你說她已經引開兮行，那我就趕快進去〈趙將軍歌〉。」宗元走出廁所對儀萱說。

「太好了！」儀萱說。

他打算用同樣的方法，看能不能騙過西王母，讓她以為自己還信任她。所以跟上次一樣，他先到李商隱的〈錦瑟〉中的藍田。

只是當他睜開眼睛時，不敢相信眼前的景色。上一次，整個藍田山都佈滿了玉石，現在滿地的玉石都像中秋節烤肉的木炭一樣焦黑，還散發腐爛惡臭的黑煙。

兮行來過了。宗元打個冷顫。西王母知道他已經知道了，她托儀萱跟他說的話是在試探他。這時，一陣冷風從身後吹來，宗元機警的轉身，黑雲在空中成形，兮行出現在他的面前。

「這麼一片美麗的玉田，你居然把它給毀了？」宗元氣憤的說。

「這有什麼好氣憤的？詩人隨便下手寫幾個字，就可以決定他的詩境裡人物的生死離別，讓人痛苦悲傷，我只不過燒了幾塊石頭，比起來，我可是仁慈多了，哈哈哈！你看這樣深刻的黑，這樣濃郁誘人的味道，不是很令人陶醉嗎？」兮行深吸一口氣，英俊的臉龐上滿是詭異陰森的笑容。

「你想幹嘛？」宗元警戒的問。

「我來請你去西王母那裡坐坐。」兮行說。

「沒興趣！」宗元說。

兮行手一揚，一道黑氣向宗元捲來，宗元也運氣出手，逼退黑氣。兮行出手猛烈，宗元也奮力回擊，現在的他對於如何運氣愈來愈順暢，在跟兮行來往的招式中，領略不少進攻抵擋的竅門。

宗元愈打愈順手，他閃過黑氣的攻擊，右手掌朝著兮行的胸口打去，兮行嘿嘿一笑，化成黑雲，失去蹤影。

「沒關係，待會你就會自己去了。」兮行的聲音在身後響起，當宗元回過頭去，看見最後一陣黑雲在他面前消失。

這是什麼意思？宗元心裡有不安的感覺，他閉起眼睛，回到儀萱的家。

宗元張開眼睛時，看到儀萱在沙發上睡著了。她嘴角帶著微笑，似乎有個好夢。可是儀萱從來不睡午覺的。宗元走過去，搖搖她的肩膀。「喂，我回來了。」

儀萱只是翻個身，繼續睡。

「喂，起來了！不要睡了。」

還是沒反應。宗元不安的感覺更強烈。

兮行為什麼很肯定我不久後就會自己去找西王母？難道儀萱睡著是西王母引起的？西王母可以連結到儀萱的夢境，在某種程度上，她的法力一定也可以影響儀萱的腦波，讓她想睡覺。

他恐怕的確要去〈瑤池〉一趟。

他環顧四周，儀萱的外套掉在桌子底下，宗元穿起她的外套，進入〈瑤池〉。

宗元張開眼睛，看到自己在西王母宮殿的前廳裡。這裡一個人也沒有，靜悄悄的。忽然一陣輕盈的笑聲傳來，是儀萱的聲音。他循著聲音往內走，來到西王母的寢宮。門是開著的，宗元看到西王母跟儀萱坐在桌邊聊天。

「宗元，你真的來了！」儀萱看到他興奮的站起來，「剛剛西王母說你也會來，我還不相信呢！」

「你怎麼來了？」宗元口氣不好的問。

「你便祕嗎？什麼表情啊。」儀萱瞪他一眼，「這是我的夢啊，我夢到西王母，請西王母讓我來〈瑤池〉，她答應了！我才要問你，你怎麼來的呢？西王母怎麼知道你也會來？」

「宗元知道我的法力很強的，不是嗎？我說的都會實現。」西王母嘴角微笑，晶亮的雙眸中充滿挑釁。

「我有事要問你，你可以出來一下嗎？」宗元無畏的看回去，語氣冷淡的說。

「什麼你啊我的，喜蓮姊姊剛才有教我，要叫娘娘。」儀萱說。她的表情很快樂平和，看來西王母並沒有爲難她。宗元稍稍放心。

「沒關係，儀萱，宗元來這裡好幾次了，我們是好朋友。」西王母的口氣非常親切溫柔，「我叫喜蓮幫你拿一些點心。」

「不用了！」宗元馬上反對，他怕西王母拿什麼毒藥害儀萱。

「喂，你不是說每次來都吃一些好料的，幹嘛不讓我吃啊？你莫名其妙耶！」儀萱不服氣的反駁。

「宗元，你就讓儀萱快樂的好好享受，你不希望她在夢裡有陰影吧？」西王母帶著微笑看著他，語氣帶有警告的意味。

宗元深吸一口氣，「好吧，那你在這裡等我一下，我有事問西王母。」

儀萱狐疑的看他一眼。西王母對他點點頭，領先朝外走去。

「你帶儀萱來這裡做什麼？」宗元一到外面就忍不住質問。

「是儀萱想來，所以我才帶她來看看的。」西王母輕鬆的說。

「你不可以傷害她！」宗元說。

「你沒看她快樂的樣子嗎？我怎麼會去傷害她？我想我們兩人都同意，她不需要知道太多事情，讓她的夢境平平安安的。對了，明天她還有比賽不是嗎？千萬不要讓惡夢影響她比賽的心情。」

「你想怎樣？」

「儀萱沒有告訴你嗎？我想幫你啊！」西王母的語調聽起來就像言不由衷的專櫃小姐。

「你不用再裝了，你跟兮行狼狽爲奸的事我都知道了。」宗元冷冷的說。

「你很聰明，難怪詩魂選你。要是我，我也會選你。」西王母說，「我可以不幫兮行，但是你要幫我。」

宗元瞪著西王母，不曉得她的意思。

「你會背〈瑤池〉，告訴我，最後一句是什麼？」

「穆王何事不重來。」宗元回答。

「是的，」西王母望著遠方的眼神露出一抹哀傷，「我在這裡等穆王來，等了好久。當年，穆王駕著八駿馬來瑤池見我，我在此款待君王，我們一起唱歌吟詩，飲酒作樂，多麼美好的時光啊，他要離去時，我問他何時會再回來，他告訴我，他要安頓萬民，但一定會再來的。在那之後，我等著穆王回來，每天每夜耐心的等，他都沒有再出現。我曾經求過詩魂，可是他義正詞嚴的說每首詩之間有護鎖屏，詩中的人物不能自由來去，不能改變詩的意境。難道，我的等待沒有停止的一天？這太不公平了。直到有一天，兮行來找我，說他有特別的能力，可以幫我把穆王帶來。他證明了自己的力量，甚至從別首詩把穆王身上的玉珮帶過來給我。條件是，我要幫他找到魂氣。因爲他目前的力量有限，穆王的王者身分跟其他詩裡的人事物不一樣，身上的能量更大，所以他需要更大的力量才能突破詩境的護鎖屏，把穆王帶來見我。

「不過他一次次的失敗，而你，」西王母話鋒一轉，轉頭看向宗元，「你讓我驚訝。」

「你想幹什麼?」宗元打了個冷顫，難道西王母想殺了他？

「你可以幫我。我們合作，我幫你找到其他的魂氣，你幫我把穆王帶來這裡。」西王母微笑著說。

「我不知道怎麼帶人來去詩境。」宗元說。

「你不覺得，每次你拿到一個魂氣，你的能力就增強了一些嗎?你可以的。我幫你找魂氣，你的能力慢慢增強，就可以幫我了!」西王母的眼神帶著熱切的光彩。

「我剛才沒說完，就算我有能力，我也不會幫你。詩魂覺得不對的事我也不會去做。」宗元堅決的說。

剛開始，宗元覺得要去幫詩魂找什麼魂氣很麻煩，可是在不知不覺中，他覺得自己跟詩魂是一體的，他有責任把魂氣找回來，讓詩魂回到詩境，他很想見見詩魂。

西王母看著他，他也看回去。西王母眼睛中那股憂鬱、期待都不見了，晶亮的眼睛蒙上一層冰霜。

「下一個線索是什麼？」西王母的語氣冰冷，宗元也感到她全身散發的一股寒氣。

「我不會告訴你的！」宗元一邊回答，一邊運氣抵抗。

「那儀萱就永遠在我這裡作客。」

「不！」宗元大喊。

「你要儀萱安全回去，就把下一個線索給我。」西王母往前逼近。

宗元忿忿的咬緊牙關。「好，我告訴你，不過我要先看著儀萱回去。」

「可以。」西王母嫣然一笑，彷彿剛摘了一朵美麗的花。

宗元跟著西王母回到寢宮，儀萱正跟喜蓮說笑，西王母走向儀萱。

「儀萱，你該回去了。」西王母的語氣和藹可親。

「可是，我還沒看到穆王的那八匹神馬耶。」儀萱失望的說。

「沒關係，還有機會的，下次我可以再請你來。」

儀萱一聽露出滿臉笑容，宗元則是心驚膽跳。

「儀萱，回去吧！」西王母輕聲說，她的纖手一揮，儀萱便消失眼前。

「該你了。」西王母看向宗元。

「火。」宗元勉強的說。

「火？你知道是哪首詩了嗎？」西王母問。

「沒有，我只有線索。」

「好，我相信你，你如果騙我，我隨時可以再請儀萱來玩。」西王母輕聲笑著，「喜蓮，再拿一些宗元喜歡的糕點過來。」

「不用了，我要走了。」宗元嫌棄的推開喜蓮端到他面前的碟子，新鮮的蓮子撒了他一身，他看到喜蓮驚恐失望的表情，宗元有點內疚，可是他還是閉起眼睛，回到儀萱家。

他睜開眼睛時，儀萱已經醒了，他鬆了一口氣。

「你知道嗎？」儀萱的口氣非常興奮，「我剛剛做了一個夢，夢到我去〈瑤池〉裡西王母的宮殿，她好美啊，對我很親切。我還看到你說的喜蓮，眞是太夢幻了……對了，你也在裡面，不過你的臉有夠臭的，眞是壞了我的美夢。」

儀萱嘰嘰喳喳的講著她的夢，宗元則是眉頭緊蹙，不曉得要不要跟儀萱講整件事情。

「你到底有沒有在聽啊？」儀萱拍了他一下，「你穿我的外套幹嘛？你剛才進去〈趙將軍歌〉有碰到分行嗎？結果怎樣？」

「還好，沒怎樣……」宗元心不在焉的脫下外套，一顆東西掉了下來。

「這是什麼？」儀萱好奇的撿起來看。「珠子耶！」

宗元湊過去看，「這是蓮子，新鮮的蓮子。」

「怎麼有蓮子從外套裡面掉下來？是從〈瑤池〉來的嗎？」儀萱問。

「我也不知道……」宗元心裡一驚，這明明是喜蓮要給他吃的蓮子啊，詩境的東西怎麼可能來到眞實的世界？難道喜蓮也有法力？還是這顆蓮子有特別的地方？

「好奇怪喔，眞的是新鮮的蓮子耶，你看，裡面的心還在。」儀萱把蓮子拿給宗元。

宗元看到裡面的確有個綠綠小小的東西，但是仔細一看，那似乎跟一般的蓮心不太一樣。他決定不要在儀萱面前打開。

「我先回家了，你好好準備明天的比賽。」宗元說。

「好吧，我剛剛睡了一下，現在比較有精神，等下再多複習一些詩。」儀萱說。

宗元回到家，迫不及待的拿出蓮子，小心的用刀子對切開來，裡面本來是蓮心的地方，有一個小小綠色的紙捲。他打開來，看見上面寫著：

救我出去。

這是怎麼回事？法力高強的西王母有可能可以打破結界，讓他把東西帶回眞實世界，可是她爲什麼需要被救出去？難道她是被兮行脅迫的？兮行已經染黑其他的詩，〈瑤池〉可能也受到他的控制。

宗元再仔細看一眼紙條，這個筆跡不是西王母的。第一次他進去詩境時，看過牆上的書畫，喜蓮說那是西王母的作品，上面的筆跡飛揚自在，而這四個字秀氣凌亂，像是匆忙中寫上去的，絕對不是西王母的字。而且「救我出去」，西王母本來就在那首詩裡，不需要被「救出去」，如果西王母有危險，頂多會寫「救我」。

難道是喜蓮？雖然是西王母要給他點心吃，但是端給他的是喜蓮，而且第一次進去〈瑤池〉時，也是喜蓮端給他新鮮蓮子。他再默念一次〈瑤池〉

「瑤池阿母綺窗開，黃竹歌聲動地哀，八駿日行三萬里，穆王何事不重來。」

宗元這時才警覺到，這首詩裡沒有提到喜蓮或是八位侍女，這些人，很可能是兮行用不正當的能力弄進去的。西王母曾說過，兮行向她證明自己的力量，一定是兮行這樣做，讓她相信他也可以用同樣的方法把穆王弄進去。

喜蓮對西王母的態度恭敬，一定是受到逼迫，現在看他跟西王母翻臉，所以才給他求救的蓮子。難道喜蓮也有法力？他記得老姜說過：「每一首詩的意境都被詩人賦予了精神，這些精神無形中讓每一個物件具有它的力量。有的東西的力量大，有的東西的力量小，而這舟子的力量剛好可以刓龍兮行。」如果喜蓮是兮行在別首詩裡被抓走的話，那她本來應該具有力量，所以她才可以把蓮子「偷渡」給宗元。

只是不知道喜蓮是來自哪首詩的意境？

要不要跟儀萱討論這件事呢？如果告訴她西王母不懷好意，她一定會嚇到，到時候不敢睡覺、做惡夢，或是影響比賽怎麼辦？而且儀萱什麼都不知道的話，西王母就不能從她那裡打探到消息，對她來說也比較安全。

宗元決定暫時先不要告訴她。他要想辦法找到喜蓮是從哪首詩來的，還有下一個線索——「火」，是指哪首詩？

他先去翻杜甫的〈春望〉。

「國破山河在，城春草木深，感時花濺淚，恨別鳥驚心，烽火連三月，家書抵萬金，白頭搔更短，渾欲不勝簪。」

不是這首。宗元覺得很失望。他得趕快。現在兮行一定在有「火」的詩裡穿梭。

不過兮行不能引出魂氣。他在〈雉帶箭〉裡說過，他也曾經去攔截將軍的箭，可是箭上的魂氣還是要宗元才能拿出來。不知道他跟西王母知道這個線索能做什麼？而且兮行還怕火呢！

但是宗元還是不能安心。西王母和兮行聯手，不能小看，更別說喜蓮還在他們的手上。宗元翻了翻詩集，沒有找到感覺對的。他躺在床上喘口氣，今天眞的發生太多事情了。

11

現在台上只剩下九張桌子。

「今天是第二天的唐詩比賽，」校長說，「昨天各位都表現得很棒，尤其是現在台上這九位。他們真的做足了準備。大家給他們鼓掌加油！」

宗元很用力的拍手，儀萱看過來，給他一個微笑。

「好，我們現在就開始比賽，規則跟昨天一樣，參賽者要回答問題拿星星，五位拿到最多星星的同學可以參加明天最後一天的比賽。我們有請陳老師上台。」校長伸手做出邀請的動作。

陳老師穿著高跟鞋，帶著圓圓的大眼鏡，拿著一疊題目，叩叩叩的走上台。

「第一題，請準備好紙筆，我數到三，默寫出賀知章的〈回鄉偶書〉。一，二，三！」

宗元很緊張的看著講台上的參賽者。寫完一首詩應該花不到一分鐘吧？可是感覺上好像一個小時。宗元在心裡幫儀萱加油，尤其是當前面已經有兩個參賽者寫完，拿到後面的板子上時，終於儀萱也起身，拿起紙釘在身後的板子上。

這題儀萱拿到一顆星星，不過因爲她前面的男生寫錯了兩個字，所以他的星星被拿掉，儀萱改拿到兩顆，另一個在她後面交出紙條的女生拿到一顆。

「好，第二題，請打開紅色的盒子，請問，」陳老師看著手上的題目，「李商隱的〈錦瑟〉中有一句，藍田日暖什麼生煙？」

宗元已經在心中喊出「玉」，可是台上九個人同時臉色茫然，沒有動作，似乎一點概念都沒有。

這太奇怪了，怎麼可能九個人同時都背不起來？

現場氣氛很怪異，校長拿起麥克風鼓勵他們，「想想看啊，上一句是『滄海月明珠有淚，藍田日暖……』」校長忽然停了下來，表情尷尬，似乎他也不知道下一個字是什麼？

「這個……既然九位同學都不知道，那請陳老師公布答案，這題跳過。」

「答案是，藍田日暖……」陳老師的臉色凝結，推了好幾次眼鏡，低頭看一下手上的題目卷，「是玉，玉生煙。」

這是怎麼回事？爲什麼沒有人記得那個字？

宗元腦海出現整個玉田被兮行的黑氣破壞的畫面，難道詩境被破壞，人們就再也記不起來裡面的詩句？宗元打個冷顫。他得趕快找到所有的魂氣，把詩魂找回來，讓他阻止兮行。

陳老師略過〈錦瑟〉，接下來的兩題儀萱各拿到一顆星，兩顆星。

「好，再下來，準備好紙筆，我數到三，默寫柳宗元的〈江雪〉，一、二、三！」

大家低頭猛寫，儀萱第一個停筆，把紙釘在板子上，校長走過去看，搖搖頭，儀萱臉色蒼白，其他人也陸續把答案釘好，可是校長每看一個就搖頭一次。

「這次大家都漏寫第三句的最後三個字，這三個字是……」校長抓抓頭，似乎怎麼想也想不起來。

「『孤舟簑笠翁』的『簑笠翁』。」陳老師低頭看一下答案卷，解決校長的尷尬。

「這有點奇怪，可能大家都沒背熟，沒關係，請陳老師念下一題……」校長說。

宗元聽得一身冷汗，「簑笠翁」怎麼了？老姜一定遇到困難了。宗元覺得坐立難安，他顧不得自己正在學校，反正大家的注意力都在台上的參賽者，他一定要去一趟〈江雪〉。

他微微閉起眼睛，默念起〈江雪〉這首詩。

當他張開眼睛，發現自己站在船頭，〈江雪〉裡似乎更冷了，宗元運氣抵抗，總算不會猛發抖。

小舟外的江水波濤洶湧，浪頭翻滾，船身也跟著上下起伏，宗元好幾次都站不穩。不知道老姜怎麼了？為什麼小舟沒有像之前那樣被穩在江心？宗元的心裡愈來愈不安。

他小心走進船艙，裡面沒人，他再往後走，終於在船尾看到一個焦黑的人形。

「老姜！」宗元驚嚇的衝上前看，躺在地上的老姜從腳底到身體全部焦黑，只剩兩隻手臂跟頭頭還完好，他的手仍緊緊的握著釣竿，但是他的意識似乎已經不清楚，鼻息呼出的氣體幾乎沒有溫度。

「老姜！」宗元再度呼喚他，老姜總算睜開眼睛。

「怎麼會變成這樣？兮行太可惡了！」宗元輕輕扶起老姜的頭，著急的說，「我扶你進去，把釣竿給我。」

「不……」老姜虛弱卻態度堅定，「『獨釣寒江雪』，除非我……我……消失了，不然釣竿一定要在我手上。」

「可是你這樣……到底怎麼回事？」

「兮行的力量愈來愈……強，他每次來……就把意境破壞一些，我有舟子的保護，他奈何不了我，可是上……次他來，騙我說他抓到你了，我一急，就衝了出去，等……我看到他的黑氣射來，已經來不及了，我躍進艙內躲避，可是還是被黑氣打到，胸口以下馬上焦黑不能動了，還好手還可以用。我等他……走……走後，才勉強用雙手爬出來，拿到……我的釣竿，除非他把我打死了。不然我一定……一定要在這裡江釣。」老姜的態度很堅決，不讓宗元扶他進去。

宗元不知道怎麼辦，運氣到老姜的體內，問：「我可以怎麼幫你？」

「把魂氣都找到，讓詩魂回來！」老姜的中氣總算比較順。

「我知道，我正在努力，可是在那之前，我能用什麼方法治療你的傷？」宗元著急的問。

「我不知道，」老姜搖搖頭，「除非……」

「除非什麼？」

「算了，應該不可能……」

「到底是什麼？你說說看嘛，你要什麼？長白老蔘嗎？還是天山雪蓮？」宗元記得武俠小說描寫的那些神奇食補藥材，說不定哪些詩的意境裡有提到！

「不是天山雪蓮，只是普通的蓮子，但是，又不是普通的蓮子……」

蓮子。宗元想到喜蓮給他的蓮子求救信，可是老姜又說什麼不是普通的蓮子。

「哎呀，都什麼時候了，不要吞吞吐吐的，到底是什麼特別的蓮子？難道是從西王母的〈瑤池〉裡取來的？」

「西王母？瑤池？不是不是……」老姜看宗元的臉色愈來愈不耐，連忙說，「是西湖的蓮子。」

「西湖的蓮子？所以我要去找一首有描寫西湖蓮子的詩囉？」宗元問。

「不是隨便任何一首詩的蓮子，」老姜說，「詩魂曾經在西湖邊遇到一個少女，被她的單純與可愛給吸引，所以常常跑去找她。有一天，他興奮的跟我說，他發現那少女的能力很特殊，從她手中拋出的蓮子具有某種力量，有療癒的作用。」

「他有說是哪首詩裡的少女嗎？」宗元緊張的問。詩魂遇到的一定就是喜蓮了，喜蓮丟在他身上的蓮子可以讓他帶回現實生活，那股力量是很大的。

「說實在，當時我也沒放在心上，我一個孤單的釣魚老頭，在這個沒有人跡，連鳥都不來的詩境裡，哪需要什麼療傷的東西。詩魂後來也沒再提起。現在，要去哪裡找那首詩呢？唉，我想是不可能的了。」

「這……很難說……」宗元左右張望，雖然這次沒看到黑鳥，不過他還是很謹慎，「你先跟我進船艙休息吧！」

老姜本來還要拒絕，可是宗元對他猛使眼色，這次他總算有看懂，不再掙扎，讓宗元把他半拖半拉進了船艙。

「這裡有顆蓮子。」宗元從口袋拿出喜蓮給他的蓮子，裡面的紙條他已經拿出來了。「你試試看。」

「你怎麼帶進來的？這蓮子哪來的？」老姜問。

「為了安全起見，我不能告訴你。」宗元可不想讓兮行知道喜蓮向他求救的事情。「你相信我，我能帶到這裡，這蓮子有一定的力量。」

老姜點點頭，乖乖的張開嘴，讓宗元把蓮子放進他嘴裡，他嚼了嚼，吞了下去。

「你覺得怎麼樣？」宗元看著老姜問。

「我……嗯……好像有比較好……」老姜不確定的說。他看起來還是一樣焦黑不能動，他只是說來讓宗元安心的。

「我以為……」宗元覺得很失望。

「這蓮子一定要來自少女的那首詩才有效，你從你的世界帶來，恐怕效果不大，不過還是謝謝你。」老姜說。

就跟〈竹里館〉裡的那把琴一樣！宗元恍然大悟。雖然這蓮子是喜蓮給的，可是是從

〈瑤池〉來的，他一定要找到喜蓮被帶走的那首詩，把喜蓮送回去，這樣她給的蓮子才有治療的效用。

「你放心，我會找到蓮子來給你的。我先走了！」宗元站起身。

「我不重要！你趕快去找魂氣，那才是你要做的。快！快！」老姜語氣堅定。

「好，你不要擔心，」宗元不想跟他爭辯，「我走了。」

「等等，你先扶我到船尾去，我要繼續垂釣。」老姜固執的說。

宗元沒辦法，只好小心的把老姜扶到船尾，只可惜他是從學校過來，沒有穿儀萱的外套，不然可以把她的外套借給老姜抵抗黑氣。他提醒自己，放學後要記得跟儀萱說這件事。

宗元回到學校時，比賽依舊進行，果然沒有人注意到他「離開」了。

他看一下儀萱背後的板子，她拿到不少星星，陳老師持續再問幾個問題，都不再有每個人都忘記的狀況發生。宗元稍微鬆一口氣。

「好，接下來是今天的最後一題，準備好藍色盒子。請問，王維的〈竹里館〉中第二句是什麼？」

宗元的心又用力的跳了起來，他緊張的看著台上。儀萱很快的找到紙條，第一個拿到板子上釘好，校長走過去看，點點頭。宗元提起的心也放下來，看來王維的「彈琴復長嘯」可以繼續抵擋兮行的黑氣。

「今天的比賽到此結束，成績最好的前五位同學是……」校長看著板子上的星星數量宣布，「張正翔，莊儀萱，梁靜雯，王穎，趙悅雪。大家給他們鼓勵一下。」

宗元看儀萱在台上燦爛笑著，他也用力的鼓掌。

「明天是一年一度的唐詩背誦競賽的總決賽，今年度的冠軍得主會是誰呢？我們拭目以待！」校長激動的說。宗元對著儀萱豎起大拇指。

「呼，好累喔！」儀萱一回家就整個人躺在沙發上。

「比賽壓力好大喔，要我一定做不來！」宗元真誠的說。雖然他最近背了不少的詩，可是要跟其他人競賽，比速度、正確，自己一定先緊張死。

「就是有比賽有壓力才刺激啊！」儀萱笑笑的說，果然每個人的個性不同。

「不過，好奇怪啊，」儀萱皺著眉頭，「居然有些句子我背不完整，〈江雪〉耶，那可是我第八首會背的詩，我還幫你進入詩的意境，我竟然記不起來，『孤舟……』，咦，還是背不起來，更奇怪的是，其他人也背不起來耶，怎麼回事？」

「我知道怎麼回事，我去〈江雪〉走了一趟，老姜被兮行攻擊，全身除了手跟頭都焦黑了。兮行的力量愈來愈強，詩的意境一點一點的被破壞，最後不僅是詩境被染黑，眞實世界的人也會慢慢忘了詩的意境，詩的句子。」宗元憂心的說。

「原來是這樣啊，所以那個〈錦瑟〉也是囉？『藍田日暖……』」儀萱絞盡腦汁也想不起來。

「玉。」

「玉？所以裡面的玉都被破壞了？」儀萱問。

「是的。」宗元點點頭。

「那你要快點找到其他的魂氣，讓詩魂回來啊！」儀萱焦急的說，「喔，對了，說到這兒，今天忙著比賽的事，差點忘了，西王母昨晚有托夢給我。」

「她又說了什麼？」宗元整個皮膚都起雞皮疙瘩了。

「你幹嘛老是那個臉啊，她要我轉告你，她知道下一個魂氣在哪裡，在韓愈的〈題木居士〉裡。」儀萱說。

「她爲什麼要告訴你這個？」宗元皺著眉頭問。

「她要幫你啊。你到底怎麼了？」儀萱不解的問，「上次她不是幫你把兮行引開，所以你才能去〈趙將軍歌〉拿魂氣，這次也幫你找到那首詩，你該謝謝她的幫忙吧！」

宗元實在不知道西王母在搞什麼鬼。

「那你還有夢到什麼？」宗元其實比較想問有沒有看到喜蓮，可是他不敢問，怕儀萱無意中讓西王母知道宗元在關心她。

「先是一堆詩在夢裡出現，然後就是西王母跟她的侍女們……」儀萱側頭想了想，宗元緊張的等待。

「喜蓮對我揮揮手，說西王母有事跟我說，我走了過去，西王母就告訴我，她很喜歡我去瑤池玩，她答應我下回讓我去看神馬。她也很喜歡幫你，她說下一個魂氣在韓愈的〈題木居士〉裡，她要我一定要告訴你，然後喜蓮問我要不要吃點心，我說好，她拿了一盤糕點給我，我笑著問她，她上次是不是給你一個蓮子讓你帶回來，不知道爲什麼，她好像很害怕的樣子，我正要問，然後我就醒了。」

宗元聽完嚇出一身冷汗，糟了，儀萱無意中講出蓮子的事，不知道西王母會不會猜到那是喜蓮偷偷給他的求救信號？她這麼一個冰雪聰明的人，一定可以猜到的。這樣一來，喜蓮的處境就危險了。

「我把〈題木居士〉找出來了，你看一下。」儀萱翻開詩集。

宗元非常焦急，可是他不能再露出任何馬腳了，他努力保持鎮定，把詩集拿過來看。

「火透波穿不計春，根頭如面幹如身，偶然題作木居士，便有無窮求福人。」

「這首詩的意思是，有棵被雷劈、被雨淋不知道多少年的大樹，那樹根長得像人頭，樹幹長得像人身，偶然被人稱為『木居士』，結果被當成神像來拜，引來無數求福膜拜的人。」儀萱說。

沒錯，就是這首有「火」的詩。看來，魂氣就是在那個傳說中有神靈精神的木居士裡。只是，西王母告訴他的用意何在？希望他去拿出魂氣，交給他們？

無論如何，他得進去看看。只是，他更擔心喜蓮。他不敢問儀萱哪些詩跟蓮子有關，只好一頁頁翻著詩集，看能不能找到什麼。

「西王母說的不對嗎？你在找什麼？」儀萱問。

「她說的對，」宗元心不在焉的說，「我只是……」

他停下來沒有把話說完，一首詩吸引他的注意，那是皇甫松的〈採蓮子〉。

「船動湖光灩灩秋，貪看少年信船流，無端隔水拋蓮子，遙被人知半日羞。」

宗元看了一下旁邊的注解。這是講一個少女在湖光灩灩的秋天划著小船，因為貪看湖邊的少年，任憑船兒漂流遠去。隔著湖水，她信手拋出蓮子想引少年注意，卻被別人從遠處看見，覺得非常的害羞。

宗元可以感覺到，喜蓮就是詩裡的那個少女，她的能力一定是來自第三句「無端隔水拋蓮子」。看來她不僅可以隔水拋蓮子，還可以隔空間拋蓮子。

「怎麼了？」儀萱碰碰他的手肘。

「沒事，」宗元很快的把〈採蓮子〉背起來，「那我去〈題木居士〉了。」

宗元覺得腳下一晃，他睜開眼睛，發現自己在一艘小船上。

他小心的維持平衡，看著四周。

這裡是〈採蓮子〉的詩境，本來應該是秋日湖光閃耀的景色，現在卻只見湖面蒙上一層黑氣，傳來陣陣的惡臭，宗元捂起鼻子。湖的右邊有一整片荷花田，可是荷葉皆已枯萎，只剩下枯莖一支支露在水面上。

小船上只有他一人，船板上散落一地的焦黑蓮子，看來，喜蓮是被兮行強行帶走的。

他一定要帶喜蓮回來，只是，這一片荒廢的荷花田，不知道會不會再長出新的蓮子？

宗元收起感傷，再看了四周一眼，心裡默念〈題木居士〉。

他再度睜開眼睛。這裡是一片茂密的樹林，到處可見歲月留下痕跡的千年老樹。宗元在林子裡走著，太陽被擋在交錯縱橫的枝葉之外，他四處張望，搜尋詩中那棵樹根有如人面，樹幹有如人身的老樹。

他還沒找到，遠遠就聞到一股惡臭，他心裡一沉，循著味道趕快跑去，他找到木居士了。這棵經年被雷擊打，被雨澆淋，在大自然中屹立不搖，被人們尊稱木居士的老樹，現在整棵焦黑惡臭，像人臉的樹根原本就盤纏糾結，如今更顯得怪異恐怖。

這就是西王母托夢給儀萱的原因。宗元打個冷顫。他們拿不到魂氣，就把它給毀了，還特地託夢給儀萱，要向他示威。

宗元看著枯黑焦臭的木居士，心情很沮喪，他繞著這個巨大的樹頭走了一圈，這裡到處是前來膜拜的人留下的東西，有線香、點心水果，這些人都是聽聞木居士的神蹟慕名而來的，只是同樣遭到兮行的黑氣染黑了。

現在怎麼辦？宗元暗想。老姜不能動彈，木居士整個焦黑，看來都需要蓮子的療效。他必須去〈瑤池〉一趟，把喜蓮救出來，送回〈採蓮子〉去。

只是想到西王母的法力，他要如何進去〈瑤池〉而不讓西王母知道？他要好好想想。

「怎麼樣？」他一回到儀萱家，儀萱就迫不及待的問。

「西王母托夢說的那首詩沒有錯，可是兮行已經早我一步，把木居士給毀了。」宗元臉色難看的說。

「怎麼會這樣？」儀萱也很懊惱，「他是怎麼知道的？」

宗元差點就說出口，不過他還是忍著。

「我也不曉得。」

「那現在怎麼辦？」儀萱問，「詩魂一定在木居士裡面，它毀了，是不是魂氣也沒了？對了，既然是西王母告訴你這首詩的，說不定她有方法，你要不要去〈瑤池〉問問？」

他的確要去〈瑤池〉一趟，去把喜蓮帶出來。不過在那之前，他得找到可以進去，又不會被發現的方法。

他打算在其他的詩裡找找看，不過他不想讓儀萱問東問西的，決定晚上回家再慢慢找。

12

老姜曾說過，詩裡面的事物多少都有一些特別的能量，要是能在詩句裡，找到具有類似隱形作用的東西，或許可以讓他在進入〈瑤池〉的時候幫他隱身一陣子。

他在家裡努力翻著唐詩詩集，都沒看到讓他覺得有用的東西。沒有儀萱的幫忙，感覺進度慢很多。宗元打開電腦，在google長方形的搜尋欄裡輸入「唐詩，隱形」，不過沒有出現什麼讓他覺得可用的訊息。隱形兩個字可能太現代了，宗元想了想，換成「唐詩，隱身」。

螢幕上出現一堆訊息，宗元看到其中一個，「隱身甘采薇」，他心裡一動，點進去看。

那是李頎的〈東京寄萬楚〉：

濩（ㄏㄨㄛˋ）落久無用，隱身甘採薇。仍聞薄宦者，還事田家衣。

潁水日夜流，故人相見稀。春山不可望，黃鳥東南飛。
濯足豈長往，一樽聊可依。了然潭上月，適我胸中機。
在昔同門友，如今出處非。優遊白虎殿，偃息青瑣闈。
且有薦君表，當看攜手歸。寄書不待面，蘭茝空芳菲。

宗元看了一下注解，這首詩講的是未受重用，歸隱鄉野的心情。「隱身甘采薇」這句描寫心甘情願過著採著野菜野蕨的歸隱生活。司馬貞編寫的《史記索隱》中解釋：「薇，蕨也。」

宗元可以感覺，那個野蕨就是他所要找的具有隱身效果的東西，他決定試試看。

這首詩很長，並不好背，宗元花了一段時間才記下來。等他睜開眼睛，發現他來到一個山邊的農村。他看到右手邊有田家，左手邊有條河，這應該就是潁水了。蕨類植物喜歡濕氣，宗元朝著潁水走去。

這一段路太陽很大，沒什麼遮蔭，更沒看到什麼蕨類。宗元沿著河岸繼續往下走，慢慢開始看到樹林聚集，空氣的溫度馬上下降許多，他在一些大石邊看到不少野生的蕨類。

這裡野生的蕨類種類不少，他不知道哪個才有用，各拔了一些拿在手上。他看看自己，並沒有消失，不過他也做好準備，想隱形不是那麼容易的。

或許，要吃下去？宗元想到就頭皮發麻，萬一有毒怎麼辦？如果他在詩境裡面死了會怎麼樣？他想到儀萱被西王母帶去〈瑤池〉時，怎麼叫她都叫不醒的情形，所以，如果他死了，他在現實世界裡就會跟植物人一樣，永遠醒不過來。

宗元猶豫再三，深呼吸好幾次，終於決定來「試吃」一下。他先拿一片看起來比較「溫和」的橢圓形葉子，用舌頭舔一下，好像沒什麼怪味，才又小心的放進嘴裡，慢慢的咀嚼吞下去，等了幾秒鐘後好像沒事，他便放大膽子，選了另外一種比較細長的葉子，這葉子有點苦澀，不過他還是把它吃下去。另外他還選了一種深綠色的圓形葉子，這個居然帶點甜味，宗元忍不住多吃兩口。

在他吞下甜甜的葉子時，他開始覺得不一樣了。他覺得全身涼颼颼的，可是又不能說是冷，他沒有冷得發抖、難受的感覺，不過還是不自覺的運氣，讓全身的氣在體內遊走，像老姜教他的那樣。就在氣從頭跑到腳再跑回頭頂時，他發現自己的身體不見了。

太好了！宗元高興得跳了起來。想不到成功了！他左看右看，自己的手腳、身體像是在空中消失一般，實在太詭異又太神奇了。

宗元不知道他吃的分量可以隱身多久，所以又多吃了幾口。

他等了一會兒，隱身的能力一直都在，不過不知道如果他去別的詩境會如何，所以他決定先去〈江雪〉測試一下。

他來到老姜的船上，發現自己維持隱形狀態，鬆了一口氣。老姜還是全身焦黑，兩手還是死命的抓著釣竿，他小心走到老姜的身邊，老姜並沒有看到他。宗元本來想叫他，不過一隻黑鳥飛了過來，黑鳥看不到他，還差點撞到他身上。宗元趕忙閃開，他不想自己可以隱身的事情被兮行發現，這樣他就沒辦法救喜蓮了，所以他只在船上待了一會兒，就離開了〈江雪〉。

有了〈江雪〉的經驗，宗元更大膽了，他默念〈瑤池〉，來到西王母的宮殿。不知道喜蓮會在哪兒？當他聽到儀萱說，她在夢裡說出喜蓮曾經給他蓮子的事，宗元就有不好的預感，西王母可能會對喜蓮不利。

宮殿的大門是開著的。還好，這樣宗元就不用設法開門而不讓人知道。他悄悄的走了進去，大廳沒有人。於是他再往後廳去，來到西王母的寢宮，房門虛掩著，他走上前去，聽到裡面有人說話。

「你確定嗎？」兮行的聲音傳來。

「儀萱那個女孩不會胡亂說話的，尤其是在夢裡。」西王母的聲音冰冷無情。

「喜蓮被我帶來這裡時，我已經讓她失去記憶，應該什麼也不記得，只知道要忠於娘娘您啊！」

「別忘了，雖然你當時制住了她，她畢竟跟詩魂交情深厚，詩魂的力量跟她有連結。當宗元相信我，跟我站在同一陣線上時，她的確是會對我忠心耿耿，可是當宗元變強，視破我的計劃，跟我發生爭執，宗元身上詩魂的魂氣不再跟我同一陣線，我們對她的牽制力量相對變弱，她就清醒了。她現在還是矢口否認，口口聲聲效忠於我，但是我不能不提防她了。」

「但也不需要把她關起來吧？她除了在〈瑤池〉還能去哪？」

兮行的話讓宗元冒出一身冷汗，他一定要救出喜蓮。他希望他們可以多說一點，講出喜蓮被囚禁的位置。

「你心疼她了？」西王母一聲冷笑，「是你把她跟其他八個侍女帶來，向我證明你的力量的。」

「我當然不是心疼她，但是你也知道她跟詩魂的交情匪淺，宗元身上的魂氣愈來愈強，如果有一天詩魂真的回來了，我們還要利用喜蓮去制衡他，她現在可不能有差錯。」

「你放心，喜蓮很安全，她好好的待在……」

宗元緊張的等著西王母講出喜蓮被囚禁的地點，可是一個侍女卻出現在他的身邊，只是他現在隱形了，侍女並沒看到他。

「娘娘，您的茶好了。」侍女端著茶盤恭敬的說。

西王母被打斷，並沒把剩下的話說出來，要不是不能現身，宗元眞想把這個侍女敲昏。

「進來。」西王母說。

侍女把門推開，宗元也趁機跟她走進去，西王母姿態優雅的坐在桌邊，兮行坐在另一側。

「娘娘慢用。」侍女把茶盤上的兩個杯子放到桌上。轉身要離開時，西王母叫住她。

「小菊，你拿一些食物跟水過去給喜蓮，這把鑰匙你拿去。」

宗元的一顆心怦怦跳著，他很慶幸剛才沒把這個侍女敲昏，現在西王母給了她鑰匙，只要他跟緊小菊，就可以把喜蓮救出來。

「是，娘娘。」小菊走上前，伸出手。宗元以爲西王母會拿出一串古老的鑰匙，但是西王母只是拉過小菊的手掌，用食指在她的掌心比畫，好像在上面寫字一樣。

宗元暗叫不好，他本來希望或許可以趁小菊不注意把鑰匙偷走，可是看來西王母給她的不是實體的鑰匙，是法力鑰匙。

「去吧！」西王母微笑著說。小菊欠身走出了寢宮。

宗元從後面悄悄的跟著小菊，他們先來到灶房，小菊從鍋裡拿了一些食物，包括新鮮的蓮子，還有一壺水，宗元看她手上滿滿的東西很想幫忙，可是不敢現身。

小菊拿好東西走出宮殿，就像第一次宗元看到侍女們從山頂凌空飄向宮殿一樣，她也凌空飄向山頂，宗元剛好看到一道雲帶飄過，趕忙踏了上去，跟在小菊身後。到了山頂後，小菊拾級而下來到山腳，越過拱橋抵達一座比較小的島上。這裡跟他第一次來的時候一樣，必須穿過一個山洞隧道，洞裡的岩壁綻放著晶亮的紫光。

小菊在隧道中央忽然停了下來，宗元差點撞上她，連忙停下腳步。

「喜蓮姊姊，小菊給你送飯來了。」小菊對著山壁大喊。宗元左看右看，沒看到喜蓮，只見小菊放下手中的東西，面對山壁，把掌心按上山壁，大約過了五秒鐘，山壁不見了，裡面露出一個大岩洞。

宗元以爲會看到喜蓮在裡面，可是裡面空空的，什麼也沒有，只見小菊把食物和水一一放進岩洞裡。宗元本來打算把小菊先打昏，然後把喜蓮帶出來，可是現在喜蓮卻不在裡面。她會在哪裡？小菊是奉西王母的指令拿這些東西給喜蓮的，所以喜蓮一定可以拿到這些食物。想到這裡，宗元快速做了一個決定，他趁小菊彎腰拿最後一壺水時，閃進岩洞裡，跟一堆食物坐在一起。

小菊把東西都放進去後，宗元看見她把手心朝向他，岩壁在他眼前又封了起來。

不知道喜蓮要怎麼拿到這些東西？宗元東張西望。就在這時候，岩洞的另一側忽然打開，這次，宗元看到喜蓮側坐在裡面。

這應該是西王母設計出來的機關，這樣任何送食物給喜蓮的人都沒辦法把喜蓮放走。

喜蓮茫然的看著食物跟水，卻不來取。

「喜蓮，你先吃點東西。」宗元說。

宗元看到喜蓮露出驚恐的表情，這才想到自己隱形，她看不見他。

「我是宗元，你不要怕，我現在隱形了，是來救你出去的。」宗元輕聲說。

「宗元，眞的是你嗎？你在哪？」喜蓮的聲音又驚又喜。

「我就在這裡，你不要怕。」宗元靠近她，握緊喜蓮的手。

「我看不到你，可是我可以感覺到你。」喜蓮開心的說，「你看到我給你的蓮子了？」

「是的，那顆蓮子跟著我到我的世界去。」

「眞的？」喜蓮似乎不敢相信，「當時很匆忙，我很怕你看不懂我的意思。」

「為什麼你之前都沒跟我提呢？一直等到那天？」宗元問。

「我也不知道怎麼解釋，我被兮行強行帶離後，好像活在夢裡，忘了自己本來的樣子，只知道要服侍西王母娘娘。一直到那天你出現，跟她起衝突，我才忽然清醒，可是你急著要走，我不知道什麼時候還能看到你，所以才匆匆寫了紙條。」

喜蓮的話跟西王母的意思很接近，宗元想，他身上的魂氣的確跟喜蓮有連結。

「還好我找到你了。」宗元說，「也還好你的能力都還在，我們需要你。」

「你們？」喜蓮問。

「老姜被兮行的黑氣所傷，木居士也被黑氣毀了，詩魂的魂氣還在木居士裡。你的蓮子有療癒的功效，對嗎？」宗元說。

「是的，可是〈採蓮子〉的詩境也被毀了，恐怕沒有蓮子了。」喜蓮擔心的說。

「這裡有，應該會有用。」宗元把蓮子端到喜蓮的面前。他想起西王母的琴，拿去〈竹里館〉也有同樣的功效。

「太好了。」喜蓮把蓮子都收進懷裡。

「你把食物跟水都吃了吧，比較有體力。」宗元說。

喜蓮點點頭。

「現在我們被困在這裡，看來，要等下次小菊送食物來才能出去。」宗元說。

喜蓮抬起頭，表情怪異。宗元不知道她的意思，過兩秒才想到爲什麼。

「對了，我怎麼這麼笨，被關起來就直覺要想辦法出去，卻沒想到我本來就可以來去詩境啊。」

喜蓮抿著嘴笑，回復到宗元第一次看到她時那副天眞單純的笑容。宗元忍不住看呆了。

「不過你可以來去自如，我不能啊。」喜蓮說。

「我曾經帶著物品來去不同的詩境，我想，我應該也可以帶著你出去。」宗元自信的說，「而且兮行可以辦得到的話，沒有理由我不行。到時候你緊緊抓住我的手就好了。」

「你可不可以不要隱形啊，看不到你好奇怪啊，我好像在對著空氣說話。」喜蓮說。

「其實我也是第一次用蕨類隱形，」宗元苦笑著說，「所以也不知道會持續多久，你忍著點，我先帶你回〈採蓮子〉。」

喜蓮點點頭。宗元再度過來抓著喜蓮的手，他默念一次〈採蓮子〉。

「船動湖光灩灩秋，貪看少年信船流，無端隔水抛蓮子，遙被人知半日羞。」

宗元張開眼睛時，他跟喜蓮都在船上。

「我……終於回來了。」喜蓮高興的說，但是她的臉色馬上一沉。「這裡，都毀了。」

宗元先前來過〈採蓮子〉，可是再度看到一片焦黑的景象，還有喜蓮哀傷的表情，也讓他感到心情沉重。

「你可以恢復原本的詩境嗎?」宗元問。

「我不知道，我沒有把握。」喜蓮的態度有點遲疑。

「我相信你可以的，」宗元鼓勵她，「你一定要試試看。」

「好。」喜蓮深呼吸一口氣。宗元仍舊握著她的手，運氣幫她。

喜蓮把右手伸進懷裡，掏出一把蓮子，手一揮，蓮子在空中劃出一道半圓形的弧線，紛紛落在小船、湖水，還有荷田裡。

蓮子在焦黑破碎的船上彈跳，船身馬上恢復原來輕快明亮的光澤；蓮子在水面上濺起漣漪，向外擴散的圓形波紋把黑氣往外推，湖水變得清澈透明；蓮子落在荷葉上，乾枯低垂的葉桿開始變綠，向上挺直，撐開鮮嫩的荷葉，伸出嬌嫩的花苞，在太陽下，開出一朵朵荷花。

整個意境回復到秋天午後，日頭灩灩，湖面荷田滿佈的江南風光。

「我想很快就會有新鮮蓮子了。」喜蓮開心的說。

「太棒了!」宗元才說完的同時，隱形的法力剛好消失了，他可以看到自己的手腳。

「你終於變回原來的模樣了。」喜蓮的笑容更深、更美麗。她看到宗元還握著自己的手，害羞的低下頭，把宗元的手鬆開。

當初，詩魂應該就是被喜蓮那種嬌羞可愛，卻又堅強的態度所吸引吧。宗元心想。他覺得有些吃醋的感覺，照西王母的說法，是宗元體內詩魂的魂氣讓喜蓮跟他產生連結，今天如果他沒有幫詩魂，沒有找到魂氣，是不是喜蓮就不會理他了？

宗元把手伸過去，很想再握著喜蓮的手，可是又不敢，最後他尷尬的把手往前伸，指著前方。「你看，蓮蓬長出來了。」

「過去看看。」喜蓮撐著船，把船划向荷花田，剛才開的荷花有的花瓣開始掉落，中間的蓮蓬膨脹變大。

「你看，你的力量這麼強，我們很快就要有新鮮的蓮子了。」宗元說。

「這是因為有你的幫忙，」喜蓮誠心的說，「上次兮行來時，我拋出去的蓮子不僅不能抵抗他的黑氣，還被他帶走了。這次，你身體裡面的魂氣跟我的蓮子結合，送出去的力量大多了。」

宗元心裡再度升起那種微妙的感覺，他很高興自己可以幫到喜蓮，可是喜蓮跟魂氣的連結又讓他感到醋意。

喜蓮把船搖向蓮蓬，隨手採了一顆，也給宗元一顆。宗元使勁的剝，才剝下兩顆蓮子，而喜蓮纖纖細手動作輕快，要不了多少工夫便剝下五、六顆。

「我來吧。」喜蓮想幫宗元，可是宗元搖搖頭，不肯讓喜蓮覺得他很弱，至少不能輕易放棄。喜蓮笑了笑，也不勉強，兩個人就這樣靜靜的在船上，剝了好一會兒蓮子。

安靜的湖光水色，清甜的蓮子馨香，加上喜蓮在一旁，低頭斂眉專注的姿態，宗元感到一股難得的平和氣氛。

「這樣應該可以了。」喜蓮說。她輕鬆的拍拍手，宗元表面上只是酷酷的嗯了一聲，可是心裡卻鬆了一大口氣，他覺得手指頭好痠啊。

「走，我們去救老姜。」宗元說。

「我很想跟你去，可是這是我的詩境，我要待在這裡才行。」喜蓮遲疑的說。

「可是老姜需要你，我沒有那個能力拋蓮子救人。」宗元說，他眞的很希望喜蓮可以跟他一起去。「而且我們不會離開太久，只是去救老姜，應該沒問題的。」

喜蓮想了一會兒，宗元覺得好像等了一世紀那麼久，喜蓮才點點頭，拿了一些蓮子，放進懷裡。

「好，我跟你去。」

之前他都是獨自一人在唐詩的意境裡穿梭，現在有人跟他一起，宗元感到有伴的溫暖。他再度握緊喜蓮的手，喜蓮對他微笑點頭，他默念〈江雪〉。

轉眼間，他們便來到老姜的船上，外面風雪正盛，江水滔滔，小船在江中搖晃得特別厲害，宗元有股不祥的預感，拉著喜蓮經過船艙，來到船尾，前後都沒看到老姜的蹤影。

「老姜呢？」喜蓮擔心的問。

「我也不知道。」宗元說。他四處張望，老姜的釣竿被折斷丟在船艙裡，船裡沒有槳。宗元回想，好像從來都沒有看過老姜用槳控制小舟，他用的是他自己的力量，現在他不在了，整艘小舟在波濤洶湧的江中，就像雲霄飛車一樣上下劇烈晃動，喜蓮害怕的抓緊宗元的手臂。

「你可不可以試試看，看能不能修好釣竿？」宗元問。

「我不知道，我來試試看。」喜蓮臉色蒼白的點點頭，她抓出兩顆蓮子，拋向釣竿，釣竿上的黑氣退去，兩節斷竿結合在一起。

「太好了！」宗元說，「那山頭上的黑氣呢？」

「那太遠了，我恐怕不行。」喜蓮搖搖頭，她跟儀萱那種想到什麼就去做的積極個性不同，喜蓮總是遲疑保守。

「我們一起試試看！」宗元鼓勵她。他握緊喜蓮的手，把她穩住，同時運氣幫她，喜蓮手一揚，四顆蓮子朝遠方射去，只見一道白光劃過天際，山上的雪又恢復潔白的模樣。

「我覺得……我快吐了……」喜蓮在搖晃的船上非常不舒服，臉色跟後方的雪一樣白。

「走，我們上岸。」宗元運氣全身，學老姜第一次見到他時那樣深吸一口氣，抓著喜蓮用力一跳，落在最近的岸上。

喜蓮大口喘氣，她待慣江南荷田裡輕晃搖曳的小舟，這種驚濤駭浪實在太嚇人了。

宗元讓喜蓮休息一下，自己在岸邊到處尋找，還是找不到老姜的蹤影，不得不放棄最後一線希望。

「我想，兮行把老姜帶走了。」想到老姜在兮行的手上生死未卜，宗元心情很沉重。

「都是我的錯，」喜蓮難受的說，「他一定是知道我逃走了，所以抓老姜出氣。本來想救老姜的，現在反而害了他。」

「這不是你的錯，看來兮行的力量愈來愈大了，他本來很怕老姜的舟子，現在居然可以上船抓人，我們要更加小心了。」宗元說。

「怎麼小心呢？他來無影去無蹤的。」喜蓮說，她的臉色總算好一些。

「我也不知道，不過，我們要先去找木居士，它身上有詩魂的最後一個魂氣。找到魂氣，詩魂就會回來，他就可以跟兮行對抗，救出老姜。」宗元說。

宗元這時想到，如果詩魂回來了，喜蓮可能就不會理他了吧？他突然覺得胸口悶悶的。

「你在想什麼？」喜蓮問。

「呃，沒事。」宗元打起精神，拉起喜蓮的手，「走，我們去〈題木居士〉。」

13

宗元睜開眼睛，空氣中的惡臭撲鼻，看來不僅木居士焦黑枯死，整片樹林都受到黑氣的汙染。

喜蓮用手掩著口鼻，跟著宗元往樹林裡走去。

宗元擔心兮行會把木居士毀得不見蹤影，或是像對待老姜那樣整個帶走，不過還好，他們來到林中深處，木居士還在，糾纏的樹幹還是一樣的焦黑。

「喜蓮，你試試看。」宗元握握她的手鼓勵她。

喜蓮點點頭，拿出蓮子，對著木居士拋去。宗元看得出來，喜蓮不是隨便出手，蓮子在她的巧勁下，準確的落在似人臉樹根的嘴巴部位。

枝幹糾結的嘴脣一碰上蓮子，黑氣便向四周退去，木居士慢慢恢復深褐木質的顏色、樹皮堅韌的質感，焦黑枯死的枝幹也展露出生命的色澤。

喜蓮持續向四周拋灑蓮子，詩境裡的景色也恢復生氣，空氣中的惡臭逐漸散去。

喜蓮額頭上滲著汗珠，施法讓她消耗體力，可是她的臉上露出喜悅的笑容。宗元心裡也非常高興，總算有一件事是順利的。

「我手上還有一些蓮子，我去附近走走。」喜蓮說。

「會累嗎？」宗元關心問道。

「還好。」喜蓮笑容燦爛的說，「你快去拿魂氣吧！兮行不知道什麼時候會冒出來。」

宗元點點頭。

他向前走一步，手輕撫著木居士的樹幹，感覺到樹皮堅硬的紋理輕微顫抖，枝葉盤結的眼睛跟嘴唇緩緩動了起來，木居士睜開眼睛，張開嘴，開始說話。

「謝謝你們救我回來。」木居士的聲音沙啞低沉，「我以爲，我就要這樣在痛苦的黑暗中永遠昏睡下去。」

「你現在覺得怎麼樣？」宗元運氣，用右手微微把一些正氣傳過去。

「好多了。」木居士的表情變得和緩，不過聲音還是沙啞，眉眼還是糾結。「你是誰？你也是來祈福的人嗎？」

「不是，我是來拿魂氣的。詩魂是不是在你身上留下魂氣？」宗元問。

「唉，你怎麼跟他一樣，看不透這首詩？」木居士聲音不僅沙啞，還帶著濃濃的失望。

「他？你是說兮行？」

「我不知道他的名字，是一個身著黑色錦袍，面目俊朗，比你還高壯的少年。」聽木居士的描述，宗元確定就是兮行。木居士頓了頓繼續說，「他也是來跟我要魂氣的。」

宗元並不驚訝，兮行就是要不到，所以才用黑氣毀了木居士，讓宗元也拿不到。

「韓愈把我寫得靈活神現，所有的人都來跟我祈福。可是，你要了解這首詩背後的意義啊！」

就在這時候，一群人忽然出現，壯漢抱著哭啼的孩子，老婦扶著拄拐杖的老翁，稚氣丫鬟伴著美麗的小姐，男男女女，大人小孩，這些人無視宗元的存在，看到木居士，紛紛跪倒在樹前。

「請保佑我的孩子熱病快好起來啊！」

「木居士，請讓我老伴的腳不要再痛下去了。」

「木居士，請保佑我們家小姐找到好的婆家啊！」

「我做生意失敗，請讓我快點東山再起吧！」

「我家一向單傳，請木居士保佑媳婦快快生個兒子吧！」

木居士低頭斂眉，沉默不語。這一群人跪拜一陣子後慢慢散去。

「看到這些人如何的盲目崇拜我了嗎？」木居士低沉的說，「我只不過是塊老樹頭，只因爲我有類似人臉的樹根，所以他們就把我當成萬能的神仙，但是我就只是棵老樹啊！」

「但是你會講話。」宗元說。

「我是會講話，可是我無法讓孩子的病好起來，讓老翁不再腳痛，讓小姐找到好夫婿，讓生意人賺大錢，讓媳婦早生貴子……這些我都做不到。韓愈寫這首詩，是在諷刺世人的無知，他們沒有判斷力，人云亦云，穿鑿附會，只因爲我身受大自然的考驗，只因爲我有人的面孔，就被奉爲神仙。」

「所以說，魂氣不在你身上？」

「這首詩暗喻不要把希望寄託在我的身上，那詩魂又怎麼會把魂氣放我這兒？」木居士反問。

「那會在哪呢？這首詩的確是線索啊！」宗元東張西望。

「我也不知道，或許，這只是下一首詩的線索？」

這提醒了宗元，之前也有過類似的狀況，詩魂就是不肯好好的明示，宗元忍不住翻了白眼。不過他不是不能理解詩魂的作法，有個來無影去無蹤、武功高強的兮行，的確得要特別謹慎。

就在這時候，喜蓮也回來了。

「拿到魂氣了嗎？」喜蓮問。

宗元搖搖頭，把剛才和木居士的對話告訴她。

「你從上首詩中的線索找到這首詩，而這首詩講的是木居士。看起來詩魂是要你找木居士，可是卻又沒有把魂氣放在木居士上。」喜蓮眉頭微蹙，「或許，這只是暗示，暗示你要找某棵樹？」

「很有可能。」宗元同意。看來他要去找其他有樹的詩。

「兮行知道這件事嗎？」宗元謹慎的問。

「那少年跟我要魂氣，我拒絕了他，他就用黑氣攻擊我，我沒有告訴他其實魂氣不在我身上。」木居士說。

「那就好。」宗元稍微放下心，不過他知道這只是暫時的，很快的，兮行就會發現〈採蓮子〉、〈江雪〉，還有〈題木居士〉都恢復了原狀，不知道他會不會再來破壞？

喜蓮好像猜測到他的心思，說道：「我手上還剩一顆蓮子。」她走到木居士面前，把蓮子放在木居士嘴巴的位置，「這可以抵擋一陣子。」

「謝謝姑娘。」木居士小心的動動嘴脣，不讓蓮子掉下去。

「那我們先走了。」宗元說。

「你們自己小心。」木居士說。

宗元握著喜蓮的手，默念〈採蓮子〉，帶著喜蓮回到西湖的小船上。

「能回來眞好。」喜蓮再度表現出對這一片蓮池的依戀。

「謝謝你的幫忙。」宗元衷心的說。

「哪裡，應該的，我很高興自己能幫上忙。你可以再幫我多採些蓮子嗎？」喜蓮柔聲問，「這些蓮子有你的加持，顯得能力特別強呢！」

「沒問題。」宗元說，心裡沾沾自喜。他的能力的確隨著收集到的魂氣逐漸增強，接著他又幫喜蓮剝了一些蓮子，這次他有經驗，動作快很多。

「我該走了。」宗元站起身來，「我必須去找有關樹的詩。」

「嗯。」喜蓮看起來有點依依不捨，她拿出兩顆蓮子，遞給宗元，「先拿著，我不知道這些蓮子在你的世界還有多少能力，不過就帶著吧。」

宗元感激的看著喜蓮，他忍不住走向前去，拿走蓮子，同時雙手握緊喜蓮的手，喜蓮害羞的低下頭。

宗元捏捏喜蓮的手，深呼吸一口氣，閉上眼睛，回到自己的房間。

宗元睜開眼睛，打開手掌，喜蓮給的蓮子還在。他臉上帶著微笑，把蓮子收在口袋裡。

宗元坐在書桌前，一一翻著詩集，他必須要快，剩最後一個魂氣了，兮行一定很快就會發現他們恢復了不少詩境，而且老姜還在他的手上。

〈雉帶箭〉給他的線索是火，而火引他和西王母跟兮行到〈題木居士〉，誤以為木居士有魂氣，但是魂氣不在木居士身上，這又是詩魂的一個聲東擊西的暗示，真正的謎底是一棵樹，而且不在〈題木居士〉裡。

到底是哪首詩？宗元努力的翻找詩集，上網查詢，念著每一首有樹木的詩，同時擔心老姜的安危，不知道他被兮行帶到哪裡，又怕兮行回去找木居士跟喜蓮的麻煩？

整個晚上他心神不寧，跑回去〈江雪〉、〈題木居士〉、〈採蓮子〉好幾次，確定兮行沒再回去作怪。

「我很好，你不要擔心，」喜蓮第三次看到宗元出現時安慰他，「你這樣心神不定，怎麼能好好找詩呢？」

「你對唐詩熟不熟？」宗元問。

喜蓮害羞的搖搖頭。「詩魂有教我念一些詩，不過不是很多。」

「那你所知道的唐詩中，哪些有樹木？」宗元還是不死心。

喜蓮皺著眉頭，想了又想。「〈靜夜思〉沒有，〈春曉〉也沒有……對了，王維的〈鹿柴〉有提到深林。」

宗元記得自己有翻到這首。「空山不見人，但聞人語響，返景入森林，復照青苔上。」不過並不是這首詩。

「儀萱呢？她很會背詩不是嗎？」喜蓮說。

「如果我跟她討論，西王母就可以利用她的夢境知道我們的計劃。」

「也是，不能找儀萱討論，老姜也不在了，還可以找誰呢？」喜蓮低語。

「對了，我想起一個人了！」宗元靈光一閃，興奮的說，「那我先走了，我會再來看你的。」

宗元默念劉長卿的〈尋張逸人山居〉。

「危石纔通鳥道，空山更有人家，桃源定在深處，澗水浮來落花。」

現在他的能力變強，可以讓自己出現在張千雲的木屋裡，一來，少走許多山路省下體力，二來，可以避免被兮行的眼線發現。當時兮行的法力還沒那麼強，並不能準確知道宗元去過那首詩裡，還要使用暴力逼問張千雲，現在兮行的法力明顯變強，宗元只要在山裡走動，他一定很快就知道。

宗元現身時，千雲正在屋內雕刻一尊木偶，他忽然現身，讓專心的千雲嚇了一大跳。「啊！」千雲大叫一聲，手一滑，把木偶的額頭削掉一大塊。他抬頭看到是宗元，鬆了一口氣，瞪他一眼。「是你，這樣忽然出現，忒也嚇人。」不過千雲立刻開朗起來，放下手上的木偶，用力搥了一下宗元的肩膀。「你又來了！太好了！」

上次見到的白鳥也剛好飛了進來，落在宗元的身邊，千雲高興的拿些樹子餵牠。「你這小傢伙，也好久不見了！」

宗元看千雲無恙，放下一顆心。「上次我來，害你被兮行嚴刑逼問，你還好嗎？他說他對你施法，讓你的嘴巴合不起來，後來怎麼好的？」

「沒事，」千雲爽朗的說，「我不是有特製的藥膏嗎？我想，當初對你有效，所以就試試看，果然可以解開兮行的法力，嘴巴就好了！」

宗元想起他的藥膏、白鳥，還有〈江雪〉裡的小船、〈採蓮子〉裡的蓮子、〈竹里館〉裡的琴，看來，這些事物多少都有力量，可以抵抗兮行的黑氣。

詩境有美好的風景、古老的事物；有詩人的讚嘆、詩人的惆悵；有歡愉、喜樂、勵志、樂觀等情緒，卻也有悲傷、憤怒、沮喪、哀愁等情緒。負面的情緒被兮行集結成黑暗的力量，可是詩裡還是有正向的能量，這些正面的力量可能在人身上，也可能在物品裡。

「怎麼想到來我這裡？」千雲餵完白鳥，抬頭問他。

「我有事要問你。」宗元壓低聲音說。他左右張望，走到牆邊，把四周的窗戶跟門都關起來。

「什麼事這麼神祕？」千雲也被他神祕兮兮的舉動影響，小聲的問。

「你曾經說過，詩魂會來跟你討論詩句？」宗元問。

「是啊，我們經常一起吟詩。他知道我醉心木雕、喜歡樹木，我隱居在此地，就是想日夜跟這片林子為伍。因此他常來跟我聊天，告訴我其他詩句裡的樹林，不同詩人描述的林木之美，眞的很讓人嚮往啊！」千雲的語氣有著濃濃的羨慕。

「那他有沒有告訴過你有首詩叫〈題木居士〉？」

「有，」千雲點點頭，「他說，那是韓愈的詩句，用來諷刺當時社會現象，一棵被大自然雕琢的老樹，被有心人藉機神話了，結果引來無數人求福跪拜。說實在我很想看看那棵老樹，也想親手摸摸那粗糙隆起的紋理！」

千雲眼睛微瞇，雙手在空中晃動摩挲，彷彿那棵巨大的樹木就在他的面前。

「他還有說什麼？有沒有提到別的詩或別的樹木？」宗元緊接著問。

「你眞了解他！」千雲張開眼，口氣有點驚訝，「他說完〈題木居士〉那首詩後，的確提到了李白的一首詩，叫〈南軒松〉。詩魂說，相對於被神話的木居士，李白詩裡所描寫的這棵窗外南邊的孤松，就顯得清高脫俗，瀟灑愜意。

「南軒有孤松，柯葉自綿冪，清風無閒時，瀟灑終日夕。陰生古苔綠，色染秋煙碧，何當凌雲霄，直上數千尺。」千雲吟詠著詩句，宗元馬上就知道是這首沒錯！他趕快在心裡記下來。

「對了，你爲什麼問這些？」千雲好奇的問。

「隨便聊聊而已。」宗元覺得還是別說，省得兮行又來找千雲的麻煩。

「我上次給你的藥膏還有嗎？」千雲問。

宗元摸摸口袋。「有。」

藥膏帶不回現實世界，不過在詩境裡依然存在，口袋裡同時還有幾顆蓮子。

「這裡有些蓮子，你拿著，對於修復詩境有幫助。」宗元拿些蓮子給千雲，「我還有事，得先走了。」

宗元把〈南軒松〉在心裡默念一次，閉上眼睛。

一陣涼風吹來，宗元睜開眼睛，發現自己在一處山邊的屋外，這棟屋子是木造的，比千雲那棟還要簡陋，可是四周山勢險峻，巨石林立，風景十分壯麗。這裡的樹木不多，也很矮小，只有屋後的窗戶旁有一棵高大的松樹。

宗元走近屋子的南面，這棵松樹蒼勁挺拔，枝葉茂密，在陽光照不到的樹蔭處，長著墨綠色的青苔。松樹的樹幹直聳入雲，伴著遠山、木屋、巨石、青天、浮雲，形成一幅清麗的美景。

這就是南軒松了。宗元想。

他深呼吸、運氣，把兩手往前伸靠上樹幹，可是什麼也沒發生。

又來了。宗元氣得咬牙。絕對是這裡沒錯，可是詩魂那傢伙一定不會那麼輕易就讓人拿到魂氣。

他再次默想一次詩句，「柯葉自綿冪」，他找到最靠近的茂密樹枝，伸手碰觸，沒有反應。「陰生古苔綠」，還是藏在青苔裡？他蹲下身去，雙手去摸苔蘚，除了沾了一手濕，也沒有反應。難道是最後一句「直上數千尺」？宗元抬頭看著筆直而上的樹幹，咬牙深吸一口氣，開始攀著樹枝，慢慢往上爬去。

他手腳並用，一步步把自己拉高，在底下看起來並不高的樹，怎麼爬起來這麼累。他抬頭往上看，繁密的枝葉遮住了視線，看不到頂端。

宗元繼續往上爬，一陣雲霧飄來，他的視線受阻，四周一片白茫，他又再往上爬了一段，只見上面的天色變得清明，露出了藍天。他低頭看，腳下雲霧繚繞，難道他爬上了雲端？正當他這麼想，一條雲帶從腳下飄來，他想起〈瑤池〉裡的雲帶，趕忙踩了上去。

雲帶帶著他往前飄出，周圍的景色又改變了，透過在他腳下翻滾的雲層，間或可以看到山頭從中突起，不同顏色的雲帶飄散其間。藍天在上，白雲在下，山巒在側，形成一幅很特別的景色。

這裡是哪裡？肯定不是詩裡提到的意境，怎麼會有這樣的地方？看起來並不是兮行弄出來的，這裡安靜祥和，風景秀麗優美，不見惡臭霸道的黑氣。

想到這裡，宗元定下心來，調勻體內的氣息，在雲帶上專注站立，讓雲帶帶著他走。

沒一會兒，雲帶帶他來到一棵樹下後就不再前進，開始繞著樹轉。宗元看到樹漂浮在雲端上，糾結盤踞的樹根在雲層內散去，好像這些厚雲就是土壤。

宗元認為雲帶在這棵樹附近徘徊必有深意，他運氣用力一跳，離開雲帶，跳上最近的一根粗樹根上。雲帶繞了兩圈，消失不見。

這棵樹粗壯高大，樹幹少說有二十人環抱起來那麼粗，上面生著纍纍樹瘤，每一顆小至葡萄那麼小，大到像西瓜那麼大。

宗元繞著大樹走了一圈，注意到有一顆樹瘤長得特別奇怪，說一顆也不太對，那是一顆大約哈密瓜大小的圓形樹瘤，外面一圈荔枝大小的樹瘤整齊的環繞著中間那顆大的。宗元忍不住用手摸了一下，感到一股力量傳了過來。

就是這裡了！宗元興奮的想。原來最後一個魂氣在這裡。宗元兩手觸碰中間的大樹瘤，一道黃光從中間溢出來，然後一分爲二，變成兩股淡黃色的煙氣，順著宗元的兩隻手臂上升，進入他的身體。

第一次他在〈尋張逸人山居〉找到的魂氣上行到雙手，手上工夫增強；第二次他在〈楓橋夜泊〉裡找到的魂氣存在丹田，沛然滂礴；第三次在〈竹里館〉得到的魂氣下行到雙腿，行動輕盈靈巧；第四次在〈雉帶箭〉得到的魂氣護在胸口，剛強不摧。這次，在〈南軒松〉的最後一個魂氣來到肩膀，在體內聚合，匯集到胸口，繞轉幾周，再順著四肢百骸遊走，這股氣跟之前在四肢、丹田、胸口的魂氣會合，整合成一股溫厚強大的能量，充塞全身的每個關節，每個毛細孔，每個細微的角落，宗元感到前所未有的舒暢跟力量。

現在，他拿到五個魂氣了。老姜曾說，詩魂在被滅之前，把魂氣分散在五首詩裡，只要找回這五個魂氣，詩魂就會回來，跟分行對抗，詩境裡被損毀染黑的部分也可以回復原狀。只是，現在五個魂氣都在他的體內，該怎麼讓詩魂回來？宗元左看右瞧，期待有人出現在他面前，把魂氣從他身體裡拿回去，可是除了眼前這棵長滿瘤的大樹，還有四周翻騰的雲層跟五彩的雲帶外，完全沒有其他跡象。

到底還少了什麼？缺了哪個步驟？爲什麼詩魂並沒有出現？宗元實在想不通，不知道接下來該怎麼辦。

宗元想到了老姜！是老姜告訴他有關於詩魂的事，他一定知道怎麼讓詩魂回來，他得要去救老姜。

看來，他又要再去一趟〈瑤池〉，上次隱身的效果不錯，讓他找到喜蓮，這次他打算再吃一些野蕨。他閉眼默念李頎的〈東京寄萬楚〉，可是當他張開眼睛，發現自己居然還在這個奇怪的雲層上。怎麼會這樣？宗元心裡一驚，難道他穿梭詩境的能力消失了？不會吧，他才剛拿到所有的魂氣，應該能力更強才對啊。

他再試著念〈江雪〉、〈竹里館〉、〈採蓮子〉，還有剛剛去過的〈南軒松〉，結果都一樣，他依然待在原地，身邊只有一棵長瘤的大樹，以及一堆翻騰的雲層。

宗元心裡浮起一陣恐懼，難道他被困在這裡了？他運氣讓自己定下心，閉起眼睛想著自己房間的景象，可是還是一樣，他還是在雲層之上，不是自己的家裡。

他差點又慌了起來，就在這時候，一條雲帶飄了過來，他才猛然想起，這裡不是詩境，他來的方式跟之前出入詩境的方式都不同。宗元趕忙踏上雲帶，雲帶再度帶著他在雲層上飄移，他不禁想，這個充滿雲氣的雲界是怎麼來的？詩魂跟這個地方有什麼關係？爲什麼要把魂氣藏在這裡？

雲帶載著他回到那棵聳立的大松樹邊，宗元回到樹上，手腳並用的攀爬回平地，〈南軒松〉的意境裡。

本來宗元想再去一趟李頎的〈東京寄萬楚〉拿野蕨，可是剛才一驚嚇，他覺得還是先確定能不能回自己家一趟。

當宗元再度睜開眼睛，看到房間裡熟悉的床、書桌、書櫃，心裡鬆了一口氣，忍不住趴在床上休息，這時一股疲倦襲來，他打了個大呵欠。這晚他出入好多首詩，救人、救景，又拿魂氣，眞的累壞了，他決定先睡一會兒再說。

14

「柳宗元！你趕快起床啊，都幾點了，今天不是唐詩背誦的決賽嗎？你不去幫儀萱加油嗎？」媽媽大聲喊，宗元猛然一驚跳了起來，心裡十分懊惱，他本來只想休息個五分鐘，居然睡了一整晚。

「你快點啊，我給你做了早餐！」媽媽又在催促。

宗元牙沒刷，臉沒洗，隨便套上衣服，書包往肩膀一甩，就準備要出門。

「喂，我剛才說我給你準備了早餐，你吃了再上學啊。」媽媽拿著花生吐司追在後面。

「我帶在路上吃好了，媽，再見！」宗元拿過三明治，頭也不回的跑向學校。

今天就是決賽了，不知道儀萱準備得如何？前兩天他一直想著要怎麼救喜蓮，又要避免讓儀萱知道一些細節，就比較少和她說話。不過他對儀萱有信心，她一向聰明伶俐，對於背詩非常有天分，一定沒問題的。

台上現在只剩下五張桌子，儀萱在最左邊的那張後面，她表情鎮定，面帶微笑，可是宗元可以看到她兩手交握，大拇指來回轉動。

「今天是今年唐詩背誦比賽的總決賽，」校長清清喉嚨說，「台上五位同學，不管哪一位得到最後勝利，這五位同學能打敗這麼多人，還連續通過了兩天的測驗，代表他們對唐詩的涉獵理解非常優秀，大家先給他們掌聲鼓勵。」校長在掌聲停下後接著說，「比賽方式跟規則跟昨天一樣，同時也再度請我們美麗又有智慧的陳老師幫我們出題。」

陳老師爲了表示愼重，今天特意穿上一套新的黃色套裝，腳下還是那雙走起來叩叩叩的高跟鞋，不過配上那副招牌圓圓的大眼鏡，宗元忽然覺得陳老師很像知名動畫裡的黃色小小兵。

「五位同學都準備好了嗎？」陳老師微笑著看他們。「好，我這裡有個紙箱，裡面有校長出的三十道題，我會隨機抽出二十題，作爲我們最後一場決賽的題目。第一題來了，請拿綠色的盒子。」

宗元記得，綠色的盒子裡都是詩人的名字。

「請問，」陳老師故作神祕的頓了頓，「『板橋人渡泉聲，茅檐日午雞鳴，莫嗔焙茶煙暗，卻喜曬穀天晴』是誰的詩？」

儀萱很快的就找到紙條，第一個拿到後面的板子上釘起來。宗元看到是張繼。儀萱拿到三顆星星。

「下一題稍微難一些，你們要仔細想想，不要急。」陳老師的話讓台上的人都緊張了一下，「第二題，請拿黃色的盒子。」

「黃色的盒子裡都是詩題。請選出三首詩，詩裡有描寫月亮。」

宗元馬上想到李白的〈靜夜思〉，然後他還記得〈竹里館〉的「明月來相照」，正當他絞盡腦汁的想還有什麼詩句時，儀萱已經拿出三張紙條，從容不迫的拿到板子上釘好。是〈夜宴南陵留別〉、〈暮江吟〉、〈憶揚州〉。

校長嘉許的點點頭，貼了三顆星星在儀萱的板子上。

儀萱實在太厲害了！宗元滿心的佩服，這三首詩他聽都沒聽過，更不要說知道裡面的內容到底有沒有描寫月景。

比賽持續進行，儀萱領先了前兩題，但是趙悅雪跟張正翔後來居上，得到不少星星，三個人的成績不相上下。看來要分出高下，還要一段時間！

就在陳老師念著不知道第幾題的題目時，忽然儀萱眼睛一閉，像是睡著了一般，然後身體一軟，整個人向一旁倒下去。

「啊！」大家驚呼一聲，幾名老師衝上台去扶起儀萱，有人去找護士阿姨過來，台上其他四位參賽者交頭接耳，台下的學生們更是好奇不安，現場一陣騷動。

「莊儀萱同學暈倒了，比賽先暫停，請老師先把她送去健康中心。」校長憂心的宣布。

「不知道比賽會不會取消？」宗元聽到一個同學悄聲問。

「應該不會吧？這麼重要的比賽，總不能因爲一個人就取消啊。」另一個同學說。

「我看莊儀萱得棄權了。」吳采璘的聲音有點幸災樂禍。班上初賽她輸給儀萱，心裡一直耿耿於懷。

「你不要亂說，說不定她等下就醒了，到時候又可以贏得比賽。」林品達頂回去，他當時也輸給儀萱，不過他還眞的人如其名，人品豁達，輸得心服口服。

宗元看著體育老師把儀萱抬起來，走向健康中心，他決定跟過去看看。

到了健康中心，老師把儀萱放到床上，護士阿姨過來幫她量體溫、脈搏、血壓，儀萱躺在那兒一動也不動，可是她的面色安詳，沒有痛苦的樣子。

「她氣色很好，沒有發燒，血壓脈搏也都正常，」護士阿姨一邊說，一邊翻看手上儀萱的入學資料，「她也沒有什麼特別的病史，不曉得爲什麼忽然暈倒了。」

宗元心裡有不祥的預感，他想到上回西王母把儀萱找去時，儀萱昏睡的樣子，就跟現在一樣，怎麼叫也叫不醒。

「莊儀萱是我班上的學生，平常人好好的，很少感冒生病。」陳老師皺著眉頭說。

「我等下打電話給她的家人。」護士阿姨說。

「那比賽怎麼辦？」校長看著陳老師，「我們今天一定要選出校代表參加全市比賽。」

「看來，儀萱只好棄權了。」陳老師嘆了一口氣，惋惜的說。

「老師，校長，」宗元忍不住走上前，「儀萱今天早上太緊張，沒有吃早餐，所以才會暈倒。」

宗元把今天早上媽媽幫他準備的早餐拿出來給老師們看。

「她本來是要我幫她吃掉的。不過我想說留給她比賽完吃。老師，校長，我想儀萱等下就會醒了，她非常期待這次的比賽，也準備了好久，所以我想幫她求情，比賽可不可以延期到明天？」

「不行，明天學校有運動會，再來有數學競賽、音樂表演、校外研習營，然後下星期就是全市比賽，所以今天一定要選出代表。我知道儀萱很優秀，去年也是她拿到第一名，可是我們不能爲了她一個人更改計劃。」校長抱歉的說。

「那……」宗元咬咬牙，「再給她十分鐘，我相信她十分鐘之內就會醒來，她只需要休息一下。」

校長看向陳老師，陳老師想了想，點點頭，「好，那我們就等十分鐘，到時候儀萱還沒醒的話，她的媽媽會來接她回家；如果她醒來，身體也很健康，當然可以繼續比賽。」

「太好了，謝謝老師，謝謝校長。」宗元開心的說，「我可以留下來陪儀萱嗎？」

「好，那你就先留在這裡，看護士阿姨有沒有需要幫忙的地方。」陳老師說。

「你去後面拿一條毯子給儀萱蓋上。」護士阿姨指示他。宗元去拿了一條毯子過來，小心的蓋在儀萱身上。

「那你在這裡陪著她，我去前面看看幾個跌倒的小朋友。」護士阿姨說，宗元點點頭。護士阿姨離開後，老師跟校長也先回到比賽的現場，留他跟儀萱在健康中心。

「儀萱……」宗元輕聲喚她。儀萱跟那天一樣睡得很沉，如果她眞的是被西王母帶去，十分鐘來回一趟詩境，絕對綽綽有餘。

看來，不管爲了老姜還是儀萱他都要進一趟〈瑤池〉。

他拿張小椅子，坐在儀萱的床邊趴下來，這樣如果他去詩境還沒回神，至少別人會以爲他是不小心睡著了。

宗元先默念〈東京寄萬楚〉，打算照原先的計劃去拿隱身野蕨，可是當他打開眼睛時心裡一沉，這裡的景色都被染黑了，他快步走到河邊，看見河邊的野蕨也變得焦黑一片。看來，他們發現宗元上次偷偷潛入〈瑤池〉的方法，所以刻意破壞，好讓宗元不能故技重施。實在太可惡了！這兮行爲了不讓自己隱身，居然就這樣任意的破壞詩境。不過他馬上想到喜蓮。喜蓮可以恢復〈採蓮子〉、〈題木居士〉，要恢復這首詩絕對不是難事。

他心裡默念〈採蓮子〉，來到喜蓮的船上。

「你的氣色看來好多了。」宗元說。

「是啊，在自己的詩境裡，感覺特別舒暢。」喜蓮淺淺一笑。

「兮行有沒有再來爲難你？」宗元左右張望，這裡湖光瀲灩，荷花朵朵，仍是一片美好的江南風光。

「我沒事，你不要擔心。」喜蓮說，「你有沒有……」

喜蓮說一半就警覺停下，宗元知道她要問最後一個魂氣，可是他們都不想兮行知道，所以宗元沒有回答，也不敢點頭，只是使了個眼色，暗示喜蓮。他看到喜蓮嘴角細微的牽動，知道喜蓮明白他的意思，替他高興自己拿到魂氣了，不過喜蓮的眼神馬上又帶著疑惑，似乎在問他詩魂在哪？宗元搖搖頭，他眞的不知道。

「我需要你再幫我一次。」宗元過去牽著喜蓮的手，喜蓮低頭，一陣害羞。「我要去〈瑤池〉救人，需要上次那個讓我隱身的野蕨，可是它們都被兮行破壞了，得靠你去恢復詩境。」

「好，沒問題，你確定老姜在〈瑤池〉？」喜蓮問。

「我不確定，但是，儀萱很可能在〈瑤池〉。」宗元說。

「什麼？儀萱被西王母帶走了？」喜蓮非常擔憂。

「是的，如果可以拿到野蕨，我可以像上次救你那樣把儀萱救出來。」

「好，我們走。」喜蓮多採了一些蓮子，之後宗元默念〈東京寄萬楚〉，兩個人來到穎水河邊。

宗元現在體內的能量更大了，他光握著喜蓮的手便能運氣過去。喜蓮揮手拋出一些蓮子，蓮子落在蕨葉上，枯黑的葉子慢慢轉爲嫩綠色，宗元依照上回的記憶，採了同樣的野蕨。

「太好了，謝謝你，喜蓮，等我送你回去後，我就去〈瑤池〉。」宗元說。

「我在想……我可以跟你去嗎？」喜蓮怯聲問，「我很擔心儀萱，雖然我的法力不強，但是我在〈瑤池〉待過一段時間，或許可以幫上一點忙？」

宗元考慮了一下，他不想讓喜蓮冒險，可是喜蓮說的也有道理，她對〈瑤池〉的環境比他還熟悉，而且她手上的蓮子有能力對抗黑氣，如果眞有什麼危險，他隨時可以送她回〈採蓮子〉。

「好，我們一起去〈瑤池〉。你一定要跟緊我，這裡有一些野蕨，你把它們吃下去。」

宗元跟喜蓮像牛一樣嚼了滿口的綠葉，沒多久，他們已經看不到對方了。

「你在哪？」喜蓮的口氣有點害怕。

「我在這裡。」宗元往聲音的方向靠近，握住喜蓮的手。「不要怕，抓緊我。不要放手。」

宗元看不到喜蓮的表情，不過她的手漸漸不再顫抖，宗元默念〈瑤池〉，他們來到西王母的宮殿。

大門是開著的，宗元拉著喜蓮的手，放慢腳步悄聲走進去，他想像上次一樣，看能不能偷聽到老姜和儀萱被囚禁的地方，可是屋裡空蕩蕩的，不見西王母也沒看到兮行。

他們再往裡走，來到西王母的房間，一樣沒人。

「西王母平常除了這個宮殿，還會去哪？」宗元問，「上次你被關起來的山洞是她用來關人的地方嗎？還是有別的地方？」

「我也不知道，我被帶來這裡後，失去了之前的記憶，只知道要盡心服侍西王母娘娘，每天心情都很愉悅，不知道有什麼囚禁人的山洞，直到被關起來後才知道瑤池居然有那樣的地方。」喜蓮的聲音從身後傳來。

「你被關起來時，都是小菊送飯菜給你的嗎？」宗元問。

「是的，每次都是她，除了我以外，西王母娘娘最器重她了。」喜蓮說。

「我們去找小菊，像上次那樣跟蹤她，這樣一定可以找到老姜跟儀萱。你知道去哪裡找她嗎？」宗元問。

「知道，我之前住在西王母娘娘的隔壁，好就近照顧她，其他八位姊妹就住在灶房後面的一個房間裡。我帶你去。」喜蓮牽著他的手，在前面帶路。

上次宗元跟著小菊來灶房拿食物，可是並不知道後面還有房間。

灶房這時候有三、四個侍女進出走動，小菊並不在其中。喜蓮跟宗元手牽著手，小心繞過她們，宗元看到前面有一扇紅門半開著。

喜蓮領著他，正要往前走，冷不防一個侍女忽然出現在面前，她當然看不到他們，很自然的往兩人中間走去，宗元心裡一驚，害怕被侍女撞上洩漏他們的行蹤。他沒有選擇，只好放開喜蓮的手。宗元屏住呼吸，等那位侍女從身旁走過後才敢行動。他看不到喜蓮，又不敢喊叫，只能小心的用手到處摸索，看看能不能碰到喜蓮。

他摸索一陣，沒有喜蓮的下落，猜想喜蓮應該如約定進了侍女們的房間，於是也閃身從紅門進入。走進紅門後有個玄關，再往前可以看到八張木床，床鋪雖然不是絲織錦緞，但也是精緻溫暖。他前後在房間裡走了一圈，裡面兩三個侍女，有的梳頭，有的整裝，就是沒看到小菊，也沒有碰到喜蓮。

現在怎麼辦？他應該要出去找小菊，可是現在連喜蓮也下落不明，他又不能呼聲詢問，不知道喜蓮出去了，還是還在這裡？

就在這時候，外面一陣騷動，除了有碰撞聲，還有驚呼聲。

「小菊暈倒了！」

宗元聽見心頭一凜，房間裡的幾個侍女都站起來衝到門口，宗元退向一旁，讓她們過去。

沒多久，幾個侍女攙扶著小菊進來，宗元看她臉色蒼白，不知道發生什麼事。

「小菊可能太累了，你們都出去，讓她先休息一下。」其中一個侍女說，「其他人快去幹活吧！」

宗元等其他人都出去了，他先低聲喊著：「喜蓮，喜蓮，你在這裡嗎？」

他沒有聽到任何回應，看來喜蓮離開房間了。

接著，他來到小菊的床邊，輕聲喚她：「小菊，你醒醒。」

他看她一臉疲憊的樣子，伸手按住她的肩膀，想幫她輸入眞氣。只是，他一運氣進去，眼前的小菊忽然全身散發一圈白光，一股陰寒之氣反彈回來，宗元感到胸口一陣鬱悶，頭腦暈眩，在他眼睛閉上之前，看到床上的小菊站了起來，笑吟吟的站在他的面前，那個美麗絕倫的臉龐，是西王母。

15

宗元醒來時，發現自己坐在西王母宮殿前廳的一張椅子上，除了頭可以轉動外，全身不能動彈。

這是怎麼回事？

宗元聽到腳步聲回頭看，西王母緩緩向他走來，她白綢金帶，衣袂飄揚，全身沐浴在一片靄靄白光之中。

「我知道，我是困不住你的，」西王母臉上的笑容又濃又媚，「你隨便念首詩就可以離開了，可是我想，你既然來了，沒有找到儀萱前，最好不要隨便亂跑，不然你一不見，儀萱就永遠都無法回去參加比賽了。」

「儀萱在哪？老姜呢？你把他們弄到哪裡去了？」宗元努力運氣掙扎，他身上沒有繩索，可是感覺好像被五花大綁一樣，四肢被牢牢的固定在身後，整個人動彈不得，一定是西王母的法術。西王母說的沒錯，他掙脫不了她的法術，可是可以輕易的逃到別的詩境脫身，但是這麼一來，儀萱就兇多吉少了。

「他們在這裡！」一團黑雲倏然出現，只見兮行在眼前現身，他一手各抓著一個人，右邊的是頭頸以下焦黑的老姜，左邊是在學校背詩比賽昏倒的儀萱，兩個人站立不動，眼睛緊閉。

「老姜！儀萱！」宗元大喊著。

「他們被我的法力制住，聽不到你的聲音。」兮行得意的說。

「你把他們放開！」宗元氣得全身發抖。

「不要大吼大叫的。我先問你，喜蓮呢？」西王母冷冷的問。

「你怎麼知道……」

「怎麼知道你們來了？哼，上次你把喜蓮帶走，兮行就猜到你用了隱身薇，算你聰明，可是，我也有破解的辦法。我知道，如果你要再來救人，一定會故計重施，所以就要兮行先去破壞。」

「我完成了任務，還躲在〈東京寄萬楚〉裡等你現身。娘娘猜的沒錯，你要隱身薇，一定會讓喜蓮來幫你恢復詩境。果然，你帶著喜蓮出現，還一起吃了野蕨，你們兩人果然感情好啊！」兮行嘲笑的說。

「我猜儀萱一昏睡你就會來〈瑤池〉，於是我把自己變成小菊的樣子，假裝昏倒，只要你碰到我，我身上的法力就可以破解隱身薇的力量，把你制住。只是，沒想到喜蓮沒跟你在一起，她去哪了？」

宗元很氣惱，原來自己的一舉一動都在西王母的算計裡，不過聽她的語氣，喜蓮跟他走散後就失去蹤影，連西王母也沒找到。他暗自鬆了一口氣。

「這裡這麼危險，我當然是送她回去了。」宗元希望或許可以把兮行騙回〈採蓮子〉去，至少把他絆在那兒也好。不過兮行只是冷笑，兩手緊緊抓著老姜跟儀萱，不爲所動。

「哼，你不說也沒關係，等她身上隱身薇的時效過了，自然會現身，再不然……」西王母細長的眉毛一揚，「我在你身上戳幾個窟窿，讓你的哀號傳遍瑤池，看她心不心疼，出不出現！」

西王母伸出修長細白的手指，手腕一轉，指尖指向他，宗元感覺一道像冰柱的寒氣射向他的右肩，一陣痛楚瞬間從他的皮膚鑽進肌肉，再從肌肉鑽進骨頭，在骨頭裡四處鑽動。

宗元努力運氣，把全身的眞氣送到肩膀，用盡氣力跟西王母的那股冰氣抗衡。他閉緊嘴巴，額頭冒汗，怎樣都不肯喊出一聲痛楚，但是在腦海裡，他已經嘶喊了千萬遍了。

「好硬氣啊！看你還能撐多久！」西王母哼了一聲，手指一翻，另一股冰氣再度射來，這次，冰氣已經不只是到處鑽動，而是像長著利嘴的甲蟲，在骨頭裡啃蝕囓咬。

要不是宗元的身體不能動彈，被法術硬生生的「綁」在椅子上，否則一定會在地上翻滾哀號。他覺得肩骨的痛擴散到全身，好像每一處關節都要崩離，每一塊骨頭都要碎裂。

「我在這裡！求求你們不要再折磨他了！」喜蓮的聲音清楚的傳來，膽怯中帶著哀求，宗元感到西王母施加在他身上的力道略為減緩，但是他的心中卻升起一股新的恐懼。不行，喜蓮不能再落入他們的手裡。

「喜蓮，你快離開，他們看不到你，你還有機會走！」宗元趁西王母力道減緩時，開口大喊。

「喜蓮，你不想看到這傢伙痛死在這裡就乖乖現身。」兮行左右張望，對著空氣喊話。

「喜蓮，我知道你天性善良，宗元對你如何你是知道的，你怎麼忍心讓他受苦？你快過來吧！」西王母語氣輕柔憐憫，好像眞的捨不得在他身上施加苦痛一般。

「我就在這裡，我吃了隱身薇，不知道怎麼現身，但是請你們不要為難宗元了，放開他吧！」喜蓮苦苦哀求。

宗元心裡暗罵喜蓮也太笨、太老實了，她現在能隱形是最大的籌碼，居然就這麼輕易說出自己的弱點。

「喜蓮，你不要管我，快走！」宗元喘著氣喊道。

「你閉嘴！」兮行對著他吼回去。

西王母的手不再對著宗元，朝著空中伸出纖纖素手。「喜蓮，你慢慢走過來，握著我的手，隱身薇的法力就會破解，宗元也不會受苦了。」

「喜蓮，不要碰她！」宗元喊著。兮行對著宗元射出一道黑氣，宗元又痛得說不出話。

「不要再傷害他了。」喜蓮的聲音哽咽，「你們先放了他，我就現身。」

「不行，你……」兮行的話還沒說完，西王母舉手制止他。

「我相信你，喜蓮，你一向乖巧聽話，我知道你不會耍花樣的。」西王母口氣溫和，她向宗元一揮手，宗元馬上覺得手腳自由，體內的痠痛也消失了。

他虛軟無力的癱倒在地，大口喘氣，同時感到有人緊抓他的手臂搖晃。

「宗元，你怎麼了？你還好嗎？」喜蓮焦急的聲音在他耳邊響起，宗元氣力還沒恢復，來不及把喜蓮推走，西王母便身形一閃飄了過來，兩手向他急抓，宗元感到手臂上一鬆，喜蓮也現身在他面前。

「喜蓮，你沒事吧？」宗元焦急的問。

「對不起……我把事情搞砸了。」喜蓮淚眼濟濟的說。

宗元嘆口氣，現在連喜蓮也被西王母抓住，要讓他們四人同時脫身，並且保住詩魂的魂氣就更難了。

「不，喜蓮，你很乖，做得很好。」西王母的口氣像個慈母一樣，「等宗元給我們魂氣、我們有了足夠的力量後，便能邀請穆王過來一敘，到時候，我們要宴請貴客，你可要好生伺候著。」

「你們到底要幹嘛？」宗元生氣問道。

「你用了隱身薇，耳朵也不見了嗎？」兮行態度倨傲，「沒聽到娘娘說，我們要你的魂氣，好讓穆王可以過來一趟？我看，我的黑氣可以讓你聽話一點。」

兮行手一轉，正要出手，西王母阻止了他。

「我聽說，你拿到五個魂氣了，你只要把魂氣交出來，老姜、喜蓮便可回到他們的詩裡，儀萱跟你也可以回到你們的世界。」

「不行，詩魂希望有人可以找到他的魂氣，就是要那個人幫他維護詩中的意境，你們想要魂氣，只是爲了私心，只會破壞詩境的秩序，我不能給你們！你們把他們放了吧，他們是無辜的。」

宗元其實知道講這些沒用，可是內心還是存著一絲希望他們能聽進去。

「我們有私心？」兮行露出一抹帶有深意的笑容，「詩魂就沒有私心？你想得太簡單了吧！」

「你在說什麼？」宗元不懂，心裡隱約感到一絲不安。

「看來你拿到詩魂的魂氣，卻沒有拿到他的記憶。」兮行說，「不過這已經不重要了，你把詩魂的魂氣交給我，我就讓他們走。」

「不行，宗元，你趕快離開！」喜蓮說。

「如果你敢離開，喜蓮馬上消失！」西王母抓住喜蓮的手一施力，喜蓮立刻發出哀號，臉色蒼白，搖搖欲墜。

這邊兮行冷笑一聲，宗元看到一股黑氣環繞在儀萱跟老姜的身邊。

「住手！」宗元看不下去了，他心一橫，「我把魂氣給你們就是了！」

「這才聽話。」西王母臉上露出美麗的笑容。喜蓮馬上感到西王母施加在她手上的力道減緩許多。

「可是，我……我不知道怎麼把魂氣給你。」宗元無奈的說。

「你只要不抵抗，不運氣，我自然可以把你體內的魂氣逼出來。但要是我發覺你有任何抗拒，你的朋友們就會馬上一個個消失。」兮行說。

「不，宗元，不可以……」喜蓮流著淚哀求。

宗元咬著牙，對兮行點點頭。

兮行看宗元閉上眼睛，他將雙手往前推，黑氣形成兩條巨蛇，朝宗元翻滾奔去。

「不，住手！」喜蓮不知道哪來一股力量，用力掙脫西王母，奔到宗元身邊，要替他擋下黑氣。

宗元聽到喜蓮的驚呼睜開眼睛，看見喜蓮奔到他面前，身後先後有兮行的黑氣還有西王母的白色絲帶，喜蓮身處險境。宗元來不及多想，連忙雙手運氣，一道打向西王母，把白色的絲帶打了回去，另一道打向兮行的黑氣。但兮行的黑氣已經來到面前，宗元的力道來不及打退黑氣，只見黑氣在空中一轉，夾帶著宗元的力道，兩股力量同時打在喜蓮的身上。

喜蓮感到一冷一熱兩股力量貫穿全身，順著胸口、脖子，往上來到頭頂，她的頭頂好像有個蓋子被衝開。她可以看到蓋子裡面被凝封住的東西，那是一片記憶，還有她身上被鎮鎖住的法力。

喜蓮把記憶放在心裡回味，記憶中有甜、有苦、有愛、有怨；再把法力在全身運行，她感到前所未有的力量在全身繞轉。

宗元看著喜蓮被兩股力道打飛了出去，心裡一沉，暗叫不好，正要奔上去，西王母的白絲帶又向喜蓮射去，纏上她的腰間，把她騰空舉起。同時，兮行清喝一聲，他的黑氣也對著宗元而來，擋住去路，讓他無法營救喜蓮。

宗元反手將黑氣打回去，他拿到五個魂氣，功力大增，可是兮行好像也進步不少，宗元一時之間居然打不退他。

宗元被兮行纏住，心裡焦急喜蓮的安危，他回頭看，卻看到喜蓮懸在半空中，伸出一隻手，反握住絲帶，只聽她嬌喝一聲，手一用力，另一頭的西王母居然被她拉得騰空而起。

這畫面不僅讓宗元愣住，兮行也傻眼，兩個人都不自覺的停手不戰。

西王母再怎麼神算，也沒算到法力低落的喜蓮在被宗元和兮行的眞氣打中，還有在被她的法力絲帶纏住後，居然可以在空中借力使力，反將她扯起來拋在空中。

西王母雖然驚訝，但是反應還是很快，她在空中一扭身，右手一揚，一股掌力朝著喜蓮拍去。她不知道怎麼回事，但知道喜蓮已經不是之前的喜蓮了，她這次用上十分力，力求一掌制伏喜蓮。

喜蓮瞇起眼睛，嘴角一揚，同樣伸出右掌，迎向西王母的攻擊。只見空中一邊白衣柔媚絕豔，一邊藕衣娉婷綽約，兩人手掌相碰，能力相撞，分別向後彈開。

只見喜蓮從容不迫，衣衫飄盪，自空中緩緩而降，而西王母眼神散渙，四肢抽動，滿臉痛苦的向後摔去。

兮行大驚，奔過去想接住西王母，但喜蓮冷笑一聲，甩動絲帶，絲帶便像蛇一樣纏上西王母，接著喜蓮再一扯，西王母像一顆從天而降的白色大粽子，重重的摔到喜蓮面前。

「哼，你剛剛怎麼說來著？『我在你身上戳幾個窟窿，讓你的哀號傳遍瑤池』，現在我也讓你嚐嚐這樣的滋味！」喜蓮陰惻惻的說。

宗元從來沒看過喜蓮這副模樣，一向秀麗的臉龐，現在面色猙獰，眉眼之間帶著濃濃的邪氣。

「住手！」兮行大喊，一道黑氣滾滾向喜蓮奔去，喜蓮只是左手一揚，就將黑氣整個化解，同時右手一伸，像剛才西王母對宗元那樣用食指指著她，只是喜蓮手腕快速轉動，一連射出八道冰氣，一一注入西王母身體四周。

宗元看得膽顫心驚，剛才西王母只是使了一道冰氣在他右肩，他就痛得死去活來，喜蓮居然下手這麼殘忍，將八道冰氣下在全身八大穴道，宗元忍不住打個冷顫，肩膀又隱隱作痛起來。

西王母全身被喜蓮制住，就像剛才宗元被法力定住那般，她滿臉汗水，頭髮散亂，面容扭曲，痛苦的在地上尖叫哀號。宗元想，這種叫法不僅瑤池聽得到，恐怕別的詩境也聽到了。

兮行想要去幫西王母，可是喜蓮身形閃動，將他攔住。兮行兩眼冒火，不斷射出黑氣，喜蓮一一接招，同時用更陰險的法力相抗。

宗元趁他們大打出手，趕快奔到儀萱跟老姜的身旁，兩人緊閉著雙眼，臉色蒼白，宗元雙手運氣，一手抵住一個人的肩膀，把眞氣傳進他們的身體裡。

沒一會兒，兩人甦醒過來，儀萱恢復了意識，茫然的看著四周，老姜雖然大半身軀焦黑，不過人慢慢醒轉過來。

「我不是在學校的唐詩背誦比賽嗎？怎麼會來到〈瑤池〉？」儀萱看著四周問。

「我等會再解釋，我們先離開這裡。」宗元說。他心裡揣測老姜需要喜蓮的法力才能恢復，儀萱想從〈瑤池〉回到現實世界則是靠西王母的力量，可是現在這裡一團混亂，他什麼辦法也想不出來，只能先找個安全的地方再說。

宗元想了想，老姜來自〈江雪〉，不過既然兮行可以去那裡擄人，〈江雪〉並不安全，他決定先帶他們去〈尋張逸人山居〉，至少那裡有木屋可以遮蔽，還有張千雲在。

「危石纔通鳥道，空山更有人家，桃源定在深處，澗水浮來落花。」

他一手扶著老姜，一手拉著儀萱，閉起眼睛默念，他念到最後一句的落花時，隱約聽到喜蓮大喊：「你給我留下來！」但當他睜開眼睛，他跟老姜、儀萱已經來到千雲木屋的門外。

「快，幫我扶老姜進去。」宗元說。儀萱點點頭，她好奇的看著四周，幫宗元架著老姜來到門前，宗元大力敲門。

「這是怎麼回事？先進來再說。」千雲很快就來應門，讓他們進到屋內。

他們把老姜安放在木床上，讓宗元幫他運氣，不久後老姜睡著了，宗元和儀萱在木桌旁坐下，喝著千雲端來的茶。這茶色黝黑，看起來有點噁心，不過在千雲的堅持下，宗元跟儀萱各喝了一些，覺得甘甜順口，喝下肚也有安神的作用。

「這裡是〈尋張逸人山居〉，你是千雲對嗎？」儀萱的大眼睛朝四周張望著問道。

「小姑娘好眼力，沒錯，在下姓張名千雲，獨居在這座山裡。敢問姑娘姓名？」千雲彬彬有禮的回答。

「我叫莊儀萱，我本來在學校的，不知道怎麼跑到詩境裡來了？」

「儀萱，你是被西王母強行帶來的。」宗元看著儀萱不可置信的表情，嘆了一口氣，

「我一直沒告訴你，其實西王母跟兮行一直是一夥的。」

宗元仔細的把事情的來龍去脈交待清楚，從他怎麼發現兩人同夥、怎麼努力隱瞞、自己如何找到五個魂氣，然後儀萱在比賽中忽然昏睡，所以他跟喜蓮去到〈瑤池〉想救人，卻沒想到喜蓮忽然變了一個人，而他總算可以把老姜跟儀萱救出來。

「原來是這樣，你怎麼都不告訴我？甚至還利用我？」儀萱聽起來很不高興。

「我不是故意的，我只是想說你知道的愈少愈好，對不起啦！」宗元趕快道歉。

「算了。」還好儀萱一向氣不久，「念在你這麼努力救我的份上，先原諒你一次。不過，喜蓮爲什麼會變成這樣？」

「我也不知道。」宗元嘆了一口氣。

「聽你這樣說，她最後跟兮行還有西王母打起來，應該還是站在你這邊的，可是她卻手段殘忍，性格大變，這……是福是禍，看來很難說了。」千雲說。

「那現在怎麼辦？」儀萱焦急的問，「我得要趕快回去，不然我會失去比賽資格！」

「現在〈瑤池〉情況混亂，你們先待在這裡，我再過去看看。西王母傷得很重，現在不知道怎麼樣，只有她才能把你送回去。」宗元說。

「我跟你去！」儀萱說。

「我也去！」千雲說。

「不，你們留在這裡照顧老姜，也把自己照顧好，我現在拿到詩魂的五個魂氣，有足夠的能力應付，你們來我反而還要分心照顧你們。」宗元說。

儀萱原本還要反駁，但這時老姜醒了。

「想不到你真的找到所有的魂氣了，那詩魂呢？」老姜老淚縱橫，伸出雙手，宗元趕快過去握住他的手。

「我也不知道，我也在等他出現。」宗元說。

「你……你不是拿到所有的魂氣了嗎？」老姜仔細的看著他，「你什麼都不記得嗎？」兮行也說他沒有拿到詩魂的記憶，難道，他集點集漏了一個？

「老姜，」儀萱走過來柔聲問道，「那你知道去哪裡找詩魂的記憶嗎？也是在其中一首詩裡嗎？」

「看來，詩魂把他的記憶另外凝封起來，我也不知道在哪，難道他有意不想回來了嗎？」老姜重重的嘆口氣。

「你放心，我既然找到五個魂氣，一定也可以找到他的記憶的。」宗元安慰著老姜，可是自己心裡也不確定。

「那我們現在怎麼辦？」千雲問。

「我現在要去〈瑤池〉一趟，設法把儀萱送回去繼續比賽，還有……」宗元的話還沒說完，砰的一聲巨響，整間木屋強烈的晃動，好像有隻大象企圖撞進來。

「你們在這裡看著老姜！保護他！」宗元神情戒備，「我出去看看。」

「可是……」

宗元沒等儀萱把話說完便走出屋外。儀萱把外套脫下來，蓋在老姜的身上，然後也跟了出去，千雲跟在兩人後面，看見他們臉色凝重的看著眼前的來人。

16

宗元以爲來的是兮行，沒想到是喜蓮。

「喜蓮，你……怎麼來了？」宗元問。

「要不是兮行死纏爛打，不然我可以更快過來的。」喜蓮冷冷的說。

「我是說，你怎麼能穿越詩境？還有，你爲什麼忽然法力變這麼高？你到底怎麼了？」

宗元實在不了解。

「你眞的什麼也不記得了？」喜蓮斜睨著宗元，「你不是拿到五個魂氣了？爲什麼沒有恢復記憶？我的記憶都回來了，你卻什麼也不記得，哈哈哈。」

喜蓮的狂笑中帶著落寞、不捨、失望、遺憾，本來的嬌嗔天眞都不見了，臉上卻流著兩行淚水。

「喜蓮……」宗元上前一步。

「最後一個魂氣在哪首詩裡？」喜蓮止住了笑容，忽然問到。

「〈南軒松〉。」宗元說。

「好，我們去〈南軒松〉。」喜蓮身形一閃，過來想抓住宗元的手，但旁邊的千雲動作也快，立刻擋在前面，說：「不可以！」

喜蓮根本不把他看在眼裡，右手鉗住千雲的脖子，只用二成力就單手把他抓起來，隨手向旁邊甩去，像是甩開一隻蟑螂一樣輕鬆。無力抵抗的千雲直直往儀萱的方向摔去。眼看千雲和儀萱就要撞在一起，宗元急跨兩步，要去解救，沒想到儀萱往後小退一步，化解了千雲衝勢，然後隨手一扶，安穩的把千雲安放在地。只是，千雲才一站定，馬上又咕咚一聲跌了下去。

宗元上前一看，發現千雲脖子上有五道暗紅色的指痕，喜蓮抓他的時候同時下了陰毒的法力。

「你為什麼要下這樣的毒手？」宗元痛心的大喊。

喜蓮完全無視他的吼叫，兩眼閃出一道寒光，直直的掃向儀萱。「你居然化解我的招式？難道詩魂也給了你力量？」

她興起一股忿念，這次用上了八成力，兩手十指彎曲成爪，迅速無比的朝著儀萱抓來。儀萱身上似乎也有能力，可是她不知道怎麼使用，剛才看見千雲捽向自己，她只是本能把他扶住，現在喜蓮全力朝她攻來，她嚇得全身僵硬，不知道怎麼回手。

好在宗元這次有了準備，他運氣在手，朝著喜蓮拍去，喜蓮感到一股強大的正氣朝她襲來，她太熟悉這個力道了，她左手迴轉，改抓成掌，送出一股陰氣，跟宗元相抗；右手則是抓式不改，已經碰上儀萱的肩膀，準備把她的左臂硬生生扯下來。

只是她沒想到的是，她的右手的五指一碰上儀萱，馬上有五道電流從儀萱的身上反竄上自己的手臂，雖然不至於致命，但夠麻刺到讓她鬆手。

宗元同樣震驚不已，他想不到喜蓮完全不顧自己的安危，只出一半的力來與自己抗衡，也要拼盡全力去傷害儀萱。更驚訝的是，那一半的力道跟自己的力量似乎相似，輕易的化解了自己的攻勢。

不過幸好儀萱安然無恙。宗元不敢再大意，他身形一動，擋在儀萱的面前。

「你不是要去〈南軒松〉嗎？你放過他們，我跟你去！」宗元說。不曉得爲什麼，他忽然想到〈南軒松〉上面那個神祕的雲界，想到每個人都提到的詩魂的記憶，他感覺到這兩者之間或許有緊密的關連，他需要去一探究竟。

「不行，你不可以去。不然，我跟你們一起去！」儀萱固執的說。

「哼，他只能一個人來！」喜蓮看著儀萱的眼光像是要冒出火似的。

「好，我自己跟你去！不過你也要答應我，用蓮子救老姜跟千雲。」宗元堅定的說。

喜蓮瞇眼看著宗元一會兒，似乎在評估這交易值不值得，片刻後，她從懷裡掏出兩顆蓮子，右手一揚，一顆落在千雲的身上，千雲呻吟了一聲，醒轉過來，另一顆射穿木屋，朝老姜的方向飛去，宗元知道喜蓮完成了她的承諾。

「千雲跟老姜需要你照顧，我一會兒就回來。」宗元低聲對儀萱說。

「可是……」儀萱滿臉不放心。

「沒事的。她傷害不了我。」宗元安慰著說，不過心裡並不肯定。

喜蓮看宗元走向自己，嘴角揚起一抹得意的微笑，她抓著宗元的手，宗元還來不及掙脫，他們已經來到〈南軒松〉的意境裡。

「南軒有孤松，柯葉自綿冪，清風無閒時，瀟灑終日夕。陰生古苔綠，色染秋煙碧，何當凌雲霄，直上數千尺。」喜蓮低聲吟誦這首詩，她來到樹下，仰望高聳的樹幹，「魂氣是在上面拿到的，對嗎？」

想當初宗元左試右試，搞半天才想懂，喜蓮竟這麼快就參悟。宗元點點頭，喜蓮什麼也沒說，宗元感到她的手勁用力，自己瞬間騰空飛起，穩穩的落在松樹上。

「走，我們上去。」喜蓮姿態優雅的落在宗元身邊，接著他們兩個手腳並用的爬上了高聳的松樹，穿越了厚厚的雲層。

跟之前一樣，一條雲帶飄了過來，宗元對喜蓮點點頭，兩人站上雲帶。雲帶載著他們在雲界中前進，兩旁壯麗俊朗的風景依舊，宗元看得出來，喜蓮也是第一次來，她冰冷的表情底下也帶著好奇的神情。不久後，他們來到上次宗元看見的那棵長滿樹瘤的大樹，宗元跳上粗壯的樹根，喜蓮也跟著跳上去。

「這裡，」宗元指著樹上哈密瓜大的樹瘤，「最後一個魂氣就是從這裡拿到的。」

喜蓮仔細端詳，用手摸了摸，點點頭。「詩魂的記憶被封在這裡。」

「可是我上次拿到魂氣，沒有看到別的東西啊！」宗元懷疑又期待。

「是這些小樹瘤，」喜蓮細緻的手指輕輕撫過，「這裡一共有十顆樹瘤，這個雲界是詩魂創造出來的，這棵樹也是他創造出來的，上面的樹瘤，還有樹瘤的數目都不是偶然的。」

宗元第一次來時，只想著要拿魂氣，完全沒去注意到小樹瘤的數目，現在數一數，正好是十顆。

「這十顆小樹瘤代表數字一到十。他用數字將自己的記憶封存在這裡。」喜蓮說。

「可是我們怎麼知道是哪個數字呢？」宗元問。

喜蓮眉頭緊蹙，沒有回答，她也在想同樣的問題。

「他把詩魂藏在五首詩裡，會不會就是五？」宗元問。他運氣在手上，往第五個樹瘤按去，只見雲界一陣晃動，宗元驚恐的看著四周，有些雲層開始陷落，露出無底深淵。

「小心！」他聽到喜蓮驚呼，發現大樹的樹根也有些斷裂，他腳下的那根正在崩壞，他趕忙運氣提腳一跳，才跳上另一段樹根，他剛才站立的地方馬上墜下深淵。

「看來，我們不能隨便亂猜。」喜蓮說，「不然整個雲界會毀滅。」

「到底是哪個數字？」宗元焦急的問。

「或是哪些數字。」喜蓮看著樹瘤，面無表情的說。

「詩魂之前有告訴過你什麼密碼嗎？」宗元問。

「蜜馬？那是什麼馬？」喜蓮不解。

「那不是馬……我是說，他有告訴過你什麼數字組合嗎？」宗元解釋。

「沒有，他跟我談論的都只是詩。」喜蓮搖搖頭。

「那……有什麼詩對他來說很特別，裡面又有數字的？」宗元問。

「很多詩都有數字……」喜蓮皺著眉頭想著。

「像是什麼？」

「像是李白的〈月下獨酌〉。」喜蓮說，不過口氣不太確定。

宗元知道這四首詩，〈楓橋夜泊〉裡的張繼曾經跟他說〈月下獨酌〉是找魂氣的線索，後來知道其實不是，但是說不定是解開這些樹瘤的線索。

「試試看好了。」宗元說，「我們要注意腳下的樹根。」

喜蓮點點頭。

〈月下獨酌〉有四首，宗元都記得，裡面的確有許多數字。

「花間一壺酒，獨酌無相親。舉杯邀明月，對影成三人。」

第一首就有數字一跟三。

宗元深吸一口氣，往一按下去。

代表一的樹瘤往下陷了下去，又浮了出來。除此之外，沒有什麼大變動，雲界依然安穩。兩人懷抱希望的對望一眼，宗元再度往三的樹瘤按下去。

這次，雲界又是一陣大震動，更多的雲層下陷，更多的樹根斷裂掉落，宗元跟喜蓮緊緊抱住樹幹，可以站立的樹根已經沒幾根了，過了一段時間才恢復平靜。

「所以不是〈月下獨酌〉，我們不能再亂猜了！」喜蓮喊道。

「看來，第一個數字是對的。你再想想看，還有哪首詩是詩魂特別提起，第一個出現的數字還要是一的？」宗元說。

喜蓮皺眉陷入沉思，過了好一會兒，她忽然抬起頭。「我想，我知道是哪首了。」

「是哪首？」

「我告訴你數字，你按就是了。」喜蓮說，在心裡默念出詩句。

「一。」

宗元按下去。

「再一個一。」喜蓮盯著樹瘤。

宗元很緊張，手有點抖，但是他還是按下去。

一切沒有異狀。

「六。」喜蓮說。

宗元按下六的樹瘤，雲界還是存在。

看來喜蓮找到對的詩句。她有了信心，一個接一個數字慢慢往下念。

「三，三，一，……九，六，……二，五，一，九……」

宗元照著喜蓮說的數字按，每個都對，他既高興又驚訝，這是什麼詩啊，這麼長一首。

「一，一，二，……一，一，……二，七，七。」

宗元按下第二個七，只見所有的小樹瘤全部下陷，不再浮起，中間的樹瘤也開始下陷，變成一個中空的大圓，宗元看到裡面有一個木製的小盒子，看那個雕工，可以猜到應該是出自千雲的手藝。

他小心翼翼的拿出木盒，打開蓋子，裡面什麼也沒有，他正納悶，忽然一股清新的松木香氣撲鼻，他忍不住閉起眼睛，讓氣味從鼻孔向上竄，充塞整個腦際。他運氣把身體裡的五個魂氣跟這股味道會合，霎時間，他只覺得全身彷彿被電流穿透般灼熱。他還來不及覺得難受，馬上又有一股沁涼甘甜的清流散至各個穴道，舒坦通暢，同時頭頂清明雪亮，像一滴剔透的水珠，圓潤完美，澄淨無瑕。他猛然睜開眼睛，看到自己全身被一片金黃光暈籠罩，這光暈慢慢上升，離他而去，然後像兮行的黑雲凝聚成人形那樣，金黃光暈聚攏成形，一個氣度瀟灑，神形挺拔的青衫少年出現在他的眼前。

「詩魂！你回來了！」喜蓮驚喜的喊著，語氣裡包含複雜的情緒。

宗元愣愣的看著詩魂出現，感覺身體裡面大部分的能量也跟著消失。這時腳下一陣晃動，大樹的樹根開始崩解墜落，樹上大大小小的樹瘤也一顆顆掉下來。宗元一個站不穩，摔了下去。

詩魂動作也快，他手一抄，抓住了宗元。「快，我們要離開這裡，我的記憶回來了，當初我所創造的這個雲界也失去意義，雲界就要消失了！」

詩魂抓著宗元，跳上一條雲帶，喜蓮跟在後面，他們在雲界崩壞前，回到〈南軒松〉。

「你就是詩魂？想不到我眞的把你找回來了！」宗元盯著詩魂，不敢置信的說。

「謝謝你，小伙子，是你的勇氣跟毅力讓我回到詩境。你眞的很不簡單。」詩魂微笑著說。他有著清秀的五官，細長的單眼皮，笑起來很有親和力。

「所以，我現在沒有法力了？」宗元暗暗運氣，發現自己回到原來平凡的模樣，心裡感到微微的失望。這陣子，他雖然出生入死，冒險犯難，還好幾次埋怨詩魂，可是可以擁有法力，對抗龍兮行的黑暗力量，保護詩境的安全，讓他還是很有成就感。

「你沒有法力，可是，我……」詩魂的話還沒說完，一陣陰風撲面而來，詩魂動作快，身形一閃，躲了開去。

「好，寶刀未老。」喜蓮冷笑。她並不繼續攻擊，卻轉過身去，拉住宗元，把他擋在自己的身前。

喜蓮的手掐在宗元的肩上，他感到一股寒氣鑽進體內，忍不住打顫。

「現在你我的記憶跟法力都回來了，你打算怎麼辦？」喜蓮問。

「你把宗元放開，」詩魂皺著眉頭，「喜蓮，你該回到你的詩裡。」

「不然呢？」喜蓮挑釁的看著他，「你又要把我的法力凝封住？還是把我打死？」

詩魂搖搖頭，「詩境有詩境的規則，你不應該來去自如，法力讓你可以這樣做，但是也消耗你的體力，所以你才會這麼容易疲憊，你這是在傷害你自己啊！」

「你不用假好心了，我是不會再讓我的法力消失的，」喜蓮忽然眼露殺機，「爲什麼那個儀萱有那麼強的能量？她只不過是個普通的女孩，難道你也給她你的法力了？」

「我沒有。」詩魂搖搖頭，他看了一眼宗元，「你快去找儀萱。」

宗元感到他們之間的默契，他很自然的依照以往那樣，心裡快速閃過〈尋張逸人山居〉的詩句，當他睜開眼睛，已然來到千雲的木屋裡。

「喜蓮呢？」儀萱問。

「你找到詩魂的記憶了嗎？」老姜跟千雲同時問。

「我……」宗元還來不及回應。眼前黃暈一閃，房間又多了一個人，是詩魂，他手上還抱著昏過去的喜蓮。

「詩魂你回來了！」老姜跟千雲同時大喊。他們幫詩魂把喜蓮安放到床上去。

「詩魂？」儀萱轉頭看宗元，宗元點點頭，「是的，我找到他的記憶，詩魂回來了。」

「哇，眞有你的！你眞的辦到了，你把詩魂找回來了！」儀萱滿臉笑容，大眼睛裡滿是欽佩，宗元被她望著也覺得得意起來，尤其是看到老姜老淚縱橫的抱著詩魂，千雲開心用力的搥著詩魂的肩膀，剛剛那一點失去法力的失望也不算什麼了。

「喜蓮怎麼了？」老姜問，「你們到底發生什麼事？」

「唉，」詩魂嘆了一口氣，「這是我做過最大的一件憾事。」他看著喜蓮昏睡中微蹙的眉頭，娓娓道來。

「我是詩境裡的精神、靈魂，可以在詩境裡自由穿梭，維護詩境的秩序。可是那天，我在〈採蓮子〉遇到喜蓮，我第一次注意到她，就被她的單純跟可愛所吸引，之後便常常去找她，教她許多唐詩，其中，〈長恨歌〉是她最喜歡的一首……」

宗元拍了一下大腿，打斷詩魂的話，「我知道了，雲界裡打開你的記憶的最後一個線索，就是〈長恨歌〉對不對？」

「沒錯，就是〈長恨歌〉。」詩魂點點頭，繼續說下去，「我常去找她，我們感情愈來愈好。喜蓮很嚮往跟我一樣進出詩境，可是詩境之間有護鎖屏保護，她不能隨意進出。慢慢的，我開始有私心，我希望她也可以跟我到別的詩境去，而此同時，龍兮行的黑暗力量也開始壯大，你們知道龍兮行是來自哪首詩嗎？」

「原來龍兮行是來自一首詩？」宗元以爲那只是一個黑暗力量自己取的名字，原來也是一首詩名。

「是的。」詩魂說。

「龍兮行……龍兮行……」儀萱陷入沉思，「是陳陶的〈隴西行〉嗎？『誓掃匈奴不顧身，五千貂錦喪胡塵。可憐無定河邊骨，猶是春閨夢裡人。』」

「沒錯，」詩魂投以讚賞的眼光，「這五千名將士戰死沙場，不能回家與家人團聚，只能化作河邊的一堆枯骨，冤魂不得安息。這五千名魂魄的怨念，形成一股巨大的黑暗力量，這力量愈來愈大，甚至有了人形，到處破壞，想要毀了整個詩境。龍兮行為了打擊我，他攻擊喜蓮，在她體內留下黑暗的力量，我不忍心看她受苦，決定將我的法力傳給她，讓她可以保護自己，也可以進出各首詩，修補被損毀的詩境。

「喜蓮本來是那麼可人的女孩，她的蓮子還擁有強大的修復力量。我在她生命中出現，讓她平淡的採蓮生活中有了變化，讓她臉上的笑容更深刻，但是龍兮行在她體內殘留的黑暗之氣強化了她內在的負面能量，把她對我的依戀轉化成充滿嫉妒的占有慾，也讓我傳給她的法力，變成不可控制的狂暴力量。她漸漸變得陰鬱殘酷，還會傷害無辜，我了解到我的私心、我給她的法力，在黑暗力量加持下，反而讓她失去控制，她的本性不是這樣的。」

宗元點點頭，他剛開始認識的喜蓮，就是詩魂所說的那樣清新可愛，讓人願意親近。

「而且這些不屬於她的力量，還侵蝕她的體力，讓她日漸衰弱。可憐的喜蓮，變成一個犧牲品，再這樣下去，她會耗竭而死。所以要救她，就要把這些不屬於她的力量凝封起來，讓她回復到當初那個單純的江南採蓮女。

「我費了好大一番工夫才把她的法力跟記憶都凝封住，但也同時耗盡我的精力，讓我的法力一點一點的散去。我知道，龍兮行絕對不會放過這個可以除去我的機會，於是做了一些安排。我把剩下的氣力分成五個魂氣，分別藏在五首詩中，又把記憶凝封起來，如果喜蓮的記憶沒有被打開，那我的記憶也會被好好的留在雲界裡。如果因緣際會，她的記憶回來的話，那她會知道用哪首詩打開我的記憶，我會回來面對她。」

「原來是這樣！」千雲也嘆口氣。「感情的事眞是複雜。」

「那你是怎麼找到宗元的？」老姜問。

「這說來也奇妙，」詩魂看看宗元跟儀萱，「我在力量消散前，用最後一絲氣力來到你們的世界，想找一個可以熟背唐詩的人，用剩下的力量幫助這人進入詩境。當時我先遇到儀萱，因爲她很會背詩。可是我發現她雖然也有特殊能力，卻無法順利進入詩境。

「有一天，我看她在教宗元背詩，而且還是〈江雪〉，我看著這孩子，他雖然不諳背詩，卻是柳宗元的後代，身上流著柳宗元的血液，我馬上知道他才是我要找的人，我把最後的力量送進宗元的身體裡。我的力量，加上儀萱在一旁幫忙，果然，宗元馬上開竅，不僅背起了〈江雪〉，還進入〈江雪〉。」

「原來我眞的是柳宗元的後代啊，我還以爲是爸爸瞎掰的。」宗元瞪大眼睛說，「所以，你一直寄生在我身體裡面？」

「也不能說是寄生，那也只是我最後殘留的一點力量而已。」詩魂苦笑，「要等你找到五個魂氣，還有我的記憶，我才能眞的現身回來。」

「那爲什麼我也有特殊能力？」儀萱好奇的問。

「很抱歉，這我就不知道了。」詩魂說，「但你在一定的機緣下會找到答案的。我可以先教你一些運氣使力的訣竅。」

「喜蓮怎麼了？」千雲問。

「我一恢復記憶現身，宗元就沒有法力了，喜蓮拿他威脅我，不過我還是在宗元體內留下進出詩境的能力，只要宗元願意，他依舊不受拘束，而且還能熟背所有的詩。但是喜蓮不知道，以爲可以用他箝制我，所以我示意宗元回來這裡，喜蓮沒想到宗元會在她手上消失，我趁她分神時制住她，把她帶回來。」

「你打算怎麼處置喜蓮?」千雲問。

「我會帶她回〈採蓮子〉,除掉她這一身不屬於她的力量。」詩魂說。

「你不能再凝封她的法力了,這樣用硬的不行。」儀萱說。

「我是詩魂,我有責任回復詩裡原本的樣子。」詩魂堅持的說。

「難道沒有別的辦法嗎?」千雲問。

「是啊,有什麼規定只有你跟兮行可以有法力嗎?」宗元問,「爲什麼不能試著導正她體內的邪氣?」

詩魂看著宗元,他從來沒有用這個角度想過,一直以來,他都覺得邪不勝正,任何邪氣必須消滅或強壓住,但如果可以把喜蓮體內的黑氣導正,那才是雙贏的局面。

「只是,她的身體負荷不了這麼多的法力。」詩魂沉吟。

「我們可以去其他的詩裡找一些靈丹妙藥啊,可以保命強身,長生不老。」宗元突發奇想的建議。

「宗元的主意不錯!」千雲也附和,「在靈藥的加持下,喜蓮體內的邪氣轉成正氣,對身體的侵害也會減弱或消失。」

「讓我想想看,」宗元受到鼓勵後很得意,所有詩句毫不費力的在心裡閃過,「李商隱的〈嫦娥〉，『雲母屏風燭影深，長河漸落曉星沉，嫦娥應悔偷靈藥，碧海青天夜夜心。』」

詩魂點點頭，「宗元，當時我找上你時，雖然你什麼詩也背不起來，可是你身上流著詩人的血液，只要機緣對了，你對詩的領略運用就會被啓發，像是之前你利用詩裡的隱身薇，還有暖玉來擾亂兮行的注意力，可以看出你是個有創造力，並且知道變通的人，可見不是所有能力都得來自法力，你就有屬於自己特殊的能力。」

「所以你也贊成我的想法？」宗元開心的說。

「是的，我們來試試看。」詩魂笑笑說，「不過我得先帶老姜回去。」

詩魂在〈江雪〉裡跟老姜敘舊了一會兒才回到〈尋張逸人山居〉。

「老姜還好嗎？」儀萱問。

「還好，他元氣大傷，不過還是堅持在冰冷的船上垂釣。」詩魂說。

「讓他去吧，他習慣了。他在我這兒也是直嚷著深山裡濕氣重，太悶熱了，呵呵。」千雲笑著說。

「你不是說詩與詩之間有護鎖屏，爲什麼你跟兮行能帶著老姜穿越詩境？」儀萱問。

「一來，老姜被兮行的黑氣所傷，能量減弱很多，二來，我發現護鎖屏也變弱許多，這一定是跟兮行的能力增強有關。既然我回來了，我一定要讓詩境再度恢復原來的樣子。」詩魂說。

「我們先去找靈藥。」宗元說。

「我也要去，我想要看嫦娥跟廣寒宮！」儀萱兩眼發光。

「我們是有正事要做耶！」宗元翻了翻白眼。

「沒關係，儀萱也來，她有特殊能力，一定會有幫助的。千雲，喜蓮就先麻煩你照顧了。」詩魂說。

「沒問題，你們去吧！下回再告訴我廣寒宮長什麼樣子。」千雲瀟灑的說。

詩魂先教儀萱一些運氣的竅門，再指點她一些出手的招式，儀萱雖然能力還沒被開發，不能全力施展，可是她天資靈敏，學得很快，不久後就掌握不少訣竅。

「差不多了，我們走吧！」詩魂說。

儀萱一睜開眼，發現宗元抓著她的手，兩個人站在一條雲帶上。天空是暗的，但是眼前是一片璀璨的繁星，不遠處，還可以看到銀河橫跨天際。宗元對騰雲駕霧很熟悉，可是對儀萱來說，這實在太神奇了。她忍不住東張西望，加上她的平衡感不太好，好幾次差點掉下去，還好宗元及時抓緊她。

沒多久，另一條雲帶飄了過來，詩魂站在上頭，指了指前方。「廣寒宮在那兒。」

儀萱看到一輪明月在眼前，跟在現實生活中看到的月亮不一樣，詩境裡的月亮帶著清冷的光芒，明亮、清澈，卻沒有溫度。

雲帶載著他們上了月亮，儀萱跟宗元忍不住同時打了個冷顫。

「這裡寒氣逼人，運氣暖身抵抗。」詩魂對儀萱說。

儀萱照著之前詩魂的指示，自丹田運氣，讓一股暖氣繞行全身，宗元從她的手上也感到一股暖流傳來，總算沒當場凍成冰塊。

三人在月宮中走著，不久，前面出現一個巨大宏偉的宮殿，這就是廣寒宮了。這座宮殿精緻美麗，但是殿裡殿外沒有一絲燈火。這裡並沒有陰森森的感覺，但是就是清冷，沒有一絲暖和的氣息。他們走進宮殿裡，月亮的光芒映照在宮裡的每個角落，明亮卻沒有溫度。這時，一個絕美女子走了出來，是嫦娥。

她的眼睛清澈明亮，嘴唇小巧豐滿，白皙的皮膚幾乎透明一般，身上穿著絲滑輕柔的水藍色衣裝，上面繡著銀色的花鳥，看起來非常單薄，一點也不禦寒。她整個人看起來也是孤傲清冷，當她的眼神看向他們，每個人都覺得被一道冷風掃過臉龐。

「嫦娥姑娘，在下詩魂，」詩魂打揖，「這兩位是儀萱姑娘和宗元公子。」

嫦娥看了他們一眼之後，就不再望向他們，好像他們是空氣一般，從他們身旁走過。

宗元看嫦娥態度那麼孤傲，有點膽怯，不過想到這是他的主意，所以放膽走上前，「嫦娥姑娘，在下柳宗元，我有朋友受傷了，不知道可不可以請你惠賜靈藥？」

嫦娥只是冷冷的抬起頭，看了宗元一眼。宗元只覺得胸口冰冷，腳下一軟差點跌了下去，儀萱隨手扶住他，一股沉穩的力量傳進身體，宗元才又站穩。

嫦娥只是冷冷一笑，事不關己的走開。

「嫦娥姑娘，我們並不是想找麻煩，我是說……」儀萱努力回想古裝連續劇裡面的台詞，「我們來此並無惡意，只是我們的朋友，喜蓮……喜蓮姑娘身體不舒服……身體微恙，可不可以請你……拜託你……惠賜靈藥？大恩大德，沒齒難忘。」

儀萱最後把武俠劇裡大俠常用的對白都用上了，也不知道合不合適，她忽然覺得講文言文比講英文還難。

嫦娥轉過頭來，一雙眸子看向儀萱的雙眼，儀萱迎回她的眼光，只覺得那眼神深邃、孤絕、冰冷，兩道冰霧隨著目光射進她胸口，儀萱自然的運氣抵擋了回去。

詩魂看之前宗元被嫦娥一望，差點倒了下來，這次她看向儀萱，正要出手幫忙，卻看到儀萱臉色從容的挺過去。

「哼，不簡單。」嫦娥第一次開口，她的聲音也是冰冷到極點，清脆的像是冰柱落地，叮咚悅耳，卻沒有溫度。

「嫦娥姑娘，在下……」詩魂正準備也相求，嫦娥舉起白得像雪的手，阻止了他。

「那靈藥啊……」嫦娥回過頭，掃了三人一眼，寒光四射，「如果還在的話，我還需要孤身一人待在這裡嗎？」

「你是說……」

「呵呵，我吃下靈藥，所以才孤孤單單的飛來這裡，不是嗎？」嫦娥的語氣冷得可以把沙漠變成北極。

「所以，沒有靈藥了……」宗元很失望。

「嫦娥……姑娘……那你知道還有哪裡可以拿到靈藥嗎？」儀宣不死心問道，已經不管到底是文言文還是白話文了。

「西王母。」嫦娥說完輕嘆一聲，即使只是輕嘆，也讓周圍的溫度降了好幾度，「那是西王母的不死靈藥。」

「西王母！」三人對望一眼。

17

他們三人再度來到〈瑤池〉。不僅喜蓮需要西王母的靈藥，儀萱要回去學校，也需要西王母的力量。

「想不到你回來了！」兮行看到詩魂出現，臉上閃過驚訝的表情，隨即冷笑一聲，「你們來這裡做什麼？」兮行擋在宮殿門口，神情戒備的看著他們。

「西王母還好嗎？」詩魂問。

「她傷得很重。」

「我們可以去看她嗎？」宗元問。

「你們到底想做什麼？」

「維護詩境是我的責任，西王母既然受傷，我不能坐視不管。」詩魂說。

「你回來了。」兮行面無表情的點點頭，「那好，你私授喜蓮法力，縱容她魔力大增，還傷了西王母，我看你根本不配做什麼詩魂，你最好趁早放棄你的能力，讓我來掌管詩境的一切。」

「我們來就是想要解決事情的。」詩魂說。

「哼，你把喜蓮交給我處置，什麼都好說。」

「喜蓮不是物品，不能給你。」詩魂說。

「那就沒什麼好說的。」兮行手一翻，一道黑氣朝著詩魂翻滾奔去，詩魂往旁一跨閃開，同時出手拍去，跟兮行打了起來。

兮行連續打出幾道黑氣，全部朝著詩魂而去，他看宗元在一旁站著，不確定這小子是否還有法力，他心念一動，忽然手臂一轉，一道黑氣打向儀萱的胸口，心想只要抓住她，另外兩個一定就範。沒想到，儀萱被黑氣打到居然沒事，只是往後退了兩步。

詩魂沒有料到兮行這麼狡猾，聲東擊西，他看到儀萱中掌，心裡暗叫不好，正要過去相救，卻看她又再度挺了過去。

「你們住手！不要打了。」儀萱大喊，依著詩魂教導的方式在心裡運氣，出手向兮行打去，她的力道並不強，不過兮行看她這麼輕鬆接下自己的黑氣，以爲她也得到特別的法力，不敢戀戰，人形幻化成黑雲，打算先消失再說。詩魂哪容得他走，他再度出手，用掌力相逼，逼他再度現形。

「你們到底想幹嘛？」兮行瞪著眼睛，警戒的看著他們。

「我說過，我是來幫西王母的。」詩魂冷靜的看著他，「你的黑暗力量很強沒錯，你可以染黑詩境，摧毀詩境，讓人類背不出詩來，甚至讓詩境毀滅，可是你看著西王母痛苦卻幫不了她，我的話有沒有錯？」

兮行的臉色一陣青一陣白，他知道詩魂說的沒錯，黑暗的力量再大，卻只能破壞，不能修復。

自從他跟西王母合作後，就深深被西王母的高貴氣質吸引，尤其西王母殷殷期盼穆王出現的那種失望怨懟的情緒，更是對他的味。他貪婪的吸取這樣的氣息，讓自己壯大；而西王母遇到兮行後，也因爲兮行的黑暗力量，讓原本單純的想念，轉化成強大的渴望與不滿，漸漸失去了控制。

「那爲什麼她自己的靈藥也幫不了她？」兮行粗聲問。

「每個人的力量都有它特殊之處，各有長短優劣，西王母的力量無庸置疑，她可以讓儀萱來到詩境，有法力可以跟你我抗衡，還能製作出靈藥讓嫦娥在月宮不受寒氣侵襲，並且長生不老。但是西王母的傷是喜蓮造成的，喜蓮體內有你我的正邪兩股氣，她的法力自有它的獨特性，所以也只有她的蓮子可以幫西王母。」詩魂說。

「兮行，西王母的傷，只有喜蓮可以幫忙，而喜蓮自己也被強大的法力所傷，需要西王母的靈藥，如果我們可以互相幫助，大家都可以受惠，總比兩敗俱傷好，你說呢？」儀萱伶牙俐齒，說的有道理。

兮行分析著眼前的情勢，西王母受傷後一直痛苦哀號，不管他怎麼幫她運氣都沒用，看她這樣受折磨，他難受得恨不得自己可以替她受過，現在看來，喜蓮也有求於西王母，這女孩說的有理，而且她想回到她的世界，還是要靠西王母。

「好，我相信你們，我帶你們去見她。」兮行帶著他們來到西王母的寢宮，還沒靠近，就聽到西王母淒厲的叫聲。

宗元想到當時西王母在他身上施予冰柱的那種痛，忍不住抖了一下。

詩魂走上前，兩手一揚，一股暖氣罩上西王母，她覺得全身一舒緩便暈了過去。詩魂指示宗元跟儀萱把西王母扶起來坐好，他也盤腿坐到西王母身後，雙手抵著她的背，呼吸運氣，把不少正氣輸入她體內。

兮行緊張的看著他們，過了好一會兒時間，只聽西王母啊的一聲，睜開眼睛。

「娘娘，您覺得怎樣？」兮行關心的問。

「我好多了。」西王母努力在臉上揚起笑容，保持一貫的優雅，可是看得出來，她臉色蒼白，整個人十分虛弱。

「我幫你緩和了疼痛，但是要完全復原，需要喜蓮的蓮子。」詩魂站起身來，「只是她被法力的力量侵蝕，需要靈藥的幫忙才行。煩請娘娘惠賜靈藥。」

「你們要靈藥，可以，幫我把穆王帶來。」西王母滿臉期盼的抬起頭來。

「我們兩個合作，一定有足夠的力量把穆王帶來的！」兮行對著詩魂說。

「不行，詩的意境不能隨意改變。」詩魂說。

「爲什麼不行？喜蓮也來過，其他八名侍女也來過。」西王母執拗的說。

「破壞詩境的代價還不夠嗎？」詩魂皺著眉頭，「你看自己傷成這樣，不是你的，就不要強求了。」

「所以呢？我就要這樣無止境的等待下去？因爲詩人的一句話，我就要見不到穆王？」西王母頹然而坐，臉色無比憔悴。

「詩人下筆無情，要死要傷，要分要離，全操縱在他們手裡。」兮行冷冷的說。

「其實李商隱也不是故意這麼殘忍，不讓穆王來。」宗元說，「他寫〈瑤池〉是根據典故的，穆王之所以不再出現，是因爲他雖然貴爲天子，可是畢竟是凡人，他最終還是得死去，所以西王母才盼不到他來。」

「你是說，穆王已經死了？」西王母的臉色蒼白，猛地站了起來，緊緊盯著他。詩魂緊張的擋在宗元的面前。其實詩魂也知道這個緣由，只是怕讓西王母更為絕望，從來不敢明說，沒想到宗元不假思索的說出口。

「是的。」宗元勇敢的迎向西王母的眼神，簡單明瞭的回答。

西王母眼睛微微一閉，身體一晃，儀萱趕上前去想扶西王母，可是西王母抬起手，拒絕了她。

整個寢宮頓時安靜無聲，只聽到西王母慢慢呼出一口氣，睜開眼，緩慢卻又高貴莊嚴的走過房間，來到寢室的另一頭。她伸手朝牆壁一揮，只見一幅山水畫中的山壁上顯現出一個黝黑山洞，她素手一揚，一個盒子從山洞裡飛了出來。

西王母接住盒子，拿過來放在他們的面前。

那是一個玉盒，平滑的表面沒有任何的雕刻，可是晶瑩的綠色翡翠在光線的映射下，呈現琉璃晃動的光影，平實的外表帶著絢麗的美感。

西王母打開盒子，拿出一顆蛋黃大小、淺綠色的藥丸。

「這是我取血蓮花、紫丁香、虛針冥草、靈葵根加上瑤池水，用大火在鍋裡熬煮，每天凌晨還要加入新鮮露水，午時要加入太陽曬過的艾草，七七四十九天後，和進瑤池北邊的綠冰泥，然後在滿月下，吸取月亮精華整晚後，加上我運氣揉成的靈藥。當年，我給了嫦娥一顆，她現在身處廣寒宮而身強體健，不受任何一點寒氣的侵害，都是靠這顆靈藥。」西王母把靈藥拿出來，遞給宗元，「我本來是想把靈藥給穆王，讓他也跟我一樣長生不老，可是……看來，詩魂說的對，不該是我的，就不要強求。你們把靈藥拿給喜蓮吧！這靈藥之所以能讓人長生不老，是因爲它在法力正氣的加持下，會在體內產生很大的能量，我相信她服了後，有你們的運氣幫助，一定很快就能擺脫黑氣的糾結，恢復原來的心性。喜蓮曾經那麼盡心服侍我，我的確該好好謝謝她。」

他們被西王母的話所震懾住，沒想到她面對這麼傷心的消息，可以快速回復情緒，做出這樣的決定，不愧是西方瑤池女神，西王母。

「娘娘，你這麼快就放棄，還輕易的給他們靈藥？」兮行忿忿的嚷著。

「兮行，我知道你是爲我好。」西王母微微一笑，臉上終於恢復一點紅潤的氣色，「不過我受你的影響太久，太多負面的情緒沉積在心裡，我一直以爲我可以控制得很好，可以不讓瑤池染到一絲黑氣，可是不知不覺中，我還是深深陷入思念和絕望的情緒，讓我不能自拔。詩魂剛才幫我運氣，那股正氣在體內運行，我好久沒有那樣的感覺了，我有一種被釋放的自在。我還是非常思念穆王，但是我不想再被自己的想法束縛了。你懂嗎？」

兮行臉上閃過好幾個表情，他既欣慰西王母安好，又迷惘困惑於她的轉變。

「他不會懂的，他只懂得破壞。」宗元瞪著他，想到這陣子跟他交手的經過，恨得牙癢癢的。

「既然我回來了，我就不允許詩境繼續被破壞。」詩魂手一抬，一股正氣朝著兮行奔去。兮行冷笑一聲，一股黑氣翻滾射出。

「住手。」西王母的白色絲帶出現，從中間打斷他們，「兮行，詩魂的法力回來了，你是打不贏他的。詩魂，詩境裡的黑暗之氣是不可能完全消失的，你就算現在把兮行打死，還是會有其他的黑暗力量出現。不如你們好好談談，不一定要用法力解決。」

「沒什麼好談的！」兮行看西王母阻止詩魂，輕哼一聲，接著便化成黑雲消失不見。

「喂！」宗元大喊。

「算了，讓他去吧，他如果肯好好的談，就不是黑暗力量了。」詩魂說，「走，我們還要拿靈藥救喜蓮呢！」

他們回到〈尋張逸人山居〉時，喜蓮還在昏睡。

「怎麼樣，嫦娥肯給靈藥嗎？」千雲問。

「在這裡。」儀萱揚揚手，「是西王母給我們的。」

詩魂把喜蓮扶起來，儀萱把靈藥塞進她的口中。詩魂雙手抵著她的背，運氣讓她把靈藥吃下去。

「她體內的氣息不穩。」詩魂皺著眉頭，「儀萱，你來幫我！」

「我？」儀萱瞪大眼睛。

「不要擔心，我需要你的力量協助，我會指引你該怎麼做。」詩魂再提醒她一些運氣的竅門，儀萱也把手掌抵著喜蓮的背，兩人一起運氣。

儀萱想不到自己有一天可以像電視上的俠女一樣幫人運氣療傷，她覺得很新奇。她先慢慢的輸入一些氣，感受到喜蓮體內有些陰寒，這時，詩魂的強大正氣也傳了進來，引導她的氣，送進喜蓮體內，同時，喜蓮的丹田有股新的能量產生，這能量溫和但不躁熱，渾厚但不黏滯，輕盈但不浮散，應該是來自於西王母的靈藥。

詩魂、儀萱，加上西王母三個力量，過沒多久，喜蓮的臉色由白轉紅，她猛咳一陣，醒了過來。

「喜蓮，你還好嗎？」詩魂輕聲的問。

「我……還好……」喜蓮說，她看著詩魂流下眼淚，「你回來了，你眞的回來了。」

「是的，我回來了。」詩魂微笑，輕拍她的肩膀。

「喜蓮，西王母給了你靈藥，加上詩魂跟儀萱幫你運氣，你現在覺得如何？」宗元關心的問。

「謝謝你們。我覺得精神好多了，整個人輕鬆舒暢。」喜蓮眞誠的說。她體內的那股焦躁和邪鬱感不見了，也不再覺得疲憊耗損，一股新的能量在體內產生。

「現在你的身體可以承受你的能力了！」儀萱開心的說。

「是的，我會好好運用這個力量，好好修習，不會再濫用了。」喜蓮微笑著說。

宗元知道，那個單純善良的喜蓮又回來了。

「你之前傷了西王母，只有你的蓮子才能讓她完全復原，我們再去一趟〈瑤池〉可好？」詩魂問。

「應該的。」喜蓮點點頭，臉上帶著愧疚的神情。

他們四人再度來到〈瑤池〉，西王母倚窗而坐的神情依然美麗絕倫，她看到他們進來，笑著站起來迎接。

「娘娘，喜蓮之前得罪了。」喜蓮欠身，誠心的道歉。

「那也不是你能控制的，之前你也被迫來到這裡照顧我，我想，我們倆就算扯平了吧。」西王母笑笑，不介意的擺擺手，「靈藥還有效吧？」

「是的，喜蓮謝謝娘娘的恩典。喜蓮這裡有些蓮子，對娘娘的身體有幫助，請娘娘服下。」喜蓮從懷裡掏出幾顆蓮子，恭敬的呈上。西王母感激的點點頭，放進嘴裡吞了下去。

「西王母，要再麻煩你一件事。」宗元對著她拱手。

「嗯，我知道，儀萱，你身上也有特別的力量，所以我才可以跟你聯繫，我也該把你送回去了。」

「謝謝西王母，希望我還有機會再來。」儀萱依依不捨的說。

「會的。」西王母笑了笑。

「儀萱，你要回去了，我也該回到我的詩境裡，後會有期。」喜蓮拉著儀萱的手說。

「是的，一定會再見的。」儀萱說。

喜蓮在他們的眼前消失，回到〈採蓮子〉。

接著，西王母纖手在眼前一揮，儀萱也消失了。

「謝謝西王母，我也該走了。」宗元恭敬的行禮，然後轉過身看著詩魂，「你回來眞是太好了，保護詩境的重責大任總算可以還給你了。」他重重呼了一口氣。

「謝謝你，宗元，沒有你，我也沒辦法順利回到詩境，你聰明、反應快，勇敢又有毅力，詩境是你救回來的，我果然沒有看錯人！」詩魂說。

宗元不好意思又得意的搔搔頭。

「你也快回去吧，看看儀萱這次能不能贏得比賽。」詩魂拍拍他的肩膀。

宗元閉起眼，想著學校的健康中心，他感到肩膀上從輕拍變成大力的晃動。

「喂喂，大詩人，快起來，不要再睡了！」儀萱用力搖他。

「你醒了！」宗元假裝開心的說，他當然早就知道儀萱會醒來，「時間還來得及嗎？」

「剛好十分鐘。」護士阿姨說，「快去比賽會場吧。」

他們倆趕快跑去，大家都還在，除了台上的四位參賽者有點不耐煩外，其他人看到儀萱出現，都爲她大力鼓掌。

「你的身體還好嗎？可以繼續比賽嗎？」校長關心的問。

「沒問題！」儀萱自信的說。

「好，那我宣布，比賽繼續進行！」校長大聲的說，全校師生歡呼鼓掌。

宗元在台下對著儀萱豎起大拇指為她加油！

「還剩下三題，而到目前為止，各位的成績是，張正翔跟莊儀萱同樣是二十三分，趙悅雪二十一分，梁靜雯二十分，王穎，十五分。現在注意聽，接下來每一題都是關鍵。」

陳老師拿出題目箱。

「第十八題，請拿藍色的盒子，請問，白居易的〈賦得古原草送別〉的第三、第四句是什麼？」

陳老師一念完題目，宗元就已經在心裡念出「野火燒不盡，春風吹又生」。

趙悅雪第一個找到，然後是張正翔，再來才是儀萱。計分板上寫著：

張正翔　二十五

莊儀萱　二十四

趙悅雪　二十四

「加油啊！儀萱！」宗元心裡大喊。

「第十九題，請拿出綠色盒子，請問，〈早寒江上有懷〉是誰寫的詩？」

宗元心裡念著孟浩然，那個宗元的姊姊每次都覺得很浪漫的名字。

這次又是趙悅雪第一個找到，然後是儀萱，第三個是梁靜雯。

趙悅雪　二十七
莊儀萱　二十六
張正翔　二十五

「最後一題，請拿出黃色盒子，找出我以下念的詩題，」陳老師故意停頓一下，把箱子搖了搖，讓大家更緊張，『白日放歌須縱酒，青春作伴好還鄉』是哪首詩。」

這次，儀萱最快找到，是杜甫的〈聞官軍收河南河北〉，第二個是趙悅雪，第三個是張正翔。

趙悅雪　二十九
莊儀萱　二十九
張正翔　二十六

看到積分出來，大家一片嘩然，最高分有兩個人呢！

「首先，我們先給張正翔、梁靜雯、王穎，三位同學拍拍手，他們可以進入到前五名非常不簡單了。這是前五名的獎狀。」校長分別跟三位握手，頒發獎狀給他們。

然後校長再度拿起麥克風，「我想，大家一定很緊張，現在有兩個參賽者同分，誰才是今年的冠軍呢？我跟陳老師討論了一下，決定再出一題，誰答對了，就是今年唐詩背誦比賽的冠軍，也將代表學校出去參加全市比賽。」

宗元看得出來，儀萱非常的緊張。

校長對陳老師比個手勢，陳老師拿著箱子走上台。

「這裡還有十個題目，我們請校長來抽這個關鍵題。」陳老師把箱子遞給校長，他用手在裡面撈了撈，拿出一個題目給陳老師。

陳老師打開紙條，清清喉嚨，「請拿黃色盒子，找出有描寫星星的詩題三首。」

這種題目沒有標準答案，宗元緊張的看著儀萱。

台上兩個人皺著眉頭想著詩句，宗元看到趙悅雪已經拿出一張。

「儀萱加油啊！」宗元在心裡喊著。

過不久，儀萱也拿出一張，然後又一張，她再度沉思，終於，在趙悅雪拿出第二張時，儀萱面露喜色，找出了第三張，拿到紙板上釘好。宗元看到點點頭，這三首沒錯，儀萱自己還去過其中一首呢！

〈旅夜書懷〉，〈秋夕〉，〈嫦娥〉。

「太好了，恭喜莊儀萱，通過三天的比賽，再度得到今年唐詩比賽的冠軍。」陳老師高興的宣布。

校長這時也走上台，頒發給儀萱一座獎杯，全校師生都大聲鼓掌，儀萱跟大家揮手，她的眼光看向宗元，兩人相視一笑。

18

「明年你應該要來參加唐詩背誦比賽，第一名肯定是你的。」儀萱說。他們倆坐在校園的一棵大樹下聊天。

「這未免太不公平了，」宗元笑笑，「這樣的比賽對我一點意義也沒有。就好像要蜘蛛人參加學校爬牆比賽，肯定贏的嘛。」

「學校怎麼可能有爬牆比賽。」儀萱翻白眼，「你不是所有詩都過目不忘嗎？舉個比較有水準的例子吧！」

「不然這樣……」宗元想了想，「如果學校有視力比賽，王之渙一定贏的。」

「學校怎麼可能會有視力比賽！」儀萱的眼睛都快翻到後腦勺了，不過她還是好奇的問，「為什麼王之渙會贏？」

「〈登鸛雀樓〉不是說，『欲窮千里目，更上一層樓』？王之渙只要爬上樓，就會有千里眼了！」

「那詩句的意思是……哎呀，你明明知道還故意亂掰！」儀萱笑著搖頭，「你身上流著詩人的血液，現在背詩能力也被啟發了，還可以自由進出詩境，感覺怎麼樣？」

「跟以前一樣啊，」宗元酷酷的說，「我媽感動得要命就是了，動不動就邀她的姊妹淘們來家裡，名義上是喝茶，其實是要我表演背詩神功，煩死了。」

雖然宗元嘴巴上念著煩死了，可是語氣上明顯非常得意。

「最近詩境怎麼樣？喜蓮還好嗎？」儀萱問。

「喜蓮有了靈藥的輔助，現在可以承受體內的法力。她學會如何控制自己的能力後，加以運氣調適，這股法力便不再轉邪了。」

「所以她還是跟詩魂一樣可以進出各個詩境？」

「是的，不過她恢復了善良的本性，」宗元微笑著，「她保有了法力，也保有了自己。」

「哇，好浪漫啊！」儀萱羨慕的說，「那兮行呢？」

「他還是老樣子，沒事就四處做一下亂，不過詩魂應付得了，算不上什麼大事。」宗元淡淡的說，「而且他很聽西王母的話，所以還不至於做太嚴重的壞事。」

儀萱點點頭。「西王母還好吧？有沒有很傷心？」

「想念是一定的，不過她不再被這樣的思緒束縛了，她也知道之前的作法太不明理，她本來也不是這樣的人。」

「兮行接近她後，多少也把負面黑暗的想法傳給她，她才會轉性的吧？」

「你說的有理，不過不管怎樣，都過去了，現在每首詩的詩境恢復之前的樣子，再也不會有人背不出詩句來了。」宗元說。

「除非有人像你之前那麼呆，連首〈江雪〉都背不出來。」儀萱對他吐舌頭。

宗元自己也笑了。

《仙靈傳奇：詩魂》完

詩魂前傳：採蓮女

這些日子，他在柳中庸的〈征人怨〉裡徘徊：

「歲歲金河復玉關，朝朝馬策與刀環。三春白雪歸青塚，萬里黃河繞黑山。」

全詩二十八字中，描物寫景，沒有一個怨字出現，可是一年又一年的出征塞外，一日復一日的使刀策馬，再再顯示這些出征將士心裡的無奈跟怨懟的情緒。

他除了在此品詠詩句外，也是來關注日漸壯大的陰暗力量。詩裡面除了有美景、古物、歷史的描述外，還常常懷有詩人的悲憤、傷懷、哀愁等負面的情緒。最近，這些情緒的力量變大了，匯成一股黑氣，在各個詩境裡流竄，甚至在一些美好的詩境裡也開始看到黑氣的聚集，雖然他的力量可以輕鬆化解，不過不能忽視。

這些邊塞詩讓人神傷，他決定轉換心情，找個輕鬆的湖邊走走。這天他來到〈採蓮子〉，這首詩剛完成時來過一次，不過日子久遠，他想再來看看。

「船動湖光灩灩秋，貪看少年信船流。無端隔水抛蓮子，遙被人知半日羞。」

他站在湖邊，看著西湖閃動波光，享受著秋天午後的太陽，徐風陣陣，讓整個心情都沉靜下來。

這時，湖面泛起漣漪，一艘小船搖過，小船上坐著一個藕色衣裙的少女，她的神情喜樂，手上輕快靈巧的撥著蓮子，偶爾舉起手抹掉額頭的汗珠，戲弄一下清涼的湖水。

好一個清麗脫俗，儀態自然的採蓮女啊！他心裡讚嘆。忍不住把眼光定在她身上。少女剛好抬起頭看到他，兩人眼神對視，他心裡微微一動。只見少女眼波蕩漾，兩頰一紅，心一慌，忘了手上撥的蓮子，搖的船，任憑小船隨湖水漂流。

過一會兒，少女回過神，眼光不再看向他，可是她隨手抛出幾個剛撥好的蓮子，似乎有意卻又無意，其中一個朝他抛來，他心裡一動，忍不住運氣騰空飛起，接住少女抛出的蓮子，同時輕穩的落在她的小船上。

「啊！」少女一聲驚呼。

「姑娘莫驚，在下詩魂，敢問姑娘芳名？」他把聲音放輕，怕嚇到少女。

「喜蓮。」少女輕聲的說。

「喜蓮，心喜清蓮，蓮花出淤泥而不染，有如君子。鄭允瑞的〈詠蓮〉寫道：『本無塵土氣，自在水雲鄉；楚楚淨如拭，亭亭生妙香。』」

喜蓮看著眼前這位男子，他身穿青色布衣，儀態挺拔，相貌和談吐都像個謙謙君子，她沒聽過這首〈詠蓮〉，可是她可以感覺到詩魂在稱讚她，喜蓮害羞的低下頭。

詩魂握著蓮子，上面還有喜蓮留下的餘溫，他運氣感受，裡面有股低沉溫柔的能量，具有修補復原的功效。

「公子……」

「叫我詩魂就好。」

「詩魂……這蓮子剛撥下來，趁新鮮吃了吧。」喜蓮清澈的眼睛望著他。

他把蓮子放入口中嚼了嚼，只覺得清甜甘脆爽口，讓人精神一振，剛才在〈征人怨〉裡的神傷都被撫平了。

「謝謝喜蓮姑娘。」詩魂說。

「叫我喜蓮吧。」喜蓮微笑著轉身坐下，拍拍身旁的船板，「你也坐！」

一切好像就是那麼自然，詩魂在喜蓮身旁坐下，也跟她一樣，自在的拿起蓮蓬，幫她撥蓮子。

他在上萬首詩裡見過不少美麗絕倫的女子：王維〈西施詠〉裡「豔色天下重」的西施；白居易〈長恨歌〉裡「回眸一笑百媚生，六宮粉黛無顏色」的楊貴妃；劉長卿〈王昭君歌〉裡「自矜嬌豔色」的王昭君；張祜〈集靈台〉裡「卻嫌脂粉汙顏色，淡掃蛾眉朝至尊」的虢國夫人。還有數不清描寫美女的詩句，可是不知道爲什麼，喜蓮不做作矯情，帶著一點嬌羞，卻又輕鬆自然的姿態就是讓他傾倒。

之後詩魂經常來找喜蓮，有時候幫她剝蓮子，有時候幫她搖船，有時候只是靜靜的看著她，聽她說話，但更多的時候，喜蓮要他念詩給她聽。

「你最喜歡哪首詩？」喜蓮歪著頭問他。

「我是詩魂，不能特別喜歡哪首詩。」他笑笑撥了一顆蓮子放進嘴裡。

「你眞的每首詩都記得起來？」

「當然。」

喜蓮就是喜歡看他那種自信的樣子。

「那……你今天念一首長一點的詩給我聽。」紅撲撲的臉上有著撒嬌的神情，她這樣的表情讓他無法拒絕。

他想了想。「好，那我念白居易的〈長恨歌〉。」

漢皇重色思傾國，御宇多年求不得。楊家有女初長成，養在深閨人未識。
天生麗質難自棄，一朝選在君王側。回眸一笑百媚生，六宮粉黛無顏色。
春寒賜浴華清池，溫泉水滑洗凝脂。侍兒扶起嬌無力，始是新承恩澤時。
雲鬢花顏金步搖，芙蓉帳暖度春宵。春宵苦短日高起，從此君王不早朝。
承歡侍宴無閑暇，春從春遊夜專夜。後宮佳麗三千人，三千寵愛在一身。
金屋妝成嬌侍夜，玉樓宴罷醉和春。姊妹弟兄皆列土，可憐光彩生門戶。
遂令天下父母心，不重生男重生女。驪宮高處入青雲，仙樂風飄處處聞。
緩歌慢舞凝絲竹，盡日君王看不足。漁陽鼙（ㄆㄧˊ）鼓動地來，驚破霓裳羽衣曲。
九重城闕煙塵生，千乘萬騎西南行。翠華搖搖行復止，西出都門百餘里。
六軍不發無奈何，宛轉蛾眉馬前死。花鈿委地無人收，翠翹金雀玉搔頭。
君王掩面救不得，回看血淚相和流。黃埃散漫風蕭索，雲棧縈紆登劍閣。
峨嵋山下少人行，旌旗無光日色薄。蜀江水碧蜀山青，聖主朝朝暮暮情。
行宮見月傷心色，夜雨聞鈴腸斷聲。天旋地轉迴龍馭，到此躊躇不能去。
馬嵬坡下泥土中，不見玉顏空死處。君臣相顧盡沾衣，東望都門信馬歸。
歸來池苑皆依舊，太液芙蓉未央柳。芙蓉如面柳如眉，對此如何不淚垂。

春風桃李花開日，秋雨梧桐葉落時。西宮南內多秋草，落葉滿階紅不掃。
梨園弟子白髮新，椒房阿監青娥老。夕殿螢飛思悄然，孤燈挑盡未成眠。
遲遲鐘鼓初長夜，耿耿星河欲曙天。鴛鴦瓦冷霜華重，翡翠衾寒誰與共。
悠悠生死別經年，魂魄不曾來入夢。臨邛道士鴻都客，能以精誠致魂魄。
爲感君王輾轉思，遂教方士殷勤覓。排空馭氣奔如電，昇天入地求之遍。
上窮碧落下黃泉，兩處茫茫皆不見。忽聞海上有仙山，山在虛無縹緲間。
樓閣玲瓏五雲起，其中綽約多仙子。中有一人字太眞，雪膚花貌參差是。
金闕西廂叩玉扃（ㄐㄩㄥ），轉教小玉報雙成。聞道漢家天子使，九華帳裡夢魂驚。
攬衣推枕起徘徊，珠箔銀屏迤（ㄧˇ）邐（ㄌㄧˇ）開。雲鬢半偏新睡覺，花冠不整下堂來。
風吹仙袂飄飄舉，猶似霓裳羽衣舞。玉容寂寞淚闌干，梨花一枝春帶雨。
含情凝睇謝君王，一別音容兩渺茫。昭陽殿裡恩愛絕，蓬萊宮中日月長。
回頭下望人寰處，不見長安見塵霧。唯將舊物表深情，鈿合金釵寄將去。
釵留一股合一扇，釵擘黃金合分鈿。但教心似金鈿堅，天上人間會相見。
臨別殷勤重寄詞，詞中有誓兩心知。七月七日長生殿，夜半無人私語時。
在天願作比翼鳥，在地願爲連理枝。天長地久有時盡，此恨綿綿無絕期。

「哇，眞的是好長一首詩呢！太佩服你了。」喜蓮滿臉欽慕。

「這不是我花功夫得來的，沒什麼好佩服的。」他淡淡的說。他是詩魂，是詩境裡的精神靈魂，念詩對他來說就像人會呼吸，魚會游泳一樣，是自然不過的事情。

喜蓮也喜歡這樣謙和的他。

「這首詩在講什麼？」喜蓮問。

「這首詩是描寫唐玄宗跟他的愛妃，楊貴妃之間的愛情故事。首先描寫到楊貴妃的美貌，她得到君王無上的恩寵，連她的兄弟姊妹都被提拔。當時唐玄宗太過寵愛她，誤用佞臣，導致安史之亂的發生。唐玄宗帶著軍隊離開長安，當軍隊來到馬嵬坡，將領們認爲楊貴妃是禍首，要求玄宗賜死，最後楊貴妃被縊死。

「之後寫的是唐玄宗對楊貴妃的無限思念。皇上回到長安後，面對滿庭舊景，非常期待貴妃可以入夢。所以他請了道士，希望可以招來貴妃的魂魄。道士在東海的蓬萊仙山找到一位叫太眞的美麗仙子，她跟道士談話後對玄宗舊情難忘，便請道士帶了金釵和金盒給皇上，同時說出某年的七夕，她跟玄宗兩人私語許下的誓言：『在天願作比翼鳥，在地願爲連理枝』，只是天地悠悠，或許還有盡頭，可是兩人這份遺憾的眞愛，卻是永不相遇，了無絕期啊。

「怎麼哭了？」他講完後發現喜蓮的臉上有淚痕，伸手用衣袖替她擦掉眼淚。

「我……我只是難過，他們的感情這麼坎坷，這麼相愛的兩個人，卻要被迫分開……」喜蓮的聲音哽咽，「更莫名的是，是皇上自己荒廢國事，關貴妃什麼事？怎麼要逼她去死呢？要死也應該是皇上啊！」

他欣賞喜蓮這副義憤塡膺的模樣，「你說的沒錯，很多男人的錯，都不敢自己承認，所以讓女人去背負，我想，這些將領也知道是皇上的錯，可是沒人敢逼皇上去死，只好把錯推到貴妃的身上。」

「有擔當的男人，就應該爲自己的行爲負責。」喜蓮說。

「你說的有理，我很認同。」

「我還是喜歡這首詩，」喜蓮擦擦眼淚，「我要把它背下來。」

「眞的？」他有點驚訝。

「嗯！」喜蓮用力的點點頭。

過了一陣子，有一天，喜蓮喜孜孜的告訴他，她把〈長恨歌〉背下來了。看她搖頭晃腦，一字不漏的背出那一百二十句，八百四十個字，實在很可愛。

「這首詩這麼長，你全背下了，眞叫人佩服！」他由衷的說。

得到他的讚賞，喜蓮的眼裡都是笑意。

「對了，你可以自由進出詩境，你也去過〈長恨歌〉嗎？」

「當然。」

「那你可以帶我去〈長恨歌〉看看嗎？」喜蓮滿臉期盼，「我想去看那個『回眸一笑百媚生，六宮粉黛無顏色』的楊貴妃，也想去看蓬萊仙山……可以嗎？」

他愣了一下，沒想到喜蓮會提出這個要求。

「恐怕沒辦法。」他爲難的說，「每首詩之間有護鎖屛，保護每首詩的意境，詩境裡的人物不能隨意進出別的詩境，不然會大亂的。」

「這樣啊……」喜蓮一臉失望。「眞希望可以去看看別的詩的意境，看看你說『撥雲尋古道，倚樹聽流泉』的清幽，『星垂平野闊，月湧大江流』的壯麗，或是『繁華事散逐香塵，流水無情草自春』的荒蕪……」

不知道爲什麼，她難受的表情讓他更難受。

之後，喜蓮並沒有再提起同樣的要求，但是，她更常要求他念詩、講詩給她聽。詩魂在吟詠時，她會閉上眼睛，小巧的睫毛在陽光下顫動，她是這麼的專注傾聽，彷彿用盡一切心力去想像詩中的境界。

他看著她遺憾的神情，心裡隱隱作痛。詩境裡感覺不到時間的流逝，在悠悠而過的歲月中，他從來不曾爲什麼事情掛心，但現在，他發現自己心裡有個牽絆了。

他不排斥這樣的牽絆，相反的，他享受這樣的感覺，他一向獨來獨往，在詩境裡自由穿梭，閱遍了各種人物、故事，從沒有人讓他記掛，也從沒有人可以跟他一起進出，如果他可以找到方法，打破護鎖屏……

他甩甩頭，壓下心裡的欲望。

這天，他來到〈竹里館〉，想聽王維撫琴，才一出現，他就感覺到竹林中傳來躁動。黑暗中草叢窸窣，暗影浮動。

「叮叮……咚咚……叮……」王維的琴聲響起，同時發出一聲中氣十足的長嘯，「啊——」

他等王維歇口氣才走上前。

「你終於來了，好久沒見到你。」王維說。

有很久嗎？他想不起來了。

「這裡的氣氛不太一樣了。」他看看四周。

「那股陰暗的黑氣愈來愈強了。」王維點點頭說，「現在只是一些躁動，以後不知道會有什麼跑出來。」

「你的嘯聲有一定的能量，足夠抵擋陰暗的黑氣，我再幫你一些。」他全身運氣，將手抵著王維的肩，送入一些正氣。

他低頭看王維的琴，三呎六吋五分，褐紅色的琴身帶著黑色的雲斑，表面上有網狀的冰紋斷，琴底鑲著一塊玉石，他不用翻過來，就知道是乳白色帶著半透明的光彩。

「好了。你自己調一下體內的氣息。」他說。

王維閉目運氣，接著再度彈琴長嘯，這次，黑暗的四周悄聲一片，草叢裡的躁動都被鎮壓下去了。

他眞的花那麼多時間在喜蓮那兒，太久沒到各詩境走動了嗎？黑氣的力量，趁他不注意的時候變得愈來愈強大。

這時一個陰陰的笑聲在他身後響起，他轉過身，面前出現一團黑雲，仔細一看，那團黑雲是由許多細小的黑褐色毛絮聚集而成。黑雲在他面前成形，一個黑衣少年站在他眼前。

「想不到，你已經有人形了。」他臉上不動聲色，心裡卻感到不安。

「你就是詩魂。處處跟我作對，破壞我的黑氣，現在總算見面了。」少年清朗的聲音說。

「你是從哪來的？」詩魂問，一邊在心裡搜尋，想找出描述這個少年的詩句。

「我叫龍兮行。想起來了嗎？」少年挑著眉毛。

「龍兮行……龍兮行……」他點點頭，心裡恍然大悟，臉上卻沒有表情，「陳陶的〈隴西行〉。『誓掃匈奴不顧身，五千貂錦喪胡塵。可憐無定河邊骨，猶是春閨夢裡人。』」

五千名將士衝鋒廝殺，刀砍劍刺，戰火焚身。這五千條人命，最終化作五千具河邊的枯骨，無人收埋，日曬雨淋，野獸啃食。無數的吶喊、哀號、慘叫、怨恨、悲苦、傷痛、無奈，在兮行的體內快速繞轉，兮行閉起眼睛，再度享受那種撕裂般的快感。

「知道就好！詩人一下筆，五千條人命就沒了，多麼有力啊！」兮行睜開眼，他剛得到人形，迫不及待想要跟詩魂一比高下。話還沒說完，一道黑氣像一條蜿蜒的蛇，便朝著詩魂奔去。

詩魂眉毛輕揚，並不出手，微微側身躲開。看似簡單的一個動作，可是蘊含許多的功力在裡面。

兮行臉色一變，又使出一道黑氣，這次氣勢更強。詩魂左閃右閃看似無招架之力，但是兩個人都知道，他只守不攻，是在試兮行的功力。

兮行發現幾次攻擊下來，不要說打敗詩魂，黑氣連他身上的青衣都沾不上。他開始有些焦躁，出手變得急躁而狂亂。

詩魂看在眼裡，知道他剛成人形，法力還不夠，打算趁現在除去，以絕後患。

他雙掌運氣朝兮行拍去，兮行感到一股溫暖的力量撲面而至，無色無形，卻後勁渾厚。他趕忙運起黑氣，消去一部分的熱氣，並且轉身勉強躲開。但他的左手還是被詩魂的力量掃到，感到一陣像是烈火炙烤的灼熱，他痛得抓住手臂，順勢倒在地上。

詩魂微微一愣，兮行雖能力不如他，但是可以看出黑暗力量已經養成，想不到自己一招就打垮他。他朝躺在地上不動的兮行靠近，不料兮行忽然凌空拔起，打算趁詩魂出其不意攻擊。詩魂臨危不亂，運氣全身，護住各個要害，提防黑氣進攻。只是兮行意不在他，射出的黑氣直朝王維而去。

王維在一旁焦急的看兩人對戰，眼看兮行不敵正放下心，沒想到黑氣忽然襲來，打上他的胸口，人一暈便向後倒去。

詩魂氣極敗壞的奔過去，在王維落地前把他接住，王維胸前一抹黑圈，像是傾倒的墨汁一般向四方暈染，他伸手迅速點了胸前的幾個穴道，讓黑氣不致擴散。

兮行一得手不敢戀棧，瞬間化作黑雲消失。

詩魂知道自己失去除去兮行的機會，不過他也不急，先救王維要緊。詩魂把王維轉過身，雙手抵著他的背，把一股正氣緩緩輸入他的體內。終於，王維啊的一聲甦醒過來。

「你覺得怎樣？」詩魂問。

「我……這……這人的黑氣好強悍啊，」王維的語氣虛弱，「胸口還是很痛……」

詩魂想了想，有了主意，「等我。」

喜蓮看到詩魂臉色凝重的出現時，嚇了一跳，「怎麼回事？」

他嘆了一口氣，把兮行出現，還出手傷了王維的事告訴她。

「你的蓮子有特別的能力，可以修復詩境，我想跟你拿些蓮子給王維。」

「當然沒問題。」喜蓮很快撥了滿滿一手的蓮子給詩魂。

「不用這麼多，我想一、兩顆就夠了。」他說。

「可是，」喜蓮歪著頭，「你不是說，每一首詩都有護鎖屏，所以我不能去別的詩嗎？爲什麼蓮子可以？」

「每一個人，每一件物品所含有的能量不一樣，護鎖屏也有它抵抗保護的力量。如果我要帶某個東西進出詩境，那個東西的能量一定不能太大，這樣護鎖屏所抵抗的也小，我更容易將它帶出去。如果那個東西的能量大，護鎖屏抗拒的力量就大，我就需要更大的法力才能帶它出入。這樣說好了，如果我想要拿顆石頭給你，是不是很容易？因爲我要出的力氣比較小，但如果我想要拿座山到你面前，我就沒辦法做到，因爲我的力氣不夠。這樣你懂嗎？」

喜蓮似懂非懂的點點頭，掂掂手上的蓮子，「因爲我比蓮子重，所以你不能帶我出去，可是可以帶蓮子去？」

「是能量，跟多重無關。」他笑笑，「同樣是人，每個人身上帶的能量也不同。但是你說的有一部分對了，你在這詩中，比蓮子『重要』很多，蓮子有無數個，可是你只有一個，所以你的能量絕對也大很多，護鎖屏可以讓蓮子過去，卻不能讓你過去。」

「可是，」喜蓮又有問題了，「那爲什麼你有這麼大的力量，卻可以來去自如？還有你剛剛說的那個龍兮行也是？」

「我的能量跟你們在詩裡的能量不同，我的比較像是法力，是詩人創作吟詠時，所灌注到詩境裡的精神靈魂，而兮行是詩中的陰暗憂晦集中起來的黑暗法力，我們的能力來自所有的詩境，所以我們自然可以在各首詩中行走。」

「原來是這樣，」喜蓮點點頭，還是一臉失望，「那你幫我拿蓮子去給王維，幫我跟他說希望他早日康復！」

他拿著蓮子來到〈竹里館〉，果然如他所料，王維吃下蓮子後，傷勢好很多。

他之後追到〈隴西行〉，兮行當然不在，他現在法力增強，又有形體，可以隨意出入詩境，要找到他並不容易。

這天，詩魂來到李商隱的〈瑤池〉，他看向四周湖光山色的美景，花草清新，仙境縹緲，無不舒暢。難得有一個沒被龍兮行汙染的地方，他放下心正要離開，穿著金帶白衣的西王母從天緩緩飄降而至。

「詩魂請留步。」西王母的笑容在白潔無瑕的臉上，顯得更加光亮動人。

「娘娘日安。」他恭敬一揖。

「詩魂難得過來，怎麼不到裡面一敘？」

「不了，最近詩境不寧，我只是來看看，這裡一切是否安好。」他說。

「你在說那個叫龍兮行的小子？」

「是，希望他沒打擾到娘娘。」

西王母淺淺一笑，「我的法力雖然不能像你一樣可以來去詩境，可是要保護這一塊天地，還是綽綽有餘的。」

「娘娘無恙，實在萬幸。」

「這小子倒也算識相，見到我之後，態度恭敬得不得了，不敢造次。」西王母眉眼含笑，表情輕鬆慵懶，那樣絕美的神情，不難想像龍兮行會傾心拜倒。

「那就好，娘娘沒事的話，在下先走一步了。」他拱拱手。

「其實，我有事相求，」西王母款款說，「你熟悉此詩，必定知曉我在此詩中的殷殷期盼，我要穆王來一趟。」

西王母的目光如灼，那裡面有懇求、有期待、有哀傷、有悲苦。詩魂猛然想到，西王母吸引龍兮行的，不僅僅是美麗的外表，還有詩意裡濃濃的淒苦，孤寂。

詩魂搖搖頭，「我沒有那個能力帶他過來。」

「沒有還是不肯？」西王母語氣逼人。

「我是可以帶一些不重要的事物進出，」他隨手一彈，一顆蓮子送到西王母面前，現在他身上都帶著一些蓮子，「可是別忘了，穆王是何等身分？他身上的能量何等之大。你也知道詩與詩之間的護鎖屏有多強，不是我的能力可以辦到的。」

西王母隨手一揮，打掉蓮子，「難道你從沒有在意的人嗎？你從不想有人可以陪著你來去詩境嗎？你不試怎麼知道不行？你有法力，難道不願意好好利用嗎？」西王母的問題接二連三，伴隨她的法力一波波向他襲來。

喜蓮。如果他可以帶著喜蓮那該多好。他可以想見喜蓮臉上雀躍滿足的神情，她看到其他詩境的景色時，那歡喜滿足的微笑會有多美。他在詩境裡行走，有了喜蓮的陪伴，將不再孤獨。

他的確是想帶喜蓮。詩魂深呼吸一口氣。不過，那是因爲喜蓮還有她的蓮子有修復詩境的能力，他可以帶著喜蓮到那些被兮行破壞的地方，救助那些被兮行傷害的人物或景色。是的，他想要用自己的法力讓喜蓮可以進出詩境，但是他的用意是爲了維護詩的意境，是要對抗兮行。

他這樣告訴自己。

他手一舉，止住西王母的話還有她施加的法力。

「我不會幫你的。」他堅定的說完轉過身，離開〈瑤池〉。

他一來到〈採蓮子〉就發現不妙，四處一片惡臭黑氣，喜蓮不見蹤影。

小小的船上，除了槳什麼也沒有。他閉眼運氣，感受這首詩的每個角落，最後察覺到喜蓮的氣息在東方，他趕忙搖著槳划去。

這裡的蓮葉、蓮花依然是一片焦黑，他焦急的四處張望，感覺自己距離喜蓮愈來愈近，卻什麼也看不到。忽然手上的槳似乎在水裡碰到硬物，他低頭一看，水中閃著藕色的光影，他來不及多想，跳入水中，只見喜蓮沉在水裡，雙眼緊閉，臉色蒼白。他只覺得心跳都要停止了，他急忙把喜蓮從水裡撈上來，放在小船上。

他用雙掌抵著喜蓮的背，運氣讓她吐出汙水，再從懷裡拿出蓮子讓她服下，喜蓮才悠悠睜開眼睛，醒了過來。

「發生什麼事了？」詩魂問。

「龍兮行來過，他威脅我，要我不可以再給你蓮子，讓你到處破壞他的好事，我不理他，他就開始到處攻擊，射出很多黑氣，把蓮花蓮蓬弄得焦黑而死。我嚇壞了，想起你說蓮子有用，所以我到處拋出蓮子企圖挽救，沒想到此舉惹得他更生氣，對我射出黑氣，我無處可躲，被黑氣打昏過去，之後就不知道了。」喜蓮還是虛弱的依偎在他的懷裡，雖然先前他心裡已經猜到七、八分了，可是聽喜蓮說來，還是非常惱怒。想不到這個龍兮行把喜蓮打昏後還把她丟入水裡，他一定知道自己的力量還不足以毀掉詩裡的人物，所以希望她自己淹死，這實在太殘忍可惡了。

「這龍兮行太過分了，我一定要除掉他。」

喜蓮從沒見過詩魂這麼生氣，擔心的看著他。

「我沒事。」他拍拍她的肩膀，感到一股很強的寒氣反彈回來，想不到兮行的黑氣在喜蓮體內這麼霸道，他皺起眉頭。

「怎麼了？」喜蓮問。

「你坐好，我再幫你多運一些氣。」他把喜蓮扶正，再度輸入眞氣進去。他的氣緩緩的從背後的穴道灌入喜蓮的身體，可是黑氣很強，他一時間居然無法全部消去。他再多使上三成力，還是有些黑氣的餘息，看來這需要一些時日才能完全去除。

「這些日子你多吃一些蓮子，多運氣，很快就沒事了。」他說。

喜蓮依言多吃幾顆，也照著他的指示，閉目運氣。

「覺得怎樣？有沒有哪裡鬱塞氣悶？」

「我沒事，眞的，你不要太擔心了，我只是有點累。」喜蓮說完打了個呵欠。

「好，那你休息。我不吵你。」他看著喜蓮閉上眼睛，小船輕搖，和風徐徐，她一下子就睡著了。

龍兮行這樣猖狂，幸好喜蓮沒事，自己及時趕到，不然後果不堪設想，不知道之後他還會做出什麼更可怕的事。剛才他以爲自己失去了喜蓮，心裡的痛楚是那麼的強烈，悲傷是那麼的深刻，詩人所有吟詠的悲苦詩句，都比不上他心中感受到的萬分之一。

他暗自決定，不能再讓喜蓮受到任何威脅了，如果，喜蓮也跟他一樣擁有法力，就可以跟著他自由進出詩境，他不僅可以隨時保護她，她的能力也可以保護詩境。

他看著她熟睡安詳的臉龐，把雙手抵上她的背，平穩的將法力輸入喜蓮的體內。

「詩魂，你看！」這天，他一出現〈採蓮子〉，喜蓮就興高采烈的拉著他的手，另一手憑空一指，只見船旁不遠處的一個蓮蓬應聲折斷，在蓮蓬落下將要碰到水面之前，喜蓮素手一揮，蓮蓬朝他們飛來，她輕易用手接住。

「不知道爲什麼，我忽然有這樣的能力！」喜蓮紅紅的臉上都是驚喜。

「你可以控制你的力量嗎？」他問。

「可以，」喜蓮點點頭，「我不懂……怎麼會……」

「我渡給你我的法力。」他淡淡的說。

「你……」喜蓮睜大眼睛，「爲什麼……」

「你不是想去別的詩境走走嗎？」

「眞的？可是你不是說……」喜蓮臉上帶著疑惑。

「我不能讓你再受到傷害，兮行會再回來，而且……你的力量可以幫助我修復損毀的詩境。」詩魂講得簡單平常，可是喜蓮感到滿滿的感動，她知道他的意思，詩魂希望她可以跟他一起進出，一起看盡詩中風景，完成她的夢想。詩魂希望可以保護她，陪伴她，也希望她可以跟他一起保護這個詩境，所以把身上特別的法力渡給了她。

他看著喜蓮臉上的微笑，感到眞心溫暖的笑容印在他心上，烙成一道美麗的刻痕。

「你想去哪走走？」他問。

「〈長恨歌〉！」喜蓮想也不想的回答。

「好。」他含笑點頭，執起喜蓮的手，感到手心傳來輕微的、帶著緊張的顫抖。他緊緊握著她的手，將能量傳送給她。

喜蓮感到體內一股穩定的力量，眼前一暗一明，發現自己置身在一個華麗寬大的宮殿。這座宮殿氣派宏偉，到處是金紅兩色富麗堂皇的裝飾，不管是厚實的大門，還是角落的櫃子，每個細節都透露出精緻講究的貴氣。

喜蓮睜大眼睛，看著跟她的江南小船截然不同的景色，差點呼吸不過來。她轉頭看向詩魂，他只是一派從容的微笑。接著，一陣腳步聲傳來，只見一個高貴華麗的女子走來，後面跟著一列侍女。

這就是楊貴妃了。喜蓮深吸一口氣，躲在一旁遠遠看著。她盤起來的髮髻高聳如雲，體態健美豐滿，走起路來婀娜多姿，裙襬搖曳。她回頭對著宮女說了些什麼，淺淺一笑，媚態百生。喜蓮終於體會「六宮粉黛無顏色」的意思了。

喜蓮拉著詩魂的手想要跟著楊貴妃走去，詩魂搖搖頭，喜蓮才想起貴妃要入浴了，男生不能看。喜蓮吐吐舌頭，放開詩魂的手，自己悄悄的跟在侍女後面，來到華清池。溫暖的泉水從地下冒出，整室霧氣瀰漫，喜蓮看見池裡的貴妃露出光滑如脂的頸項，還有兩隻白玉般的手臂。

沐浴完畢，侍女把貴妃扶起，來到皇上的宮殿，喜蓮正要繼續跟上，詩魂不知道從哪裡冒出來，拉住她悄聲說，「讓他們獨自相處吧！」喜蓮臉一紅。

「你還要繼續看下去嗎？」詩魂問。

喜蓮知道接下來的詩句不再那麼美好，但還是點點頭。

場景一換，喜蓮看到貴妃的兄弟姊妹都被封官封爵，一般百姓開始期望生女兒，不再重視男子；皇上整天沉溺於歌舞歡愉，不再用心在朝政上。場景再一換，長安城內烽煙四起，千萬馬匹往西南避難而行，來到馬嵬坡，六軍不發，堅持皇上殺了貴妃。

喜蓮看到一向威風凜凜、高高在上的玄宗，如今神色憔悴，黯然悲苦，他要做出決定，才能繼續領導將士。他痛苦掩面，沒辦法接受貴爲九五之尊居然救不了自己心愛的妃子。

就這樣，楊貴妃，一個美麗絕倫的女子，在千軍萬馬之前，掙扎著被拖去縊死，香消玉殞，只剩金釵玉飾灑了滿地，還有君王悲痛的血淚。這驚心動魄的一幕，讓喜蓮久久不能自己。

等到戰事平息，唐玄宗回到宮中，可惜景物依舊，人事已非。院子裡秋雨蕭瑟，梧桐葉被打落滿階，沒人打掃。長夜漫漫，孤燈挑盡，皇上獨自在宮殿裡思念佳人。

接著，場景又換，一個道士來到京城作客。皇上接見他，希望他能幫忙招來貴妃的魂魄。道士先是差遣其他道友尋找，可是沒有結果，所以他自己騰雲駕霧起來。

詩魂拉著喜蓮的手，另一手也招來一片雲，喜蓮剛開始有點怕，心中猶疑，差點摔了下去，不過詩魂馬上扶住她，同時把能量傳到喜蓮體內，讓她穩穩的站在雲端上，沒一會兒，她也可以用自己的意念駕馭雲朵了。

他們遠遠的跟在道士的後面，看著他上飛青天，下入黃泉，都不見貴妃，後來來到東海山上，這裡有一座玲瓏精緻的宮殿，道士輕敲玉門，要婢女向太眞仙子稟報，說皇上的使者來了。太眞仙子在睡夢中驚醒，鬢髮傾斜，花冠不整的走來，此時一陣風吹來，衣袂飄然揚起，好像當年跳著霓裳羽衣舞的樣子。

喜蓮看太眞仙子臉上的淚珠，感受到她心裡那種深沉的哀傷。

太眞仙子向道士謝過君王的慰問，自從那次分別後，彼此的聲音跟容貌都渺茫不可見，以前的恩愛也都斷了，她感嘆一聲，從懷裡拿出以前的信物讓道士帶回去，以表示對君王的深情。

喜蓮看著她低聲對道士轉述一些話語，她知道是哪一句：「在天願做比翼鳥，在地願爲連理枝。」她終於忍不住讓淚水流下面頰。

眞正的愛情就是這樣吧？愛恨相隨，至死不休。

詩魂捏捏她的手說：「我們該回去了。」喜蓮點點頭。

回到小船上，喜蓮覺得身心疲憊不已，在詩魂的陪伴下，她閉起眼睛休息。

「怎麼累成這樣？」詩魂一邊輸給她一些能量，一邊心疼的問。

「沒事，大概是〈長恨歌〉的意境太驚心動魄，比較耗費精神吧。我吃些蓮子就好。」

喜蓮說完忽然眼睛一亮，「對了，我也想去別的有蓮花的詩裡看看。」

「那我們去漢朝的一首民間詩謠，非常簡單有趣的一首詩。我先念給你聽。『江南可採蓮，蓮葉何田田。魚戲蓮葉間：魚戲蓮葉東，魚戲蓮葉西，魚戲蓮葉南，魚戲蓮葉北。』」

「還有魚呢！」喜蓮的眼睛睜得大大的。

「走！」詩魂笑笑握住她的手。

這裡的蓮花比〈採蓮子〉裡還要密集還要壯觀，兩人沒有小船，只能站在岸邊，看著在蓮梗間穿梭的魚兒，一會兒西，一會兒東的到處嬉戲。

「好漂亮啊！」喜蓮看著各種顏色的錦鯉，興奮的叫嚷著。詩魂帶著笑意看著她。

「我來試試看這裡的蓮子。」喜蓮運氣揚手，射出一道法力，不遠處一個蓮蓬應聲而折，她的手再一揮，蓮蓬便朝他們飛來。

「嚐嚐看！」喜蓮剝了一些給詩魂嚐嚐。

「這個有點老，我來試試遠一點的那個。」喜蓮似乎不太滿意，再度運氣，這次使出更大的力量，遠處一個比較嫩綠的蓮蓬掉了下來，但她似乎使力過猛，旁邊的幾朵蓮花應聲而斷，連幾隻游過的黃色鯉魚也被打中肚子，當場痛苦翻滾起來。

「你使力太猛了。」詩魂口氣有點重。他皺著眉頭出手一指，送出一道法力，彈到鯉魚的身上，那些魚才又悠悠哉哉的游開。

「我……我不是故意的。」喜蓮很懊惱，但心中微微不解，不過幾隻魚嘛，他需要用這種口氣說話嗎？

「這裡的一草一木都是我的使命，魚兒們在這首詩裡應該是快樂自在的優游，不應該受到傷害。」詩魂看喜蓮悶悶不樂的樣子，不忍再責備，她剛擁有這些不屬於自己的法力，一時間一定很難控制。「不要太自責，我應該要教你怎麼正確運用的，這樣好了，我們再去另一首有蓮的詩好不好？」

他想讓喜蓮開心，剛才魚兒讓她興奮的樣子，讓他想到有首詩裡有個與喜蓮年紀相仿的少女，她一定會喜歡的。

「好吧。」喜蓮回到〈採蓮子〉後更加覺得疲憊不堪，不過既然詩魂要帶她去別的詩境，她還是點點頭。

「你看起來很累……」他有點擔心。

「沒事。」喜蓮強打起精神。

「這是白居易的〈採蓮曲〉。」詩魂念著，「菱葉縈波荷颭ㄓㄢˇ風，荷花深處小船通。逢郎欲語低頭笑，碧玉搔頭落水中。」

他一念完，兩個人就來到一艘船上，這艘船比喜蓮的船還小些。喜蓮放眼望去，這裡不僅有蓮花，還有菱角長在其間，一陣風吹來，荷葉菱葉隨著風擺動。

茂密的荷花田深處駛來另一艘小船，喜蓮看到一個少女坐在船上，她個頭嬌小，臉蛋圓圓胖胖的，生著一雙鳳眼，搭配頭上梳的小髻，看起來很是可愛。

她的船靠向他們，詩魂想找機會跟她說話，好介紹給喜蓮認識，正好少女這時將船划過來，她沒想到會在這裡遇到其他人，愣了一愣。少女有點害羞，偏著頭，頭髻上一支玉簪沒插好，掉了下來。

「啊！」她輕呼了一聲。詩魂早就料到，他一躍起身來到少女的船上，手一抄，在玉簪落入水前把它截住，轉身還給了少女。少女更加害羞了，圓圓的臉上一陣緋紅。

「我是詩魂，那是我的朋友喜蓮，我們想跟你……」詩魂的話還沒說完，一道陰寒之氣逼來，正正打中少女的胸口。少女一痛暈了過去，詩魂連忙扶住她。他抬頭一看，喜蓮臉色陰鬱，呼吸急促，詩魂不敢相信剛才出手的是她，他沒料到喜蓮會傷害一個見面不到片刻的人，而且還下手這麼重。

「你幹嘛抱她！」喜蓮厲聲說道，眼神中閃過一股恨意，另一道陰寒之氣又打了過來。她在前一首詩受到詩魂數落，心裡已經不太舒服，現在來到〈採蓮曲〉，看到詩魂幫那個胖女孩撿玉簪，還跟她竊竊私語，感到妒火中燒，不假思索的運氣施力，一道法力便向女孩射去。沒想到，詩魂這麼心疼那女孩，還兩手緊緊抱著她，令喜蓮更加氣結，出手加倍凌厲。

詩魂一手抱著少女，一手運氣擋住喜蓮的攻勢，本來喜蓮招招朝著少女打去，可是看詩魂替少女擋著，心裡氣憤難受，覺得體內有股強大的力量撞擊著她。她大吼一聲，兩手出掌，法力向詩魂掃去。

詩魂要制伏喜蓮本來不成問題，可是不知道爲什麼，喜蓮的法力忽然增強，他看到她睜大雙眼，臉色猙獰，法力一道道逼來，又陰又狠。他們所在的船身空間有限，詩魂一手抱著少女替她運氣，一手要對付喜蓮，卻又擔心傷到她，一時左支右絀，居然打成平手。

喜蓮感到體內的力量壓迫著五臟六腑，衝撞著四肢百骸，胸口的怒火更是不可控制，她雙手狂亂揮舞，法力一道道射出，詩魂抵擋起來愈來愈吃力。

「喜蓮！住手，你在幹什麼？」詩魂滿頭大汗，努力回掌還擊，這頭少女咦的一聲，醒了過來，詩魂看她沒事，把她放下，將她護在自己身後，雙手總算空出來。

喜蓮看他擋在少女面前，更是生氣，不理會詩魂的喊叫，在體內聚集更多能量，每個穴道都漲滿眞氣，彷彿全身炸了開來。她只剩下一個念頭，如果她死了，也要眼前這兩個人跟她一起死。她用盡全力，將法力送出。

詩魂看她臉色蒼白，眼神充滿邪氣，兩手聚滿力量朝他拍來，他也凝神聚氣，雙手全力抵擋回去。只是沒想到，行到他身前的力量忽然由強轉弱，只見喜蓮眼睛一閉，身體癱軟，像是被風吹落的花瓣一樣，直直落進水裡。

詩魂硬生生收回自己的掌力，同時運氣躍起，把喜蓮從水裡撈上來，他回頭丟給少女幾顆喜蓮的蓮子，抓著喜蓮回到〈採蓮子〉。

喜蓮全身濕淋淋的躺在船上不停顫抖，詩魂把她扶正，手心抵著她的背，把真氣輸進去。他移動手心，讓自己的氣暖和她的身子，衣服上的水氣開始蒸發，喜蓮全身籠罩在一片氤氳中，沒多久衣服都乾了，可是喜蓮還是不停顫抖。

他再度運氣，這次，他慢慢把氣送入喜蓮的丹田，剛開始很順暢，沒有任何阻力，但當他要往深處送去時，忽然雙手一震，感到一股強烈的陰氣反撲回來。

他努力運氣，想把那個陰寒之氣給驅走，可是那股氣十分強勁，他愈是逼迫它，它的力量愈大。剛開始，他很氣那個龍兮行，居然傷喜蓮這麼深，這股黑氣怎麼都驅之不去。可是他愈是運氣抵抗，愈是心驚膽跳，全身冒汗。

那不是龍兮行的黑氣。

那是一股很熟悉的法力。

那是他渡給喜蓮的法力。

他醒悟到，因爲他的一己私心，加上兮行在她體內剩餘的黑氣的推波助瀾下，他的法力由正氣轉爲邪氣，而喜蓮的身體並不具備可以承受強大法力的能量，體力遭到這股邪氣侵蝕，所以她才會疲憊不堪。

他猛然收手，他知道，不能再幫喜蓮運氣療傷了，因爲愈是渡給她法力，只是使邪氣的力量更爲強大，而她的肉體會因爲負荷不了而逐漸摧毀耗損。

他一停手，喜蓮就睜開眼睛。

「你現在覺得怎樣？」他焦急的問。

「我……有點累……我怎麼在這裡？」她轉過頭來問。

「你什麼都不記得嗎？」

「我……」喜蓮的眼神有些渙散，「我……好像……啊，我想起來了，我之前在〈採蓮曲〉裡，我想要殺了那個少女。怎麼會這樣？我怎麼了？」

喜蓮全身發抖，淚流滿面，她沒想到自己是這樣的人，沒辦法接受自己這個樣子。

「你沒事的。」詩魂感到一陣心痛，「不是你的錯。」

「不是我的錯？」喜蓮激動的嚷著，「我想殺一個無辜的少女，對了，我還想殺你！我是不是瘋了？我居然是這麼可怕的人？」

「不，不，你不是，」詩魂抓緊她，怕她又失去控制，「不是你的錯，是我，你體內的法力是我渡給你的，我不曉得這力量居然在你身上轉爲邪氣，讓你走火入魔，而你的身體無法承受，所以才會變那麼虛弱！」

「什麼？」喜蓮停下來看著他，眼神變得冰冷，「原來是你！」

「是的，」詩魂痛苦的說，「是我的私心讓你變成這樣。」

「那你要去找靈丹妙藥，讓我的身體強壯起來！」喜蓮的語氣冰冷。

「不，我只要把你體內的邪氣逼出來，讓你恢復原來的樣子就可以了。」

「原來的樣子？你是說，我將失去法力，不能出入詩境？」喜蓮冷冷的問。

「那法力本來就不屬於你。」詩魂試著解釋。

「哼，它在我身體裡就是我的了。是你給我的，而你居然想毀了它？毀了我？」喜蓮瞪大雙眼，眼神像是兩道冰刃，「原來男人都是這麼自私，自己犯的錯，卻要女人承擔？所以我將變回一名沒用的江南女子，只能傻傻留在詩境裡等你來？喔，對了，那樣你就可以去找〈採蓮曲〉裡面那個胖女人，不用擔心被我阻止了，對不對？哈哈哈！」喜蓮狂笑的聲音聽起來陰冷嘶啞。

「你說到哪裡去了？」詩魂皺著眉頭，他知道喜蓮被心魔所苦，口不擇言，他必須有所行動。「喜蓮，你聽我說……」他試著去握她的手，被她甩了開來。

「告訴我，你會去找靈丹妙藥，讓我把身子養好，這才是我要聽的。」

詩魂咬著牙，全身運氣，對喜蓮出手。喜蓮冷笑一聲，一股強大的力量打出，砰的一聲巨響，空氣中爆裂出火花，眼看就要燒到船上，喜蓮手一揮，船邊的水凝成一股水柱，滅了火花，同時向詩魂射去。

水柱像巨蛇一樣，纏上他的腰際。喜蓮嘴角上揚，用手射出寒氣，水柱成了冰柱，把詩魂給困住。

他奮力一震，把冰柱震成碎片，但冰柱散開時，喜蓮卻不見了。

他趕忙來到〈採蓮曲〉，以爲喜蓮會去找少女的麻煩，可是喜蓮不在那裡。

那她會去哪？詩魂仔細思考她說過的話，還有她剛才激憤的神情……

「更莫名的是，是皇上自己荒廢國事，關貴妃什麼事？怎麼要逼她去死呢？要死也應該是皇上啊！」

「原來男人都是這麼自私，自己犯的錯，卻要女人承擔！」

難道……

詩魂來到〈長恨歌〉裡驪山上的華清宮，這裡地處高勢，四處雲氣繚繞，美妙的樂聲隨風飄送。詩魂走進宮殿內，只見管弦樂師們奏著悠揚的樂曲，楊貴妃穿著華麗的衣裳在廳中曼妙起舞，舞姿緩慢輕柔，笑容嬌媚迷人，皇上在一旁看了如痴如醉，完全不知道一個藕衣女子已經來到身後。

喜蓮冷笑一聲，出手指向皇上後頸，皇上啊的一聲，整個人不能動彈。樂師們停止奏樂，楊貴妃嚇得奔過來，可是也被喜蓮出手制住，不能動彈言語。

「你……你想幹什麼？」唐玄宗不愧貴為皇上，雖然驚慌，卻沒有呼天搶地。

「你日後要殺了楊貴妃，所以我先來要你的命！」

「朕寵愛貴妃，疼她都來不及，怎麼會傷她？這中間有誤會，請姑娘高抬貴手。」皇上講得從容，全身卻冷汗直流，不停發抖。

「哼，廢話少說！」喜蓮不再理他，手一抬射出一道法力，皇上嚇得閉上眼睛，以為自己就要沒命，不過忽然身體一鬆。當他睜開眼睛，看見一個青衣男子拉著他和貴妃往後退，擋在他們和藕衣女子的中間。

「壯士……」

「你快帶著所有的人離開，快！」詩魂眼睛緊盯喜蓮的舉動，對著皇上大吼。

喜蓮臉色泛青，兩眼怒光直射，一道道法力向皇上掃去，詩魂運氣一一打散。

「你一定要跟我作對？」喜蓮陰惻惻的問。

「你快住手，你已經走火入魔了。讓我幫你！」詩魂對她伸出手。

「幫我？哼，你只是想毀了我！」喜蓮大吼一聲，雙掌運氣送出，只見她強大的氣勢像巨浪般怒吼狂撲，精緻華麗的桌椅擺設、繡帳綢幕、軟墊絲被，全都被震碎四散。詩魂知道自己不能再手下留情了，不然喜蓮只會愈來愈狂亂。

他一咬牙，用盡全力，一股眞氣對著喜蓮周身穴道湧去，喜蓮想反擊，只感到全身痠痛，啊的一聲向後摔去。詩魂身形晃動，從後面接住她，他用右手按向喜蓮的頭頂，喜蓮全身的法力，像是百川流於大海一般，從她的每個毛孔、四肢、穴道，往頭頂匯集，聚在百會穴。詩魂再運氣施法，把喜蓮這一身不屬於她的法力跟記憶，全部凝封在百會穴中。

詩魂一手抱著全身無力的喜蓮，一手施法把這裡回復原樣，才帶著喜蓮回到〈採蓮子〉。他知道剛才自己用盡畢生之力，現在恐怕剩下不到一成的法力了，他塞了一些蓮子在喜蓮的嘴裡，自己也服用了一些，然後在喜蓮的身旁盤膝而坐。

正準備閉目運氣時，一道黑氣直奔而來。平常他心靈通透，耳聰目明，不會不知道兮行靠近，可是他現在功力大減，心神不寧，居然閃不過這道黑氣，正正打在他胸口。剎那間，詩魂覺得一陣劇痛，天旋地轉，全身像是要散了開來。

「剛才可眞精采啊！」黑雲在空中聚集成人形，兮行看著他冷笑。

詩魂不回答，他在丹田運氣，試著聚集最後一些能量。

自從跟他在〈竹里館〉第一次正式交手後，後來兩人又照面幾次，兮行法力雖然略遜於他一籌，但他狡猾陰險，屢屢被他逃了去。現在詩魂的法力剩不到一成，剛才又被偷襲，肯定不是兮行的對手，而兮行逮到這個機會，一定不會手下留情。如果自己的法力被他拿去作惡，詩境就危險了。

「你居然凝封住她的記憶跟法力，也不願讓她跟你隨意出入詩境？可惜啊可惜。」

詩魂不理會他的嘲弄，努力運氣，他必須把最後一成法力聚集起來。

「我知道你的功力散盡了，不過，你畢竟是詩魂，剩下的那些氣若讓我好好運用，還是對我的法力有所助益。」兮行看著他，臉上帶著貪婪的微笑，然後右手向前朝著詩魂抓來。

這一成法力不夠對抗兮行，不過對於他接下來要做的事綽綽有餘。他在兮行驚愕的表情中消失，來到〈江雪〉。

「詩魂，你好久沒來了，」老姜興奮的說，不過他馬上發現詩魂的臉色慘白，「你怎麼了？發生什麼事？你身上有黑氣的痕跡，是兮行，他的法力居然這麼高了！」

他曾經跟老姜提過喜蓮的蓮子具有療效，但是後來她的轉變他還來不及告訴任何人，那是他這一生所做最大的錯事。

「我沒多少時間了，你仔細聽。我現在受傷很重，快撐不下去了，我必須把我僅剩的法力分散成五個魂氣，將它們藏在五首不同的詩中，等這些魂氣再度聚集，我才會再回來。我會去找適合的人選，這人必須心地純正無私才能找到完整的魂氣。」詩魂停一下，喘口氣，「老姜，你要幫他，告訴他，〈江雪〉是第一個。」

「第一個？」老姜一頭霧水，「第一個什麼？」

「第一個線索。」

「什麼線索？其他的五首詩在哪？」老姜還是不明白。

「我不能再說了，不然兮行會先找到。我要走了。」詩魂離開前再度看了〈江雪〉最後一眼。

然後，他去了劉長卿的〈尋張逸人山居〉，張繼的〈楓橋夜泊〉，王維的〈竹里館〉，韓愈的〈雉帶箭〉，李白的〈南軒松〉，把魂氣分爲五份，藏在這些詩裡。他再用最後一股氣力，製作了一個雲界，將自己的記憶隱藏在〈南軒松〉上頭。

如果，那個有緣的人，找到五個魂氣，把他的能力重新聚集起來，這樣詩魂的精神就會回來，有能力去跟兮行抗衡。至於，那段記憶就深藏在雲界裡吧，就跟喜蓮的記憶一樣被凝封住，沒有人會知道，詩境還是一切和平。

但是，如果因緣際會下，喜蓮恢復了記憶跟法力，就讓她來尋回他的記憶，屆時，他會回來面對她。

詩魂安排妥當，用僅剩的力量來到人間，尋找那個有緣的人……

詩魂

詩作賞析

林彥佑◎著

〈江雪〉 柳宗元

千山鳥飛絕，萬徑人蹤滅；孤舟簑笠翁，獨釣寒江雪。

✽語譯

在群山之中，看不到鳥兒飛翔，在山間的無數小路裡，也看不到行人的蹤跡；只有一葉孤單的小舟，上面坐著披簑衣、戴斗笠的老翁，在一片雪白的寒江上獨自垂釣。

✽賞析

這首詩的畫面非常強烈，我們可以想像視覺由遠到近，由廣袤無邊的大地，聚焦到一葉小舟，再微渺至一位老翁和一根釣竿。在畫面中，只要我們閉上眼睛，便能感受到一片白茫、清幽的感覺。

作者柳宗元將自己比作詩裡的漁翁，藉此表達自己懷才不遇的心情。這首詩的詩題雖為〈江雪〉，但卻在詩的最後一句最後一字才寫到「雪」，而前三句卻若隱若現的道出了雪景的靜謐，以「鳥飛絕」、「人蹤滅」、「孤舟」、「簑笠翁」，帶出了景色的荒涼和人生晚年的象徵。再深入品讀，可以發現在「絕、滅、孤、獨」的用字上，有一種悲觀、淒涼的感覺，同時也反映了作者內心鬱悶的一面，難怪他英年早逝，四十七歲就離開了人間，但其作品卻流傳至今，餘韻綿延。

〈尋張逸人山居〉

劉長卿

危石纔通鳥道，空山更有人家。桃源定在深處，澗水浮來落花。

✲語譯

高聳的岩石中只有一條鳥飛的小道，空曠的山巒間竟然居住著人家。桃花源必定就座落在深山裡，因為澗水上漂浮著點點的落花。

✲賞析

作者劉長卿年輕時曾當過幾次官，他的詩多寫荒村水鄉、幽寒孤寂之境，藉以抒發官場上政治失意的落寞。

這首詩先寫「危石」、「鳥道」，頓時間，讓我們進入到一個非常清幽的山谷，而且這個地方有高巍的山石、曲折的山路，不是容易到達的地方。緊接著下一句「空山更有人家」，把「竟然有人住在這裡」的驚訝感寫了出來。這時候，詩人劉長卿自問自答，斷定張逸人一定隱居在深山中，溯溪而上應該可以找到他。到底最後有沒有找到呢？這位張逸人（避世隱居的人）在詩裡一直沒有出現，但我們卻感受到一片山中桃花源，有著青山、綠水、桃林、野花、鳥鳴、蟲叫，也難怪陶淵明的〈桃花源記〉一直是大家嚮往的世界，而隱居者的閒情逸致也可以在本詩中完全感受到。

〈登鸛雀樓〉

王之渙

白日依山盡，黃河入海流；欲窮千里目，更上一層樓。

✽語譯

太陽依傍著山逐漸西沉，黃河的水滔滔不絕的向東流入大海，如果想要看得更高更廣，就得登上高處，方能觀遠。

✽賞析

王之渙是盛唐時期著名的詩人，其中又以〈登鸛雀樓〉最爲後人所傳頌；他「慷慨有大略，倜儻有異才」，善於寫詩，常與王昌齡、高適等詩人互相唱和，名動一時。其實他擅於描寫邊塞風光，可惜他的詩至今僅存不多，又以〈登鸛雀樓〉、〈出塞〉爲代表作。

這首詩幾乎是學習唐詩的入門詩，內容兼具寫景、敘情、期勉。前兩句寫的是景，將具體所見的事物用文字清楚描寫；首句寫的是遠景，描述登上鸛雀樓遠眺所見的景色；第二句寫的是近景，描述的是黃河盛大的震撼；這幾個字淺顯易讀，卻深刻的把萬里河山，全都收入於視線所及。如果從動靜態的角度來看，前者是緩慢的，後者爲急促的，在視覺與心境上，也有著強烈的反差。

試著想像一下，當你站在一個很高的地方，看著太陽緩緩落下，除了感嘆時間的流逝，是否也期待著全新一天的到來呢？同時，你看到江河滔滔不絕的流過，除了驚嘆於大自然的力量之外，是否也期待著什麼？詩人王之渙之所以能將此詩寫得如此深刻，皆因爲他親自登上此樓，對於自己的人生與夢想有著遠大的憧憬。我們對於自己的人生又有什麼樣的憧憬呢？

〈楓橋夜泊〉

張繼

月落烏啼霜滿天，江楓漁火對愁眠。
姑蘇城外寒山寺，夜半鐘聲到客船。

✼語譯

月亮已經西沉了，天地間佈滿了白色的霜雪，冷冷的空氣裡迴盪著烏鴉的啼叫聲。睡不著的我望著江邊的楓葉，以及漁船上微弱的燈火，忽然間升起了一股憂愁，使得自己更無法入睡。半夜時，姑蘇城外寒山寺響起清亮的鐘聲，一聲又一聲的傳到我搭乘的客船，令人感到更加的孤寂。

✼賞析

楓橋，位於江蘇蘇州，自古以來即有「上有天堂，下有蘇杭」的美稱，可見蘇杭的景色之動人。從「月落」、「漁火」、「眠」、「夜半」等字詞，可以判斷這首詩描述的時間點應爲深夜，此時沒有月色，只有滿天的白霜；沒有沉靜的黑夜，只有漁火與鐘聲構成的喧囂，這樣的氛圍，詩人怎能安心的入睡呢？再從本詩寫作的季節來看，這時應爲秋天，從古至今，秋天給人同樣的心情寫照，那便是「愁」，秋天總是讓人容易煩憂的，特別對得知自己落第的詩人張繼而言，當然更難入眠了。

本詩的作者張繼，曾任檢校祠部員外郎、洪州（今江西南昌市）鹽鐵判官，同時也是一位相當出色的詩人。《全唐詩》中，收錄了四十多首他所寫的作品，而〈楓橋夜泊〉更是大家琅琅上口的一首，也因爲這首詩，讓寒山寺名揚海內外，這或許是當時因落第而寫詩抒發憂愁的詩人始料未及的吧！

〈月下獨酌〉

李白

花間一壺酒，獨酌無相親，
舉杯邀明月，對影成三人。
月既不解飲，影徒隨我身，
暫伴月將影，行樂須及春。
我歌月徘徊，我舞影零亂。
醒時同交歡，醉後各分散，
永結無情遊，相期邈雲漢。

✽語譯

在花叢中擺上一壺美酒，我自斟自飲，身邊沒有一個親友。舉杯向天，邀請明月，與我的影子相對，便成了三人，但明月既不能理解開懷暢飲之樂，影子也只能默默跟隨在我的左右。我只得暫時伴著明月、清影，趁此美景良辰，及時行樂。我吟誦詩篇，月亮伴隨我徘徊；我手舞足蹈，影子便隨我翩然弄姿。清醒時我與你一同分享歡樂，沉醉時便再也找不到你們的蹤影，就讓我們結成永恆的友誼，來日相聚在浩邈的雲天。

✻賞析

從〈月下獨酌〉的詩題中，李白訴出了他心中的憂愁，當時，他的才氣無人欣賞，未能施展長才，只能獨自默默飲酒，更可見他對酒的痴迷，即使只有自己一人，也需有酒相伴，方能解心中的愁思。

歷代詩人大多喜歡喝酒，特別是李白，一生和酒幾乎濃得化不開，也因此寫下許多與「酒」有關的詩歌，也因爲酒，才能寫出動人而瀟灑的作品，難怪有「詩仙」之名。在這首詩中，李白寂寞的飲酒，把月兒和身影都當做自己的酒伴，喝著喝著，便不自覺醉了。其實，李白寫下「醒時同交歡、醉後各分散」，他自己能否分辨是清醒或喝醉呢？或許對李白而言，能情誼不變、飄飄欲仙，才是最重要的吧！

〈瑤池〉

李商隱

瑤池阿母綺窗開，黃竹歌聲動地哀。
八駿日行三萬里，穆王何事不重來。

✽語譯

西王母在瑤池上把綺窗打開，只聽得〈黃竹歌〉的聲音極爲哀慟；八匹駿馬拉的馬車一日可以行走三萬里，周穆王爲了什麼事違約不再來呢？

✽賞析

這首詩，表面上讀來是一首充滿感情，又有一點悲苦的詩。在詩人李商隱的想像中，神仙西王母和凡人一樣渴望愛情。自唐朝以來，統治者求仙求藥的風氣非常盛行，研究玄學的讀書人也不少，全國上下迷信道教，許多唐代皇帝因渴望長生不老，或爲方士所欺（如唐憲宗），或因服丹而死（如唐武宗）。詩人有感於此，透過詩作詠仙，對迷信求仙、荒唐不經的皇帝予以有力的諷刺。

李商隱的幼年時期生活貧苦，對他日後的性格影響很大。一方面，他渴望早日做官光宗耀祖，後來也如願做了官，仕途卻非常不順利。而他的另一次重大打擊，則是他的妻子病逝。從李商隱的詩文作品中可以看出他和妻子的感情非常好，但因爲李商隱多年在外，夫妻間聚少離多，不難想像李商隱對於妻子的歉疚，而他仕途上的坎坷，無疑增強了這份歉疚的感情，因而創作出一些較爲負面或悲傷的詩作。

〈山中與幽人對酌〉

李白

兩人對酌山花開，一杯一杯復一杯。
我醉欲眠卿且去，明朝有意抱琴來。

✽語譯

你我在山花叢中對酌，喝了一杯一杯又一杯。我要喝醉了，暫且小憩一下，你可以先離開，如果明天早上有空，也願意與我一同對酒的話，再抱琴來吧！

✽賞析

這首詩的詩題便點明了李白與朋友喝酒的地點——山中。對李白來說，山中別有洞天，盛開的「山花」更加增添了兩人喝酒的氣氛。面對此情此景，何不「一杯一杯復一杯」開懷暢飲。詩中的「一杯」接連重複了三次，不但寫飲酒之多，也代表快樂的程度。由於貪杯，李白喝得酩酊大醉，於是告訴朋友：「我已經喝醉，想要睡了，你回去吧！明天若還想喝酒的話，就請抱支琴來！」詩人的率性瀟灑表露無遺。這首詩的第三句「我醉欲眠卿且去」出自於陶淵明，也可以看出李白對於陶淵明的傾慕與嚮往。

李白所創作的詩歌取材非常廣泛，想像力也相當豐富，豪邁奔放，後世的文人，如：蘇軾、陸游、辛棄疾、龔自珍等都深受他的影響。性情灑脫的李白，喝了酒之後，更能隨心所欲且不拘小節的寫詩、吟詩，這首詩大多也是在喝完酒之後，詩興大發所創作出來的吧！

〈竹里館〉

王維

獨坐幽篁裡，彈琴復長嘯，深林人不知，明月來相照。

✽語譯

竹里館被幽靜的竹林所圍繞著，我獨自坐在裡頭，一邊彈琴一邊自在放聲高歌。在深闊的竹林裡，無人知曉我這般怡然快活，只有明朗的月光射入林間，陪伴我享受孤寂中的愉悅。

✽賞析

本詩是描寫詩人獨處時的心境。王維在早期與晚期的作品風格大不相同，早年因仕途順利且意氣風發，其作品充滿豪情壯志，但晚年因受亂事牽連，而萌生了隱居之念頭。本詩描寫的地點「竹里館」，即爲他的隱居之地，由詩中也可以約略讀出詩人風格恬淡，個性孤獨，幾乎見不到早期澎湃、洋溢的風格了。

自古以來，「竹」是高潔的象徵，在歲寒三友與四君子中，「竹」亦享有其地位。有句話說「竹解虛心是我師」，更把竹的型態與人的行事做一連結，想像一下，能獨坐在竹里館中，將是何等美好的事呀！

王維在晚年的時候，完全脫離了官場，一心學佛，因有「詩佛」之名。本詩描寫王維獨自在竹林裡彈琴又唱歌的情景，他選擇在竹林裡獨自玩味，身邊沒有人聆聽他的琴藝，只有明月結伴，不難想像他想獨自沉澱晚年生活的心境。說沒有人聆聽也不完全正確，至少林中的枝葉、天上的星辰或多或少能理解吧！

〈塞下曲〉

盧綸

月黑雁飛高，單于夜遁逃，欲將輕騎逐，大雪滿弓刀。

✽語譯

月兒昏暗無光的時候，雁鳥在空中飛得很高。匈奴王單于在夜裡想要奔逃到他處，將軍騎著輕快的馬追趕，天上降下了大雪，覆蓋在弓刀上面。

✽賞析

本詩的作者盧綸一生不得意，只是因爲權貴的推薦，才做了很短時期的官。盧綸的詩，以五言、七言近體爲主，他在從軍生活中所寫的這首詩風格雄渾、情調慷慨，歷來爲人傳誦。他年輕時因避亂寓居各地，對現實有所接觸，有些詩也反映了戰亂後人民生活的貧困和社會經濟的蕭條。

本詩中所提及的「單于」是匈奴君主的稱號。匈奴是一個非常驃悍的塞外民族，原本活躍於中亞、蒙古一帶的大草原上，卻因生活的需要時常遷徙，而屢屢侵犯唐朝領土。

在這首詩作中，除了「月黑雁飛高，單于夜遁逃」之外，其實還有另外三小段，共計四小段，可以合成一首樂府詩。這首詩描寫的是邊塞風情，也是盧綸最擅長的詩寫風格，而本詩另外三首，則描寫了將軍發號施令，立下大功與凱旋歸來，用意各別卻一氣呵成。

品味本詩時，有一種緊湊、懸疑的感覺。緊湊的是，很想知道將軍與單于追逐的過程，感受到詩作的強勁有力、節奏明快；懸疑的是，究竟在將軍的率領下，又在大雪紛飛、落滿弓刀的凜冽中，騎兵們能否打贏這場戰役呢？

〈雉帶箭〉

韓愈

原頭火燒靜兀兀，野雉畏鷹出復沒。
將軍欲以巧伏人，盤馬彎弓惜不發。
地形漸窄觀者多，雉驚弓滿勁箭加。
衝人決起百餘尺，紅翎白鏃隨傾斜。
將軍仰笑軍吏賀，五色離披馬前墮。

✻語譯

原野上火勢盛大，野雉被熊熊獵火驅趕出草叢，一見獵鷹，又嚇得急忙躲起來。將軍想表演高明的射獵技巧，刻意騎馬盤旋，拉滿勁弓，卻不輕易發箭。隨著地勢變窄、觀獵的人變多，野雉受驚而飛，將軍蓄滿待發的弓箭也同時射出，野雉應聲而中。那隻受傷的野雉帶著箭朝人高高的飛起，一番掙扎之後，終於精疲力盡，染血的羽毛和雪亮的箭鏃傾斜而下。將軍仰天大笑，把射中的五色羽毛野雉掛在馬前，隨行軍吏都來向他祝賀。

✲賞析

韓愈是唐宋八大家之首，他推崇「文以載道」，也極力提倡古文運動，蘇軾稱讚他「文起八代之衰，道濟天下之溺」，從這首詩的意境、詞藻運用，就可約略看出韓愈寫文章的功力。

這首詩，一開始先營造出獵場上風聲鶴唳的感覺，最主要的重點在於「野雉」，端看韓愈形容野雉出沒時的鬼鬼祟祟（出復沒），又寫道野雉受到驚嚇結果被弓箭射中（雉驚弓滿），最後這隻美麗的野雉倒臥於將軍的馬前。這當中，寫出了將軍射獵的高明，也把射獵的情景描述得非常深入又有趣，讓我們在閱讀的時候，好像也置身於獵場中，究竟將軍會不會捕獲這隻野雉呢？還是會讓牠給逃跑了呢？

〈趙將軍歌〉　岑參

九月天山風似刀，城南獵馬縮寒毛。
將軍縱博場場勝，賭得單于貂鼠袍。

✲語譯

九月的天山寒風如刀一般鋒利，城南出獵的馬兒寒冷的瑟縮著。趙將軍比賽騎射，場場皆傳出捷報，贏得那單于穿的貂鼠皮袍。

✲賞析

岑參早期的詩歌多爲寫景述懷，以風流綺麗見長。後來至天山一帶當官，詩作改描寫邊塞、戰事，本詩〈趙將軍歌〉，就是他在天山的這個時期所寫下的名作之一。

這首詩一開頭，先描寫天山腳下的嚴寒，即使平日耐寒的獵馬，也在寒風中瑟縮，將天寒地凍的氣候做了生動的渲染。藉由這兩句的鋪陳，描繪出了一個無比艱苦的環境，以襯托趙將軍的威武英勇。而後兩句岑參用賭博來比喻戰鬥，是非常巧妙的比喻手法，詩裡的主角趙將軍不僅場場獲勝，還贏得了單于最心愛的貂鼠暖裘。讀到此處，似乎看見趙將軍手提大刀，刀尖挑著單于貂袍的輕盈身影，充滿了畫面感與想像力。

〈春望〉

杜甫

國破山河在，城春草木深。感時花濺淚，恨別鳥驚心。

峰火連三月，家書抵萬金。白頭搔更短，渾欲不勝簪。

✽語譯

國家已是一片殘破不堪的景象，只有山河仍是完好的屹立著，長安城的春天草木依然生生不息，連花草都爲這紛亂的時世感傷流淚；亂世裡生離死別的傷痛與怨恨，連看來無憂無慮的飛鳥都心驚神傷。在接連不斷的烽火戰事裡，偶然得到一封家書，簡直珍貴得可比萬兩黃金。我爲這樣的時局憂心忡忡，卻只能心急的猛搔腦勺，原本就稀疏的白髮快連髮簪都插不上去了。

✽賞析

杜甫是一位憂國憂民的愛國詩人，在唐詩史上，杜甫占有一席之地，後人稱之爲「詩聖」，尤其在描寫社會的寫實面向上特別深刻。

〈春望〉這首詩是杜甫在長安淪陷時所作，在詩中可以察覺杜甫對於家國遭劫的沉痛憂思。本詩描寫的是杜甫在高處俯望自己的家園時，看到國破城毀時的感傷，雖然寫的是國家，但也暗喻自己年歲已高，猶如國家即將殘敗而去一般。這首詩裡也運用了許多強烈的對比，襯托出視覺與畫面的反差，如：國破了但山河卻還在、看到春花卻潸然流淚、聽到鳥鳴卻覺得心驚；因爲這樣的寫作手法，讓全詩讀來更有與自我情感激盪、碰撞的感覺。現代人大概很難體會詩中的處境，何時有烽火？何時寫過一字千金的信？透過這首詩，我們重新領會了過往戰事的生活。

〈採蓮子〉

皇甫松

船動湖光灩灩秋，貪看年少信船流。
無端隔水拋蓮子，遙被人知半日羞。

✽語譯

在水色粼粼的清朗秋日，採蓮的姑娘在湖面上划著小船，她看見岸上的美少男看得入神，任由小船隨著湖水擺盪。姑娘隔著水面想拋幾顆蓮子給少年，誰知道她的舉止與心事，卻被遠方的人所發現，也因此害羞了半天。

✽賞析

這是一首很有趣又充滿畫面的一首詩。這首詩描述的是一位少女，因爲看到心儀的男生，卻情不自禁的想多望他幾眼，除了「貪看」還不夠，少女還興緻盎然的朝著他拋出蓮子，似乎有某種主動獻愛示好之意，誰曉得這樣的動作被發現了，她害羞了老半天，也應該很想找個地洞鑽下去吧！

這首詩簡單易懂，也很容易與現在的青少年產生連結，當對某個人具有好感，便會想對他有所表示。古時候少男少女表達感情的方式應該是含蓄而內斂的，但是詩中描述的女孩，卻因爲過於主動而害羞了許久。想想看，現在的我們是如何對異性示好的呢？透過字條？一束玫瑰？或者各式各樣的網站軟體？古今男女之間追求異性的方式各異其趣，不妨多讀一些詩詞，便能領略一二。

而這首詩，最讓人感到有畫面的，莫過於「貪看」、「拋」與「羞」了，想想看，詩中的女孩都這麼不好意思了，作者皇甫松竟然把她寫了出來，還傳頌到現在，若那少女如今讀到，可就眞的「永遠羞」囉！

〈錦瑟〉

李商隱

錦瑟無端五十弦，一弦一柱思華年。
莊生曉夢迷蝴蝶，望帝春心託杜鵑。
滄海月明珠有淚，藍田日暖玉生煙。
此情可待成追憶，只是當時已惘然。

✽語譯

為何錦瑟的絃，無緣無故恰好五十根呢？每一根絃撥彈出來的聲音，都讓我想起年少的我。當時的情感，就像莊周夢蝶一般，也像望帝死後化作杜鵑一樣，迷迷茫茫，充滿相思。那明月高照著滄海，鮫人哭泣的淚水，化成了一顆顆的珍珠，藍田的美玉也因日照溫暖而生起了裊裊煙霧。這些情，現在回想起來，都只能回憶了，只是年輕的時候，卻如此迷惘、惆悵呀！

✽賞析

李商隱一生在官場與情場上，過得並不順遂，這首詩是他在晚年時所做的，其實他大概活了四十八歲，有人說〈錦瑟〉的五十絃，也象徵著他的年歲。這首詩，究竟是政治詩、悼亡詩或愛情詩，其實後人各有解讀，但以這首詩的文字意象，以情詩來詮釋也許更爲適合。這首詩，從琴絃的哀怨聲音開始，帶領我們走進李商隱黃金年華的生活，時而把自己比喻成一隻快樂的蝴蝶，又把自己形容成杜鵑鳥，事實上，「蝴蝶」與「杜鵑鳥」在文學作品中別有意涵，但總脫離不了感情與思念。第五、六句寫眼淚化作明珠，美玉生成輕煙，更象徵著一種愛情稍縱即逝，有如過眼雲煙一般。最後，用感嘆昔日情分來作結，不論是往昔在政治上的不幸遭遇，或與妻子或戀人的生離死別，現在都只能追憶了，可見當時的自己，面對這種感情問題時，也確實感到迷惘而不知要多加珍惜呀！

〈題木居士〉　韓愈

火透波穿不計春，根如頭面幹如身。
偶然題作木居士，便有無窮求福人。

✲語譯

不知道經過多少年的雷殛和雨淋，這棵樹的樹根逐漸有了頭與臉的形貌，樹幹也愈來愈像乾枯瘦瘦的人身；剛好詩人經過，將它題作「木居士」，吸引往後無以計數的人來此膜拜求福。

✲賞析

這首詩是韓愈經過湖南的木居士廟時所題的一首詩，詩中除了反映社會現象外，多少也有一些諷刺、挖苦的意味。「木居士」是不是眞的有如一尊佛像般具有神力呢？還是平凡的一棵朽木？這棵朽木歷經了許多年的雷殛、風吹雨淋，自己都自身難保、奄奄一息，只是因爲長得像人一樣，所以被神化供奉，但充其量，也只不過是個木頭罷了。

〈題木居士〉共有兩首，在下一首詩中，詩人寫道這棵老樹朽蠹不堪，即使技術高超的工匠也無法鋸下來利用，然而世人急於求福，欲令智昏，竟然不抱佛腳反而抱「木」腳，令詩人心生感慨。也有一說認爲，這首詩可能是詩人在影射貞元末年「暴起領事」的二王（王伾、王叔文）及其追隨者所做的諷刺之作。

〈鹿柴〉

王維

空山不見人，但聞人語響；返景入深林，復照青苔上。

✿語譯

清幽的山裡見不到人影，但卻聽得到人們講話的聲音；夕陽反照的餘暉射進了森林裡，照在青苔之上。

✿賞析

「鹿柴」原本應指立柵養鹿的地方，但這裡是王維出遊的一個地名。王維早年人生態度積極，風格雄渾，但晚年因爲仕途及宗教的影響，轉而歌詠山水，這首〈鹿柴〉很明顯是他晚年避世所寫的作品。

王維的山水詩雖然字面上有聲有色，有響有動，卻始終不脫離以「寂靜」爲本質。這種寂然的心境，自然與王維長期受禪宗思想影響有關。〈鹿柴〉所呈現出來的是一種清幽，當一個人能靜下心來，就能感受到萬物的不凡之處，想想看，山與夕照是何等平凡的事物，但只要用眼去看，用心去體會，也能寫出其別緻的地方。

這首詩一開始先透過聲音的描寫，來突顯主體的寧靜，也因爲整座山沒有任何的動靜，才能讓光影清晰的投射在森林與青苔上。此外詩裡還有一個特別的技巧，除了用「空山」對比「人語響」外，下文的「返景」（反照的日光）也有映襯的效果，做一巧妙的聯想與對比。

〈南軒松〉

李白

南軒有孤松，柯葉自綿冪。清風無閒時，瀟灑終日夕。
陰生古苔綠，色染秋煙碧。何當凌雲霄，直上數千尺。

✻語譯

南窗外有棵孤傲的青松，枝葉覆蓋得很綿密，清風幾乎沒有閒下來的時候，從早到晚瀟灑的吹拂著這棵松樹。樹蔭處長滿了陳年青苔，也把秋天的顏色給染綠了，不知這棵松樹什麼時候可以長到天際，高達數千尺呢？

✻賞析

這首詩的創作年代已不可考，但儘管如此，詩中蘊含的情操仍值得我們學習。這首詩表面上是在描寫南窗外的松樹，實際上是象徵詩人李白內心的孤傲與孤芳自賞，就算沒人理解，也要扮演好自己的角色。

詩中的「柯葉自綿冪」，意謂著詩人希望可以發揮自己的能力，無遠弗屆；「色染秋煙碧」，是指春夏的綠意也可以延續到蕭瑟的秋日，甚至把秋天都塗上一層新綠，也是期許自己可以影響更多的人；最後一句「直上數千尺」，更是詩人內心最豪邁、最有意志與理想的一句，期勉將來有一天可以衝破天際，登峰造極！全詩讀來，雖爲寫景，卻是託物（南軒松）寓意（自我的理想），當我們讀完這首詩，是不是也想學習南軒松的精神，積極向上、挑戰自我呢？

〈隴西行〉

陳陶

誓掃匈奴不顧身，五千貂錦喪胡塵；
可憐無定河邊骨，猶是春閨夢裡人。

✲語譯

將士們立誓要掃除匈奴，奮不顧身，結果五千名將士全都喪命於胡人之手。這些戰死在無定河邊的屍骨，都是將士的妻子日思夜夢的人呀！

✲賞析

隴西，位於現今的甘肅隴山以西，那裡邊塞風光壯美，有一種曠野的豪情，但在歷史上，卻時有塞外民族入侵。〈隴西行〉，是一首邊塞詩，反映了唐代長期的邊塞戰爭給人民帶來的痛苦與災難。詩中描寫五千名將士出征匈奴，立誓要掃除敵方，結果出師不利，慘遭全軍覆沒，這樣慘烈的戰役，也難怪將士們身後留下的悔恨怨懟，會成為《詩魂》中的黑暗化身。

在這首詩中，第一句豪情氣壯；第二句黯然低迴；第三句的「可憐」，並非憐惜，而是有一種喪氣之意；最後，第四句則在第三句的烘托下，轉入內心情感的敘寫。將士在外地征戰，最焦急的往往是家人，有功凱旋歸來，無功卻可能天人永隔。陳陶這首〈隴西行〉，由豪情入詩，帶至節節敗退，最後再寫入夢中思念，是一首由景入情的佳作。

〈嫦娥〉

李商隱

雲母屏風燭影深，長河漸落曉星沉。
嫦娥應悔偷靈藥，碧海青天夜夜心。

✽語譯

雲母製的屏風映上深沉的燭影，銀河逐漸斜落，星星也已下沉。嫦娥想必悔恨當初偷吃不死靈藥，如今獨處碧海青天而夜夜寒心。

✽賞析

相傳后羿派人到崑崙山向西王母求取了長生不老藥。后羿的妻子嫦娥知道後，非常同情百姓的處境，她擔心后羿若長生不老，暴政會讓百姓痛苦不堪，於是，她便偷偷服下長生不老藥，沒想到身體卻輕飄飄的飛起來，成爲廣寒宮裡的仙女。

本詩的前兩句描述的爲「景」，後兩句抒寫的爲「情」，是一首很典型的由景入情的詩作。第一句中以「燭影深」，除了視覺上的影像深沉，也暗喻著詩人與嫦娥內心的苦悶與掙扎；而「曉星沉」在說天色漸亮、星子西沉外，也有抒發日復一日和世事無常的苦悶之意。這首詩表面上是寫嫦娥偷了長生不死的藥，所透露出「早知如此，何必當初」的心情，實際上，必然也有詩人心中另一層的慨嘆，只是藉著嫦娥的形象來寄託心靈的感懷罷了。

少年天下系列 —— 031

詩魂（仙靈傳奇1）

作　　者｜陳郁如

責任編輯｜李幼婷
封面插畫｜蔡兆倫
封面設計｜黃聖文
內頁排版｜極翔企業有限公司
行銷企劃｜葉怡伶

天下雜誌群創辦人｜殷允芃
董事長兼執行長｜何琦瑜
媒體暨產品事業群
總經理｜游玉雪
副總經理｜林彥傑
總編輯｜林欣靜
行銷總監｜林育菁
副總監｜李幼婷
版權主任｜何晨瑋、黃微真

出版者｜親子天下股份有限公司
地址｜台北市 104 建國北路一段 96 號 4 樓
電話｜（02）2509-2800　傳真｜（02）2509-2462
網址｜ www.parenting.com.tw
讀者服務專線｜（02）2662-0332 週一～週五：09:00~17:30
讀者服務傳真｜（02）2662-6048
客服信箱｜ parenting@cw.com.tw
法律顧問｜台英國際商務法律事務所．羅明通律師
製版印刷｜中原造像股份有限公司
總經銷｜大和圖書有限公司　電話：（02）8990-2588

出版日期｜ 2016 年 6 月第一版第一次印行
　　　　　2024 年 6 月第一版第五十次印行
定　　價｜ 380 元
書　　號｜ BKKNF031P
ISBN ｜ 978-986-93192-4-9（平裝）

訂購服務 ——
親子天下 Shopping ｜ shopping.parenting.com.tw
海外．大量訂購｜ parenting@cw.com.tw
書香花園｜台北市建國北路二段 6 巷 11 號　電話（02）2506-1635
劃撥帳號｜ 50331356 親子天下股份有限公司

國家圖書館出版品預行編目資料

仙靈傳奇：詩魂 / 陳郁如文. -- 第一版. -- 臺北市：親子天下, 2016.06
384頁；14.8×21公分. --（少年天下系列；31）
ISBN 978-986-93192-4-9（平裝）

857.7　　105008679